The Hendersons

Scott

Martina Gercke

The Hendersons Band 1 – Scott

martinagercke@web.de

www.martinagercke.com

Besuchen Sie mich auf Facebook:

http://www.facebook.com/pages/autorinmartinagercke

Covergestaltung: Catrin Sommer www.rausch-gold.com

Credits: Shutterstock 126209675, 180499454

1. Durchgang Korrektorat: Martina König

2. Durchgang Lektorat: Sandra Nyklasz

Martina Gercke wird vertreten durch die Literatur-Agentur AVA München

Vorwort

Liebe Leserinnen und Leser,

ich hoffe, euch gefällt mein neues Buch, und ihr schließt *die Henderson Brüder* genauso in euer Herz, wie ich es getan habe. Ich hatte viel Spaß, durch die Weite von Montana zu reiten und Scott und Page auf ihren Ausflügen zu begleiten.

Ich wünsche euch gute Unterhaltung.

Eure

Martina Gercke
ROMANE

1. Kapitel

Page ging durch die Tür des Kindergartens. Noch war alles ruhig. Die ersten Kinder würden frühestens in einer halben Stunde auftauchen. Zeit genug, um gemütlich einen Kaffee zu trinken.

Als sie die kleine Küche betrat, sah Maddie, die bereits am Tisch saß und gelangweilt in einer Zeitschrift blätterte, zu ihr hoch. »Da bist du ja.«

Madison Andrews war nicht nur ihre Kollegin, sondern auch ihre beste Freundin.

»War 'ne kurze Nacht.« Page gähnte herzhaft und ließ sich auf den Stuhl sinken. »Ich bin hundemüde!« Sie legte ihre Handtasche achtlos auf den Boden. »Hast du einen Kaffee für mich? Am besten einen starken!«

Kaffee war in den letzten Wochen zu einer Art Treibstoff für sie geworden.

»Schon wieder Ben?« Maddie sah sie mit hochgezogener Augenbraue an. Der strafende Unterton in ihrer Stimme war nicht zu überhören.

»Wer sonst?« Page schwang die Beine nach oben auf den Tisch und wippte mit den Füßen.

Ben war seit zweieinhalb Jahren der Mann an ihrer Seite.

»Was hat er denn diesmal angestellt?« Maddie ging zur Kaffeemaschine, dabei wackelte ihr runder Po in sanften Bewegungen von rechts nach links. Sie war in jeder Hinsicht üppig gebaut und mit einem natürlichen Sexappeal ausgestattet, weswegen schon so mancher Vater bei ihrem Anblick mit dem Gesicht gegen die Wand gerannt war, wenn er seinen Sprössling aus dem Kindergarten abgeholt hatte.

Page seufzte schwer. »Ben und die Jungs von der Band sind morgens um zwei in unsere Küche eingefallen und haben sich Spiegeleier gemacht.«

»So geht das nicht weiter!«, schimpfte Maddie. »Seit Ben bei dir eingezogen ist, kommst du in deiner eigenen Wohnung nicht zur Ruhe, weil der Herr Musiker bis spät in die Nacht arbeitet.« Beim letzten Wort machte Maddie mit den Fingern Gänsefüßchen in der Luft.

»Ben sagt immer, dass er abends am kreativsten ist«, verteidigte sie ihren Freund inbrünstig.

»Das ist ja okay, aber dann müssen sie sich eben bei jemandem treffen, der keine Frau hat, die morgens um sechs aufsteht und zur Arbeit gehen muss.«

»Ach, du weißt doch, wie die Jungs drauf sind. Die anderen wohnen in Kellerlöchern, die es nicht verdienen, als ›Wohnung‹ bezeichnet zu werden.«

»Hatten die *Wild Piggies* in letzter Zeit einen Auftritt?« Maddie reichte ihr einen dampfenden Becher Kaffee.

Vorsichtig nippte Page daran. »Nur ein paar kleine Gigs. Nicht der Rede wert.«

»Siehst du. Umso wichtiger ist es, dass er Rücksicht auf dich nimmt!« Maddie nahm einen tiefen Schluck. »Ohne dich könnte er sich nicht einmal die Wohnung leisten.«

Page knabberte nachdenklich an ihrer Unterlippe. Mit ihrem Gehalt als Kindergärtnerin konnte sie keine großen Sprünge machen, und das wenige, das Ben bei seinen Auftritten verdiente, reichte meist nur, um die Unkosten zu decken.

»Du musst mit ihm reden. Es kann nicht sein, dass du jeden Morgen wie ein Zombie in den Kindergarten kommst, während er gemütlich bis mittags schläft.« Maddie stellte den Becher energisch auf den Tisch. Kaffee schwappte über und lief ihr über die Hand. »Mist!«

Sie stand auf und holte die Küchenrolle aus dem Schrank, um den Fleck zu beseitigen.

»Aber du weißt doch, wie sensibel Ben ist. Das letzte Mal, als ich ihn auf die Unordnung in der Wohnung angesprochen habe, hat er einen Tag lang schmollend im Bett gelegen und eine Krankheit vorgetäuscht.«

»Der ist nicht sensibel, sonst ein typischer Macho, der denkt, dass sich die Welt nur um ihn dreht. Das ist deine Wohnung, also auch deine Regeln. Dann müssen sich die Jungs eben einen Übungsraum anmieten.«

Page seufzte. »Manchmal wünschte ich mir, ich hätte dein Selbstbewusstsein.«

»Wenn du willst, sage ich es ihm!« Maddie stemmte die Hände in die Hüften.

»Nein, ich rede mit ihm«, versprach sie.

»Gut! Und nun trink deinen Kaffee aus, bevor er kalt wird«, sagte Maddie mit einem Ton, der keinen Widerspruch duldete.

»Jawohl, Mummy.«

Nachdenklich nippte sie an ihrem Becher.

Müde drehte Page den Schlüssel herum. Der Tag hatte sich wie Kaugummi gezogen und sie war froh, endlich zu Hause zu sein. Als sie die Wohnung betrat, schlug ihr ein leichter Zigarettengeruch entgegen. Missbilligend rümpfte sie die Nase.

»Ben?« Sie legte den Schlüssel auf den kleinen Tisch gleich neben der Tür. Dabei fiel ihr Blick auf die Socken, die über den Flur verstreut lagen. Offensichtlich hatte Ben es nicht für nötig gehalten, sie in den extra dafür vorgesehenen Wäschekorb zu packen. Seufzend bückte sie sich, um sie aufzuheben.

»Hi, Babe!« Ben stand in der Küchentür und musterte sie verschlafen. Quer über seine Wange zog sich eine Falte, die zweifellos vom Kopfkissen stammte.

»Sag mal, bist du eben erst aufgestanden?« Sie runzelte die Stirn. Es war bereits sechs Uhr.

»Ja. Nein.« Ben schüttelte den Kopf. Er sah auf eigenartige Weise süß aus, wie er in den abgewetzten Jeans, dem zerknitterten

T-Shirt und mit nackten Füßen vor ihr stand. »Also, es ist spät geworden gestern Abend …«

»Genau darüber wollte ich mit dir sprechen.« Sie schluckte.

Ben nickte. Sein Blick fiel auf die Einkaufstüte in ihrer Hand. »Was gibt es denn zu essen?«

»Ben, hörst du mir überhaupt zu?«

»Na klar, Babe.« Er schenkte ihr ein bezauberndes Lächeln und legte dabei seine leicht schiefen Zähne frei.

Sie seufzte und stellte die schwere Einkaufstasche auf dem Boden ab. »Ich wollte mit dir über gestern Abend reden.«

»Was war denn?« Er blickte sie unschuldig an.

»Das geht so nicht weiter. Ich brauche meinen Schlaf.«

»Klar.«

»Aber den bekomme ich nicht, wenn du und die Jungs bis frühmorgens in unserer Küche sitzt.« Manchmal hatte sie das Gefühl, mit einem Kind zu reden.

»Mach dir Ohrstöpsel rein«, schlug er vor. »Kevin sagt, seine Freundin schläft auch damit. Sind echt cool, die Dinger.«

»Ich möchte aber nicht mit Ohrstöpseln schlafen. Kannst du das nicht verstehen?«

»Doch, sicher.« Ben kam mit nackten Füßen über den Flur auf sie zu getapst. »Hey, was hältst du davon, wenn ich dir eine schöne Massage gebe?« Er schlang seine Arme um ihre Taille und zog sie an sich. »Du weißt schon, so mit Happy End und so.« Er zwinkerte ihr zu.

»Ben, ich möchte jetzt keinen Sex. Ich bin müde und habe Hunger.« Sie drückte ihn von sich.

Er verzog das Gesicht. »Ich habe es ja nur gut gemeint.«

»Ja, ich weiß. Aber andere Leute haben nicht das Glück, den ganzen Tag im Bett zu liegen und zu gammeln. Ich habe einen Job.«

»Du sagst immer, dein Job ist das Beste, was dir passieren konnte«, schmollte er.

»Stimmt, ist er auch, aber trotzdem ist es Arbeit.«

»Lass uns nicht streiten«, bat er. Ihre Blicke kreuzten sich.

»Ich will mich ja auch gar nicht streiten. Ich habe dich nur um etwas gebeten«, versuchte sie es erneut.

»Siehst du, und du fängst schon wieder an.«

»Das ist nicht fair von dir, und das weißt du auch.« Page rang um Fassung.

»Babe.« Er legte seine Hände auf ihren Nacken. »Du bist ja völlig verspannt.«

Seine schlanken Finger begannen ihre Muskeln zu bearbeiten. Massieren war eine seiner herausragenden Eigenschaften. Er konnte geradezu himmlisch massieren.

»Mhm«, schnurrte sie versöhnlich.

»Komm.« Ben nahm ihre Hand und führte sie ins Schlafzimmer. »Ich lockere dich mal ein bisschen durch.«

Wie zu erwarten, war das Bett nicht gemacht. Überall im Zimmer lagen Bens Klamotten verstreut und die Luft in dem kleinen Raum war abgestanden.

»Relax, Baby!«, sagte Ben, der ihren missbilligenden Blick aufgefangen hatte. Er drückte sie sanft auf die Matratze. Seine Finger glitten zu den Knöpfen ihrer Bluse.

»Ich würde mich ja gern entspannen«, wagte sie einen letzten schwachen Versuch, »aber dafür muss ich schlafen. Verstehst du?«

»Klar. So, und jetzt küss mich.« Mit diesen Worten versiegelte er ihren Mund mit seinen Lippen.

»Das war klasse, Kleines.« Ben strich ihr eine Strähne aus dem Gesicht.

Natürlich war es nicht bei einer einfachen Massage geblieben. Wie so häufig hatte Ben sie mit seiner tollpatschigen, zärtlichen Art eingelullt, und sie war seinem Charme erlegen. Jetzt lag sie mit ihrem Kopf auf seiner spärlich behaarten Brust und lauschte seinem Atem, während sie noch mit den Nachwehen ihres Orgasmus beschäftigt war.

»Hmm«, murmelte sie zufrieden.

»Wir waren richtig gut«, brummelte Ben an ihrem Ohr.

»Das sagtest du bereits.« Wäre sie eine Katze, hätte sie angefangen zu schnurren. Zumindest hatten die Massage und der danach folgende Sex dazu geführt, dass sie sich angenehm entspannt fühlte.

»Ich meine doch nicht dich und mich. Ich meine die Band.« Er griff nach der Zigarettenschachtel auf dem Nachttisch.

»Wir hatten uns doch geeinigt, dass du nicht im Schlafzimmer rauchst.« Page hob den Kopf.

Wie ein Kleinkind, das man beim Naschen ertappt hatte, legte er die Schachtel wieder zurück.

»Die Jungs und ich haben ein neues Lied geschrieben. Das wird unser Durchbruch – ich habe es im Gefühl.« Sein Strahlen wurde noch breiter.

Mit einem Mal kam sie sich vor wie ein Schwein. Ben hatte die ganze Nacht hart gearbeitet, und sie meckerte nur an ihm herum.

»Wirklich?« Sie sah ihn interessiert an. Seine dunklen Haare waren völlig zerzaust.

»Ja, wir haben einen coolen Sound gefunden. Soll ich es dir mal vorspielen?«

Ehe sie antworten konnte, war er aufgesprungen und eilte splitterfasernackt durch die Wohnung. Sekunden später war er wieder bei ihr und setzte sich, nur durch seine Gitarre bedeckt, auf die Bettkante.

»Das ist unsere erste Ballade«, erklärte er mit ernster Miene und stimmte den ersten Akkord an. »Das Lied heißt *Honigmund.*«

»Das klingt schon mal vielversprechend.« Sie richtete sich im Bett auf.

Normalerweise waren die *Wild Piggies* eher für Titel wie *Arschlochkinder, Krawallbürste, Säuferherz* bekannt. Ihr größter Hit war bisher ein Song mit dem malerischen Titel *Schweineliebe* gewesen.

»Oh Babe, dein süßer Honigmund kann so viele schöne Sachen machen«, fing Ben mit seiner rau klingenden Stimme an zu singen. »Dein süßer Honigmund ist so prall und schön.«

Page legte den Kopf leicht schräg. Die Melodie war durchaus eingängig. Sie lauschte gespannt.

»Honigmund. Honigmund. Honigmund«, sang Ben fröhlich weiter. »Ich will dich ficken.«

»Ähm … Ben.« Page hob die Hand zum Zeichen, dass er aufhören sollte.

»Was ist? Ich singe mich gerade warm«, sagte Ben sichtlich genervt.

»Meinst du, dass deine Wortwahl so … ähm … – Wie soll ich es sagen? – …« Sie leckte sich über die trockenen Lippen. »… so geschickt ist?«

Ben verzog das Gesicht zu einer Grimasse. »Du erkennst die Schönheit des Songs nicht.«

»Doch. Doch, wirklich! Die Melodie ist toll. Es ist ja nur der Text, mit dem ich so meine Probleme habe.«

»Probleme mit dem Text!« Ben stand auf. »Gerade von dir hätte ich mir etwas mehr Verständnis erhofft.«

Ihr Blick fiel auf sein nacktes Geschlechtsteil, das wie ein vertrockneter Tannenzapfen nach unten hing.

»Aber du sagst immer, wie wichtig dir meine ehrliche Meinung ist.«

»Wenn das deine Meinung ist, möchte ich sie lieber nicht hören.« Er beugte sich nach vorn und schnappte sich die Schachtel Zigaretten. »Wenn du mich jetzt entschuldigen würdest – ich habe noch eine Verabredung mit der Band.« Seine Schritte entfernten sich.

Frustriert warf sie sich auf die andere Seite des Bettes und starrte gegen die Wand. Vielleicht hatte Maddie recht und es wurde Zeit, mal wieder an sich selbst zu denken und weniger Rücksicht auf Ben zu nehmen.

2. Kapitel

»Und, hast du mit ihm gesprochen?« Maddie ließ sich neben Page auf die Bank fallen.

Es herrschte wunderbares Wetter, der blaue Himmel strahlte über New York. Einer der ersten schönen Tage des Jahres. Der Winter war ziemlich kalt und scheußlich gewesen. Immer wieder Schnee und Eis. Page war froh gewesen, dass sie damals so nah am Kindergarten eine Wohnung gefunden hatte und nicht auf Bus und Bahn angewiesen war, um zur Arbeit zu gelangen. Selbst im schlimmsten Schneechaos war sie pünktlich zum Dienst erschienen. Heute jedoch war es herrlich warm und die Luft erfüllt vom Duft der Blumen, die rund um das Gelände wuchsen. Der Spielplatz im Hinterhof war Pages Lieblingsort. Hier konnten die Kinder nach Herzenslust toben, ohne dass sich jemand daran störte. Viele ihrer Schützlinge kamen aus ärmlichen Verhältnissen. Häufig waren es alleinerziehende Mütter, die ihre Kinder vor dem Fernseher parkten, weil sie selbst zu müde waren, um sich um sie zu kümmern.

»Habe ich!« Page nickte. »Kevin, lass das und gib Sara die Puppe zurück.«

Sie zeigte mit dem Finger auf einen kleinen Jungen, der heftig am Bein einer Puppe riss, die eines der Mädchen schützend vor seine Brust hielt.

»Und was hat er gesagt?«

»Er hat ein Lied geschrieben, das sein ganz großer Durchbruch werden soll«, entgegnete sie und malte mit der Schuhspitze Linien in den Sand.

»Aha. Und?«

»Na ja. Die Melodie war ganz schön. Der Text ist noch etwas verbesserungswürdig.« Sie lächelte schief.

»Das klingt ja nicht gerade überzeugend.«

»Ben war zuerst ziemlich sauer.« Ihr Blick fiel auf Annie, die sich am Hinterkopf kratzte. »Annie, lass das!«

»Aber das juckt«, beklagte sich die Kleine.

»Du kratzt dich noch ganz wund. «

Annie ließ die Hand sinken.

Maddie nahm das Gespräch wieder auf. »Das klingt doch schon mal ganz gut.«

Lautes Schreien war zu hören. Suchend sah sich Page um. Zwei ihrer kleinen Schützlinge standen unter der großen Eiche am Ende des Gartens und stritten sich. Lucas hatte ein kleines Spielzeugauto in der Hand und holte mit der anderen zum Schlag gegen Henry aus. Sofort stand Page auf, um die beiden Streithähne auseinanderzubringen.

»Hey, was soll das?«, ermahnte sie Lucas.

»Das ist mein Auto.« Henry hatte Tränen in den Augen.

»Ist das wahr?«, fragte sie, an Lucas gewandt.

»Ja, aber ich will auch ein Auto haben«, verteidigte sich dieser. Seine Unterlippe zitterte verdächtig.

Er war ein aufgeweckter Junge, der den anderen Kindern in manchem voraus war. Lucas kam aus bescheiden Verhältnissen. Page war sich sicher, dass seine Mutter, die blasse Miss Parker, alles tat, damit es ihrem Sohn gut ging, aber oft reichte das wenige Geld, das sie am Kiosk verdiente, einfach nicht.

»Weißt du was«, sagte sie mild. »Du gibst Henry jetzt sein Auto zurück.« Lucas streckte die kleine Hand mit dem Auto aus. Blitzschnell schnappte sich Henry das Objekt der Begierde und lief zu den anderen Kindern. Sie strich Lucas über den Kopf. »Du kannst anderen Kindern nicht einfach das Spielzeug wegnehmen, selbst dann nicht, wenn du dir auch so etwas wünscht. Hast du das verstanden?« Lucas nickte. Eine dicke Träne kullerte ihm über die Wange.

»Weißt du was? Wir beide gehen mal ins Spielzimmer. Ich glaube, in unserer Spielkiste ist genau so ein Auto, das auf einen neuen Besitzer wartet«, versuchte sie ihn aufzumuntern.

Ein Lächeln huschte über das zarte Gesicht des Jungen. Sie streckte den Arm nach ihm aus und Lucas legte vertrauensvoll seine Hand in ihre.

»Und? Problem gelöst?«, fragte Maddie, als sie wieder nach draußen kam. Page deutete auf Lucas, der mit einem seligen Lächeln auf dem Gesicht gemeinsam mit Henry spielte. »Du hast ihm das Auto geschenkt, oder?«

Es war mehr eine Feststellung als eine Frage.

»Er hat mir einfach so leidgetan. Der kleine Kerl hat wirklich nicht viel zu lachen.«

»Du wirst noch mal den ganzen Kindergarten verschenken.« Maddie schüttelte den Kopf.

Emily kam auf sie zugelaufen. Ihr sonst so rosiges Gesicht war kreidebleich.

»Was ist los, meine Süße?« Page strich ihr über den Kopf.

»Page, mein ganzer Kopf juckt.«

»Komm mal her.« Page nahm Emily zu sich auf den Schoß. »Lass mich mal gucken.« Sie schob die dichten Haare der Kleinen auseinander. »Hast du das schon lange?«

»Keine Ahnung.« Emily zuckte mit den Schultern.

Page kniff die Augen zusammen und scannte Emilys Kopfhaut. Auf den ersten Blick sah alles normal aus, aber dann entdeckte sie die kleinen weißen Punkte am Haaransatz. »Maddie!«

»Was ist los?« Maddie sah fragend zu ihr rüber.

»Emily hat Läuse!«

Für den Bruchteil herrschte atemlose Stille.

»Du machst einen Scherz!« Maddie war mit wenigen Schritten bei ihr.

»Über so was macht eine Kindergärtnerin keine Witze. Das wäre so, als würde der Präsident zum Spaß den Atomknopf drücken.«

»Mist!«

»Maddie! Doch nicht vor den Kindern!« Sie hielt Emily die Ohren zu.

»Ach, ist doch wahr.« Maddie ließ sich neben ihr auf den Boden nieder. »Habe ich schon mal erwähnt, dass ich Läuse hasse?«

»Hast du. Mehrfach. Ich würde vorschlagen, wir kontrollieren die anderen Kinder, bevor wir Alarm schlagen. Wer weiß, vielleicht ist nur Emily betroffen.« Sie kreuzte die Finger in der Luft. »Du weißt ja, die Hoffnung stirbt zuletzt.«

»Auf Wiedersehen, Ms Turner, und vielen Dank, dass Sie so schnell gekommen sind«, verabschiedete Page die letzte Mutter. »Wir melden uns, sobald wir Entwarnung geben können.« Sie drückte die Tür zu. »Geschafft!« Ihr Blick fiel auf ihre Armbanduhr. »Drei Uhr, und schon Feierabend.«

»Und was machst du jetzt?« Maddie schnappte sich ihre Umhängetasche.

»Ich werde Ben überraschen und endlich mal einen Nachmittag mit ihm zusammen im Bett verbringen. Großartig!«

»Ach schade! Ich dachte, wir zwei könnten ein Eis essen gehen und vielleicht ein Sektchen miteinander trinken«, flötete Maddie, bestens gelaunt.

»Du willst doch nur zur Eisdiele, um nachzusehen, ob dieser heiße Italiener noch da arbeitet.« Maddie hatte eine Schwäche für dunkelhaarige Männer. Vor allem Italiener hatten es ihr angetan.

»Wäre das denn so schlimm?«

»Schlimm nicht. Du bist schließlich ein großes Mädchen und weißt, was du tust«, sagte Page grinsend. »Was denkst du, wie lange wir den Kindergarten schließen müssen?«

»Keine Ahnung.« Maddie zuckte mit den Schultern. »Ein paar Tage werden es schon sein. Wenn wir es geschickt machen und die Tage miteinbinden, in denen der Kindergarten wegen der Sommerpause sowieso geschlossen hat, haben wir glatte zwei Wochen.«

»Du spinnst!« Page zeigte ihrer Freundin einen Vogel. »Wir können den Laden doch keine zwei Wochen dichtmachen.«

»Wir können und wir werden. Du weißt doch, dass ich sehr überzeugend sein kann, wenn ich will.« Maddie streckte ihr die Brust entgegen. »Und außerdem habe ich zwei schlagende Argumente.« Vor knapp einem Jahr hatte sie eine Affäre mit einem der Geldgeber des Kindergartens gehabt und genoss seither Narrenfreiheit.

»Ich sehe schon, wenn es eine schafft, dann du.« Page grinste. »Dann drücke ich uns mal die Daumen, dass deine zwei Argumente«, sie machte eine Handbewegung zu Maddies Busen, »die gewünschte Wirkung zeigen.«

»Du wirst es erfahren.« Maddie zwinkerte ihr zu.

Gutgelaunt ging Page die Straße entlang. Es war eine gefühlte Ewigkeit her, dass sie und Ben unter der Woche Zeit miteinander verbracht hatten. Umso mehr freute sie sich darauf, ihn zu überraschen. Es war ein warmer Tag. Viele Leute saßen in den kleinen Cafés und genossen die Sonne bei einer Tasse Kaffee. Autoschlangen quälten sich durch die engen Straßen. Frauen mit gehetzten Gesichtern eilten schwerbeladen mit Einkäufen über die Gehwege. Die Luft war erfüllt von den Abgasen der Autos und dem Duft der Würstchenbuden, die überall am Straßenrand standen.

Pages Blick fiel auf den kleinen Feinkostladen an der Ecke. Sie blieb stehen. Warum nicht Ben mit einer Flasche Sekt und ein paar Köstlichkeiten zum Knabbern überraschen? Heute war ein Tag zum Feiern, schließlich kam es nicht alle Tage vor, dass sie unerwartet frei bekam.

Entschlossen überquerte sie die Straße.

Keine halbe Stunde später stand sie mit einer Einkaufstüte voll mit Leckereien vor ihrer Wohnung.

»Hallo, Page.« Miss Miller, ihre Nachbarin, kam ihr im Flur entgegen. »Schon so früh von der Arbeit zurück?«

Miss Miller war der neugierigste Mensch, den Page kannte, und noch dazu das größte Tratschweib in ganz Brooklyn. Wenn man sichergehen wollte, dass eine Neuigkeit die Runde machte, brauchte man es nur Miss Miller zu erzählen – kurze Zeit später wusste es die gesamte Straße.

»Guten Tag, Miss Miller. Ja, wir haben Läuse im Kindergarten und mussten die Kinder nach Hause schicken.«

Miss Miller verzog das Gesicht. »Läuse?! Wann lernen Eltern endlich, ihre Kinder ordentlich zu waschen?« Sie trat einen Schritt zurück, als hätte sie Angst, sich bei Page anzustecken. »Einen schönen Tag noch.«

»Das wünsche ich Ihnen auch.« Schmunzelnd sah sie, wie die alte Dame eilig im Haus verschwand. Wahrscheinlich würde sie sich gleich die Haare waschen.

Page trat in den Hausflur. Es duftete nach frischen Brötchen aus der Backstube. Sofort meldete sich ihr Magen knurrend zu Wort. Sie hatte seit dem Frühstück nichts mehr gegessen. Normalerweise aßen sie zusammen mit den Kindern zu Mittag, aber heute war alles drunter und drüber gegangen, sodass sie es nicht geschafft hatte. Umso mehr freute sie sich auf die Delikatessen, die sie für den romantischen Nachmittag mit Ben besorgt hatte.

Sie lief die Treppen hoch bis zu dem kleinen Apartment. Leise schloss sie die Tür auf. Sie wollte Ben überraschen. Es kam so gut wie nie vor, dass sie früher nach Hause kam.

Ein leises Grunzen war zu hören.

Page blieb wie erstarrt stehen.

Erneut lautes Grunzen, begleitet von einem Klatschen, wie es entstand, wenn zwei nackte Körper aufeinandertrafen. Sah sich Ben etwa um diese Uhrzeit einen Porno an? Page schüttelte ungläubig den Kopf. Noch in voller Montur ging sie zum Schlafzimmer. Die Tür stand sperrangelweit offen.

»Hey, siehst du dir etwa ohne mich einen Porno an?« Mit energischem Schritt trat sie ein.

3. Kapitel

»Ich habe es ja immer gesagt!«, schnaubte Maddie. »Der Typ ist echt ein Schwein! Wenn du willst, fahre ich rüber und schneide ihm seine verdammten Haare ab. Und seine Eier gleich noch mit dazu.«

Page musste unter Tränen lachen. Sie war den ganzen Weg von ihrer Wohnung zu Maddie gelaufen. Zu allem Übel hatte es auch noch angefangen zu regnen und sie war bis auf die Knochen nass gewesen, als sie endlich vor Maddies Haustür gestanden hatte.

Mittlerweile war sie geduscht und hatte einen von Maddies grauenvoll bunten, aber supergemütlichen Overalls an. Maddie hatte eine Flasche Rotwein aufgemacht. Zusammen saßen sie auf der gemütlichen Couch im Wohnzimmer und tranken. Regentropfen prasselten gegen die Fenster. Es war, als ob sich das Wetter ihrer Stimmung angepasst hätte.

»Du musst dich von ihm trennen«, sprach Maddie das Unausweichliche in ihrer direkten Art aus. »Es gibt keinen Grund mehr, bei ihm zu bleiben. Der Typ ist ein Schmarotzer, und jetzt auch noch ein Betrüger.«

Sie prostete Page zu und leerte ihr Weinglas in einem Zug. Page spürte ihren bohrenden Blick auf sich ruhen.

»Eigentlich hätte ich es ahnen können«, erklärte Page schwach. »In den letzten Wochen lief es nicht sonderlich gut zwischen uns. Ben ist oft erst spät gekommen, wenn ich schon im Bett war, und wenn er dann da war, haben wir uns gestritten. Ich dachte, das wäre nur eine Phase.«

»Aus meiner Erfahrung sind solche Phasen immer der Anfang vom Ende. Page …« Maddie nahm Pages Kopf zwischen ihre

Hände und zwang sie, ihr in die Augen zu schauen. »Du hast ihm zwei deiner besten Jahre geschenkt. Ihr hattet eine schöne Zeit, aber jetzt ist sie vorbei. Er hat eure Liebe mit Füßen getreten.« Maddie schüttelte den Kopf. »Ein sauberer Schnitt wäre fair dir gegenüber gewesen, aber *das* war gemein. Dich in eurem Bett mit einer anderen zu betrügen, ist wirklich das Allerletzte.«

»Ja, du hast ja recht. Trotzdem tut es verdammt weh.« Sie schniefte leise. »Du hättest ihn sehen sollen! Es war wie in einem schlechten Film. Er hat sogar *den* Satz gesagt: *›Es ist nicht so wie du denkst!‹* – Wäre es nicht so traurig gewesen, hätte ich gelacht.«

»Mann, Mann, Mann. Was für ein Idiot.« Maddie schüttelte den Kopf. »Und was hat die Blondine gemacht?«

»Du meinst, nachdem sie Bens Gesicht zwischen ihren Brüsten hervorgeschält hat?« Sie lachte bitter. »Sie hat wie eine Maus gepiepst, dass sie jetzt wohl besser gehen sollte.«

»Und Betrüger-Ben? «

»Hat sie gebeten zu bleiben.«

»Ich finde, damit ist dann auch alles gesagt.«

»Mhm.«

»Hör auf, die Schuld bei dir zu suchen.« Maddies Scannerblick ruhte auf ihr. »Ich weiß, dass du es tust. Du suchst immer die Schuld bei dir, bei allem. Aber du bist nicht schuld, das kann ich dir versichern.« Ertappt zuckte Page zusammen. Sie hatte sich tatsächlich gerade gefragt, ob es an ihr lag, dass Ben sie betrogen hatte. »Sieh es positiv. Zumindest kannst du dich mal richtig ausschlafen bei mir.«

»Was würde ich nur ohne dich machen? Du bist die beste Freundin der Welt.« Page trank ihr Glas mit einem Zug leer.

»Dafür sind Freundinnen doch da, dass man sich bei ihnen ausweinen und über Sex reden kann.« Maddie grinste.

»Das mit dem Sex weiß ich nicht so genau, aber den Rest unterschreibe ich.« Page griff nach der Weinflasche.

»Ich finde, wir sollten zu etwas Wirksamerem übergehen.« Maddie stand auf und machte sich an dem Regal zu schaffen, wo sie ihren Alkohol lagerte. »Liebeskummer kann man nur bekämpfen, indem man vergisst. Zum Vergessen ist Wodka genau das Richtige.« Sie wedelte mit einer Flasche in der Luft.

»Wodka. Mhm.« Page wischte sich mit den Fingern die Reste der Wimperntusche unter den Augen weg. Maddie schenkte die Gläser voll. »Ist das nicht ein bisschen viel?«

Sie hatte nichts gegessen und der Rotwein auf nüchternen Magen machte sich bereits mit einem leichten Schwindelgefühl bemerkbar.

»Du hast großen Kummer, da darf es schon mal ein bisschen mehr sein.« Maddie hob ihr Glas in die Höhe. »Auf deine Trennung von Ben.«

Die Bilder von der nackten Blondine in ihrem Bett tauchten in ihrem Kopf auf, und mit ihnen verschwanden die Zweifel. »Auf meine Freiheit!«

»Noch besser!« Die Zuversicht in Maddies Stimme übertrug sich auf Page.

»Na zdrowje!« Klirrend stießen ihre Gläser aneinander. »Mehr Wodka!« Page stellte ihr leeres Glas auf den kleinen Couchtisch.

»Das ist die richtige Einstellung!« Gluckernd lief die klare Flüssigkeit in das Glas.

Es klingelte an der Haustür.

»Das ist Ben. Mach nicht auf«, bat Page. Doch Maddie war bereits aufgesprungen und eilte zur Tür.

»Ben, welche Überraschung«, empfing sie ihn mit der Wärme eines Kühlschranks.

»Ist Page bei dir?«

Zu ihrer Befriedigung bemerkte Page ein leichtes Zittern in Bens Stimme.

»Allerdings, und sie möchte dich nicht sprechen.«

»Page!«, hörte sie ihn laut rufen. »Page, ich muss mit dir reden!«

»Aber ich nicht mit dir«, rief sie zurück.

»Ich liebe dich!«

Bei den drei Worten ballte sich ihr Herz zu einer Faust. Es rumpelte an der Tür.

»Bleib stehen«, ertönte Maddies wütende Stimme.

Zwei Sekunden später stand er im Wohnzimmer. Seine Haare hingen nass auf seine Schultern wie gekochte Spaghetti. Wasser tropfte ihm von der Nase und lief über sein Gesicht.

»Du ruinierst mir noch den Boden«, brummte Maddie und warf ihm ein Handtuch an den Kopf.

Wortlos durchquerte Ben das Wohnzimmer, bis er Page gegenüberstand. »Babe.« Er streckte den Arm nach ihr aus. »Bitte tu uns das nicht an.«

»*Ich* soll uns das nicht antun?!«, kreischte Page. »Du bist doch derjenige, der alles kaputt gemacht hat, weil er seinen Schwanz nicht im Zaum halten konnte.«

»Bravo«, ertönte es aus dem Hintergrund.

»Ich will mich nicht trennen.« Tränen traten in seine Augen.

»Aber ich mich von dir«, erklärte Page entschlossen.

»Sehr gut«, kommentierte Maddie aus dem Hintergrund. Page warf ihr einen *Lass-mich-das-machen*-Blick zu.

»Du weißt schon, dass du an der ganzen Sache schuld bist.« Ben steckte seine Hände in die Hosentaschen und sah sie an wie ein trotziger Junge.

»Kann es sein, dass du etwas geraucht hast?« Anders konnte sie sich seinen letzten Satz nicht erklären.

»Was soll der Mist? Nein, natürlich nicht.«

»Dann weiß ich nicht, wie du auf die beschissene Idee kommst, dass ich schuld daran sein könnte, dass du mit einer anderen Frau Sex hattest.«

»Das liegt doch auf der Hand, dafür braucht man kein Hobbypsychologe zu sein: Du bist schließlich diejenige, die ständig an mir herummeckert.«

»Das ist doch nicht wahr!«, protestierte sie.

»Doch. Erst gestern hast du rumgenörgelt, dass ich mehr Rücksicht auf dich nehmen muss. Du warst so damit beschäftigt, mich zu kritisieren, dass du nicht mal zugehört hast, was ich dir erzählt habe. Außerdem hast du unser Lied kaputtgemacht.«

»Euer Lied? Dass ich nicht lache! Das Katzengejammer will doch niemand hören.«

»Diana gefällt es«, entgegnete Ben knapp.

»Diana«, wiederholte Page. »Ist das die kleine Blonde, die du in meinem Bett gevögelt hast?« Ben nickte stumm. »Ich finde es ein starkes Stück, dass du den Mut besitzt, hierherzukommen und mir zu erklären, dass ich Schuld an der ganzen Sache habe, weil ich dich nicht genügend gewürdigt habe. Dass du allerdings diese kleine Schlampe anbringst, um dich zu verteidigen, schlägt dem Fass den Boden aus. Ich würde vorschlagen, du gehst jetzt lieber und fängst an, deine Sachen zu packen.«

»Du schmeißt mich raus?« Fassungslosigkeit stand ihm ins Gesicht geschrieben.

»Was hast du denn gedacht?« Sie funkelte ihn wütend an.

»Ja, aber wo sollen die Jungs und ich uns denn dann treffen?« Er suchte ihren Blick.

»Das ist nicht mein Problem. Und jetzt geh bitte. Meine beste Freundin und ich waren gerade dabei, meine Unabhängigkeit zu feiern«, verwies sie ihn der Tür.

Für einen Moment stand Ben unschlüssig im Raum.

»Du wirst schon sehen, was du davon hast. Ich war schließlich immer für dich da, wenn du mich gebraucht hast.« Mit diesen Worten machte er auf den Hacken kehrt und ging. Dort, wo er gestanden hatte, hatte sich eine große Lache gebildet – wie bei einem Schneemann, den man in die Sonne gestellt hatte.

Als die Tür ins Schloss fiel, zuckte Page zusammen. Es war, als wäre ein Kapitel ihres Lebens für immer geschlossen worden. Eigentlich hätte sie am Boden zerstört sein müssen, aber alles, was sie empfand, war Wut. Sie war wütend darüber, dass er es in ihrem Bett mit einer anderen getrieben hatte. Aber an erster Stelle war sie wütend auf sich selbst, dass sie Ben so lange ertragen und sich von ihm hatte ausnutzen lassen.

»Ich bin stolz auf dich.« Maddie setzte sich wieder auf ihren ursprünglichen Platz. »Darauf müssen wir trinken.« Sie füllte die Gläser erneut mit der klaren Flüssigkeit. »Auf die Freiheit!«

»Auf die Freiheit.«

In Pages Kopf hämmerte es wie in einem Bergwerk. Ihr war elend, was zweifellos am Alkohol lag, den sie zusammen mit Maddie in der vergangenen Nacht konsumiert hatte. Sie lag noch immer in ihren Klamotten vom Vortag auf dem Sofa ausgestreckt. Ihr Blick fiel auf den Tisch, auf dem eine leere Flasche Rotwein und eine angebrochene Flasche Wodka standen. Daneben lag Maddies aufgeklappter Laptop.

Stöhnend ließ sie sich zurück auf das Kissen fallen. Jeder Knochen tat ihr vom Liegen weh.

»Na, auch schon ausgeschlafen?« Maddie kam mit zwei dampfenden Bechern in der Hand um die Ecke.

»Nicht so laut!«, bat Page und hielt sich demonstrativ die Ohren zu.

»Guten Morgen.« Maddie reichte ihr einen Becher. Page richtete sich verschlafen auf.

»Danke.« Sie nahm einen tiefen Schluck. Der Kaffee war herrlich stark und dank Unmengen von Zucker angenehm süß. »Damit kannst du Tote wecken.«

»So wie du aussiehst, bist du gerade aus deren Reich wiederauferstanden«, sagte Maddie grinsend.

»Warum weckst du mich überhaupt?«

»Na, weil du nach Hause musst, um deine Tasche zu packen.«

»Hä?« Sie sah Maddie verständnislos an.

»Ja hallo! Erinnerst du dich denn nicht?«

Page spürte, wie sämtliche Farbe aus ihrem Gesicht wich. Ihr Puls ging vom Schlafmodus in den Läufermodus über. »Dann war das kein Traum?«

»Nope! Wir haben tatsächlich eine Reise nach Montana gebucht!« Maddies Grinsen wurde noch breiter, falls das überhaupt noch ging. »Genaugenommen einen Ranch-Urlaub in Sweet Grass County.«

»Wow!« Page sank bis zur Nasenspitze unter die Decke. »Aber das geht nicht! Wir müssen in den Kindergarten, wir müssen arbeiten.«

»Schon vergessen? Der Läuse-*Flohzirkus* bleibt die nächsten vierzehn Tage geschlossen.« Maddie prostete ihr mit dem Kaffeebecher zu. »Montana, wir kommen!«

»Montana … Ich fasse es nicht, dass wir das wirklich getan haben.« Page schluckte trocken.

»Ja, und wir haben nicht viel Zeit. Der Flieger geht heute Nachmittag.« Maddie hüpfte fröhlich neben ihr auf und ab. »Los, trink deinen Kaffee aus, und dann ab unter die Dusche.«

»Aber was ist mit Ben?« Plötzlich war das ganze Elend von gestern wieder zurück. Tränen vor Wut brannten in ihren Augen.

»Du brauchst gar nicht so betroffen zu schauen. Falls ich deinem Gedächtnis noch mal auf die Sprünge helfen darf: Du hast ihn dabei erwischt, wie er eine andere gevögelt hat.« Maddies Augen funkelten angriffslustig. »Du solltest nach vorn schauen. Dein Leben hat endlich wieder einen Sinn. Du bist frei!«

»Frei! Ich kann mich nicht erinnern, wann ich das letzte Mal mit einem Mann geflirtet habe. Muss 'ne Ewigkeit her sein.«

»Umso wichtiger, dass du endlich wieder unter Leute – ähm, ich korrigiere – unter Männer kommst. Das Leben ist zu kurz, um zu trauern, nur weil ein Mann ein Arsch war. Da draußen warten eine Menge attraktiver Kerle darauf, mit dir zu flirten.«

»Mhm.« Page trank ihren Becher aus. »Du hast recht.«

»Ich weiß. Und deshalb kommst du jetzt von diesem Sofa herunter und machst dich fertig! Wir haben keine Zeit zu verlieren.«

»Okay, Boss!« Page salutierte gespielt.

Maddie nickte zufrieden. »Das ist der Spirit, den wir brauchen.«

Page ging ins Badezimmer. Der kleine Raum besaß die beste Regendusche, die Page jemals gesehen hatte. Ein Blick in den Spiegel genügte, um ihr zu zeigen, dass sie genauso aussah, wie sie sich fühlte – nämlich beschissen. Die schwarzen Reste ihrer Mascara lagen unter ihren Augen. Ihre Haut war rot, eine tiefe Falte hatte sich um ihren Mund eingegraben. Ihre langen blonden Haare standen wirr vom Kopf ab, und ihre Nase war über Nacht zu einer Kartoffel angewachsen. Page stöhnte bei dem Anblick.

Schnell streifte sie ihre Sachen ab und schlüpfte unter die Dusche. Das warme Wasser prasselte auf ihre Haut, und sie spürte, wie sich ihre Muskeln langsam entspannten und die Müdigkeit wie ein Schleier von ihr abfiel. Sie schloss genießerisch die Augen. *Ich bin Single.* Der Gedanke ließ sie erschrocken die Augen aufreißen. Verdammt! Es war zweieinhalb Jahre her, dass sie das letzte Mal als alleinstehende Frau durch das Leben und in Ben hineingestolpert war. Im Geiste sah sie sich schon als alternde Frau, die die Wechseljahre hinter sich hatte, einsam in ihrer Zweizimmerwohnung lebte und mit ihren Katzen sprach. Panik erfasste sie. Hatte sie wirklich das Richtige getan?

Page schüttelte sich unbewusst, als könnte sie so den lästigen Gedanken loswerden. Viele Frauen in ihrem Alter waren noch Single und stolz darauf. Maddie war das lebende Beispiel einer zufriedenen Singlefrau. Die Männer standen bei ihr Schlange.

Warum sollte Page nicht auch eine Weile ihr Singleleben auskosten? Sollte Ben doch bleiben, wo der Pfeffer wuchs. Sie würde ihr Leben ab jetzt genießen, und eine Reise nach Montana kam da gerade recht.

Energisch drehte Page das Wasser ab und stieg aus der Dusche. Der zweite Blick in den Spiegel war deutlich erfreulicher als der erste. Sie schnappte sich Maddies Bürste und fing an, ihre Haare damit zu bearbeiten. Ihre hellblauen Augen leuchteten hinter ihren langen Wimpern fast unnatürlich blau. Einer ihrer großen Pluspunkte bei der Männerwelt, genau wie ihre glänzenden Haare. Im Gegensatz zu Maddie war sie aber eher zierlich gebaut und hatte kleine Brüste.

Page warf einen letzten Blick in den Spiegel. Ja, so würde es gehen. Sie sah zwar immer noch etwas müde aus, aber Ben würde diesen Umstand kaum bemerken. Er würde noch nicht einmal merken, wenn sie sich ein Tattoo auf die Stirn hätte stechen lassen. Seufzend band sie ihre noch feuchten Haare zu einem lockeren Knoten am Hinterkopf zusammen. Sie hatte noch immer leichte Kopfschmerzen und einen unangenehmen Geschmack im Mund. Sie griff nach dem Mundwasser im Regal und spülte damit. Mit frischem Minzatem ging sie nach draußen.

»Na, jetzt siehst du doch schon wieder aus wie ein Mensch«, begrüßte Maddie sie, als sie ins Wohnzimmer kam. Maddie hatte in der Zwischenzeit klar Schiff gemacht und alle Indizien ihres kleinen Saufgelages von letzter Nacht entfernt. »Unser Flieger nach Big Timber geht um Punkt vierzehn Uhr. Ich hole dich mit dem Taxi ab. Du hast genau drei Stunden, um alles zu regeln und dem Kerl in deiner Wohnung Feuer unterm Hintern zu machen.«

Herrgott, drei Stunden! Panik erfasste sie.

»Sag mal, was genau haben wir da gebucht?«, fragte sie zaghaft nach.

»Reiten, Kühe, Lagerfeuer, schicke Cowboys und viel Natur«, ratterte Maddie die Worte nur so herunter.

»Aha.« Sie hatte keine Ahnung, was sie packen sollte.

»Jeans, T-Shirts, Stiefel, Turnschuhe, warme Jacken, Pullover und frische Unterwäsche für knapp zwei Wochen«, beantwortete Maddie ihre unausgesprochene Frage. Manchmal war sie ihr mit ihren hellseherischen Fähigkeiten schon fast unheimlich.

Page nickte. »Okay. Das kriege ich hin.«

»Das hoffe ich doch. Ich rechne fest mit dir.« Maddie lächelte ihr zu. »Und Kopf hoch, wenn der Hals auch noch so dreckig ist. Du schaffst das.«

»Danke.« Sie lächelte schwach zurück. »Bis später!«

»Ja, bis später.«

Als sie die Haustür öffnete, war es absolut still. Eine gewisse Wehmut befiel sie, als sie den Flur betrat und Bens Jeansjacke über dem Haken hängen sah.

»Ben? Bist du da?« Kein Mucks. »Ben?«, wiederholte sie.

Mit energischem Schritt, die Hände zu Fäusten geballt, ging sie mit klopfendem Herzen über den Flur. Ein Blick ins Schlafzimmer genügte, um sie wieder auf den Boden der Tatsachen zu bringen.

Das Bett war noch im selben Zustand wie gestern Nachmittag, nur dass kein Ben zusammen mit einer Blondine darin lag. Es roch leicht nach einem Parfüm, das sie nicht kannte und das zweifellos von der Blondine stammte. Bittere Galle stieg ihr den Hals hoch.

Ohne zu überlegen, riss Page das Fenster auf und tat einen tiefen Atemzug. Dann ging sie zum Bett und zog es ab. Die Bettwäsche warf sie unbesehen in den Müll. Der Anfang war gemacht.

Sie inspizierte die übrigen Räume. Ben musste in großer Hast gepackt haben, denn überall lagen noch Sachen von ihm verstreut in der Wohnung. Beherzt schnappte sie sich einen Müllbeutel.

Die nächste Stunde verbrachte sie damit, die Wohnung von allen Ben-Spuren zu befreien. Da waren die selbstgestrickten Socken von seiner Mutter, die sie unter dem Sofa fand, uralte Lebensmittel, die Ben eingekauft hatte und deren Haltbarkeitsdatum längst überschritten war, weil niemand sie essen mochte, sein altes zerschlissenes T-Shirt mit dem Aufdruck der Band, das sie ihm zum neunundzwanzigsten Geburtstag geschenkt hatte. Lauter kleine Erinnerungen, die er zurückgelassen hatte.

Als sie fertig war, ging sie nach draußen in den Hausflur. Sie verharrte einen Moment, bevor sie die Tüte in den schwarzen Schlund des Müllschluckers warf. Mit einem Gefühl der tiefen Befriedigung schloss sie die Tür, als würde es sich dabei um das Tor zu ihrer Vergangenheit handeln.

Zurück in der Wohnung machte sie sich daran, alles zu putzen. Bei dem Anblick von Bens schwarzen Schamhaaren in der Dusche – er hatte sich beharrlich geweigert, sich zu rasieren, da er sich so männlicher fand – zog es ihr den Magen zusammen. Hektisch spülte sie sie mit einer Ladung Wasser den Abfluss hinunter.

Nachdem sie die Wohnung einer Grundreinigung unterzogen hatte, holte sie ihre alte Reisetasche vom Schrank. Ihre Auswahl an

Klamotten war eher als übersichtlich zu bezeichnen. Erstens fehlte ihr das nötige Kleingeld, um diesbezüglich auf großem Fuß zu leben, und zweitens hatte es ihr häufig an Zeit gemangelt – zumal Ben immer betont hatte, dass sie ihm am besten in Jeans und T-Shirt gefallen würde. Aber das spielte jetzt keine Rolle mehr. Sie öffnete die Tür ihres Kleiderschranks und stopfte die nächstbesten Sachen in die Tasche. Sie reisten schließlich aufs Land, da würde sie kein Gala-Outfit benötigen. Dasselbe galt für ihre Unterwäsche. Sie wusste, dass viele ihrer Freundinnen einen horrenden Betrag für Dessous ausgaben. Sie selbst besaß eine ansehnliche Auswahl an Baumwollschlüpfern und -BHs. Rote, blaue, hautfarbene Unterhosen mit lustigen Aufdrucken und Sprüchen darauf. Ben hatte immer betont, wie sexy er sie darin fand. Der alte Heuchler!

Energisch zog sie den Reißverschluss ihrer Reisetasche zu. Keine Sekunde zu früh, denn es klingelte an der Haustür. Maddie war die Pünktlichkeit in Person.

Bevor sie hinausging, warf sie einen letzten Blick in alle Zimmer, ob sie nichts vergessen hatte. Alles sah sauber und aufgeräumt aus. Der muffige Geruch der letzten Jahre war wie von Zauberhand verschwunden. Ein Lächeln huschte über ihr Gesicht, als sie die Haustür hinter sich schloss.

Montana, ich komme!

4. Kapitel

Der Bus hielt auf dem Vorfeld des Flughafens. Pages Blick wanderte nach draußen, wo das Flugzeug am Gate stand und auf seine Passagiere wartete.

»Wir sollen doch wohl nicht mit dem kleinen Ding fliegen?«, fragte Page entsetzt.

»Was hast du denn gedacht?«, entgegnete Maddie fröhlich und schob sie mit Nachdruck nach draußen.

»Aber ich kann unmöglich in diese Spielzeugkiste einsteigen«, rief Page, von einer Panikwelle erfasst.

»Du kannst und du wirst«, sagte Maddie bestimmt. »Los, stell dich nicht so an.«

Es war das erste Mal in ihrem ganzen Leben, dass sie den Fuß in ein Flugzeug setzte. Ihre Urlaube zusammen mit ihren Eltern hatte sie stets auf Long Island oder auf dem Festland bei Verwandten verbracht. Ihre Beine fühlten sich an wie Pudding, als sie langsam die Treppe zum Jet hochging.

»Guten Tag, Ladys«, wurden sie von der Stewardess am Eingang freundlich begrüßt.

Die Frau war geradezu der Prototyp einer Flugbegleiterin. Adrett zurückgekämmte Haare, die am Hinterkopf zu einem Bun zusammengefasst waren, perfekt geschminkte Augen und ein kirschroter Mund, der stets zu lächeln schien. Die hellblaue Uniform saß wie eine zweite Haut über dem gertenschlanken Körper.

»Hallo«, grüßte Page zurück.

»Kann ich behilflich sein?«, fragte die Stewardess freundlich.

»Ähm, könnten Sie uns sagen, wo wir sitzen?« Page hielt der Frau ihre Bordkarte unter die Nase.

»Ihr Platz ist 4A. Gleich die erste Reihe hinter dem Vorhang zur Businessklasse, am Fenster.«

»Vielen Dank«, hauchte Page.

»Fliegen Sie das erste Mal?«, erkundigte sich die Flugbegleiterin leise, sodass sie niemand hören konnte. Page nickte. »Bleiben Sie einfach entspannt. Fliegen ist wie Achterbahnfahren, nur viel, viel schöner!«

Die Flugbegleiterin zwinkerte ihr zu.

»Danke.«

Sie konnte nur hoffen, dass die Frau recht hatte, sonst würden es lange fünf Stunden bis zur Landung in Big Timber werden.

Page sah aus dem winzigen Fenster nach draußen. In der Ferne waren hohe Berge mit schneebedeckten Gipfeln zu erkennen. Es waren knapp fünf Stunden vergangen, seit sie in New York gestartet waren. Ihre anfängliche Angst hatte sich gelöst. Es war genau so, wie die Stewardess gesagt hatte. Als der Flieger abgehoben hatte und die Startbahn langsam unter ihnen verschwunden war, hatte Pages Herz wie verrückt geschlagen und sie hatte einen leichten Schwindel verspürt. Aber schon nach kurzer Zeit hatte sie das Gefühl des Fliegens genossen.

»Ich glaube, ich fliege nur noch«, verkündete sie.

Der Flieger machte einen Hüpfer, was Page einen winzigen Begeisterungsschrei entlockte.

»Schön für dich.« Maddie rollte stöhnend mit den Augen.

»Geht es dir nicht gut?« Sie musterte ihre Freundin, die mit geschlossenen Augen starr in ihrem Sitz saß.

Ihre Hände umklammerten die Stuhllehne so stark, dass die Handknöchel weiß hervortraten.

»Ich habe Flugangst«, sagte Maddie kleinlaut. »Außerdem ist mir kotzübel.«

»Was? Warst du nicht diejenige, die mir gesagt hat, ich solle mich nicht so anstellen?« Maddie nickte schwach. »Kann ich irgendwas für dich tun? Möchtest du etwas essen …«

Weiter kam sie nicht, denn Maddie fing an zu würgen. Hektisch zog Page die weiße Spucktüte aus der Sitztasche vor ihnen und hielt sie Maddie unter die Nase. Keine Sekunde zu früh. Ein Schwall Erbrochenes ergoss sich in die Tüte.

Page klingelte nach der Stewardess und bat um ein feuchtes Tuch. Das Flugzeug sackte ruckartig ab. Maddie stöhnte laut neben ihr. Die Stewardess kam zurück und brachte Maddie das gewünschte Tuch. Mit spitzen Fingern nahm sie die volle Spucktüte.

»Ich fliege nie, nie, nie wieder!«, jammerte Maddie und wischte sich mit dem Tuch über den Mund.

»Ich finde es klasse«, sagte Page begeistert. »Ich könnte jeden Tag fliegen.«

»Du bist ja pervers.« Maddie schloss leidend die Augen.

Page zog den Prospekt aus der Tasche, den sie sich noch kurz vor Abflug aus dem Internet gezogen und ausgedruckt hatte. Das Schwarzweißfoto auf der ersten Seite war verschwommen und zeigte ein großes Farmhaus.

Willkommen auf der Henderson Ranch, stand in großen Lettern daruntergeschrieben. *Hier bei uns legen wir besonders viel Wert auf eine entspannte Atmosphäre und die persönliche Zuwendung.*

Das klang doch schon mal vielversprechend! Unpersönliche Hotels, in denen kaum einer den Namen seines Nachbarn kannte, waren ihr zuwider.

Genieße die schönsten Tage des Jahres in einer Landschaft, die echte Cowboy-Romantik verspricht. Unsere Ranch liegt zu Füßen der Crazy Mountains, eingebettet in den Gallatin Forrest und vom Sweet Grass Creek umrundet.

Wir laden Dich ein, auf Entdeckungstour zu gehen und die wunderschöne Landschaft zu Fuß oder zu Pferd zusammen mit uns zu erkunden.

Hier in Sweet Grass County findest Du die einzigartige Kombination aus Warmherzigkeit der Menschen und dem alten Western-Feeling.

Genieße die Abende nach einem langen Ritt am Lagerfeuer gemeinsam mit Freunden. Erlebe den Frieden, die einfache Lebensweise, die Kameradschaft und die Abenteuer des Lebens auf einer Farm. Vergiss Deine Sorgen und sei ganz Du selbst.

In Gedanken sah sie sich bereits zusammen mit den Cowboys am Lagerfeuer sitzen und den Geschichten lauschen. Ein Lächeln huschte über ihr Gesicht. Vielleicht war dieser Urlaub wirklich genau das Richtige, damit sie abschalten konnte, um reif für den Neuanfang zu sein.

Die Anschnallzeichen über ihnen wurden mit einem leisen *Pling* angeschaltet.

»Du hast es gleich geschafft«, tröstete sie Maddie und klopfte ihr beruhigend auf die Schulter.

Ein tiefes Stöhnen war die Antwort.

Sekunden später machte der Kapitän seine Verabschiedungsansage mit der Ankündigung, dass sie in wenigen Minuten in Big Timber landen würden. Gespannt sah Page aus dem Fenster. Ein grüner Teppich breitete sich unter ihnen aus, unterbrochen durch Flüsse, die sich durch die Landschaft schlängelten wie silberne Adern. In der Ferne erhoben sich wie aus einem Scherenschnitt die riesigen Berge der Crazy Mountains mit ihren zerklüfteten Hängen und den schneebedeckten Gipfeln. Es sah atemberaubend schön aus. Mit einem Mal konnte sie es kaum erwarten, endlich auszusteigen und die Landschaft aus der Nähe zu betrachten. Sie hatte ihr Leben lang in der Stadt gelebt – nun war sie gespannt, wie sich das Leben auf dem Land anfühlte.

Der Pilot fuhr das Fahrwerk mit einem leichten Ruck aus. Maddie schrie leise auf. Das Weiße ihrer Augen trat hervor und sie sah alles andere als glücklich aus. Instinktiv ergriff Page die Hand ihrer Freundin, ohne den Blick vom Fenster zu nehmen, wo die ersten Häuser unter ihnen auftauchten.

Big Timber wirkte mit seinen wenigen Wohntürmen von oben wie eine Spielzeugstadt. Das Flugzeug verlor weiter an Höhe und die Landebahn kam in Sicht. Pages Puls schnellte empor. Gespannt beobachtete sie, wie sich die Tragfläche zu ihrer Rechten leicht bewegte, während der Pilot zur Landung ansetzte. Mit rasender Geschwindigkeit kam der Boden näher, und ehe sie es sich versah, hatten sie aufgesetzt.

Page klatschte begeistert. »Oh mein Gott, war das toll! Ich könnte gleich noch mal starten.«

»Wenn man dich als Freundin hat, braucht man keine Feinde«, stöhnte Maddie. »Es wäre wirklich schön, wenn du deine Begeisterung im Zaum halten und mir beim Aussteigen helfen könntest.«

»Komm, alte Frau.« Page reichte ihr die Hand. »Lass uns nach draußen gehen.«

»Miststück«, knurrte Maddie.

Als sie aus dem Flughafengebäude traten, wurden sie von einem strahlend blauen Himmel empfangen. New York lag im Sommer häufig unter einer schmutzig braunen Smogglocke. Page konnte sich nicht erinnern, jemals ein so intensives Blau gesehen zu haben.

Ihr Blick glitt fasziniert über die wartenden Menschen vor der Ankunftshalle des Flughafens von Big Timber. Wie in einem schlechten Heimatfilm trugen die meisten Cowboyhüte, Karohemden und Cowboystiefel. Einige wenige Geschäftsleute in Anzügen wirkten wie Fremdkörper zwischen den Einheimischen.

»Kannst du den Bus sehen?« Maddie kniff die Augen zusammen. In der Buchungsbestätigung, die sie noch kurz vor Abflug bekommen hatten, stand, dass man sie vom Flughafen abholen würde.

»Nope!«

Bis auf ein Taxi war weit und breit kein Auto zu sehen.

»Vielleicht haben die uns vergessen«, zweifelte Maddie.

»Blödsinn.« Page schüttelte den Kopf.

Sie wurden durch lautes Hupen unterbrochen. Ein feuerroter verdreckter Pick-up hielt quietschend direkt vor ihnen auf der

Straße. Staub wirbelte auf. Schützend hielt sich Page die Hand vors Gesicht und blinzelte.

Ein Mann stieg aus dem Wagen. Der Prototyp eines Cowboys: hochgewachsen, muskulös gebaut und braun gebrannt. Maddie stieß einen anerkennenden Pfiff aus.

»Wenn alle Cowboys so aussehen, will ich hier nie wieder weg«, flüsterte sie Page zu.

Tatsächlich war der Typ von geradezu greifbarer Männlichkeit und absolut sexy. Dabei bewegte er sich mit der Selbstsicherheit eines Mannes, dem die Frauen zu Füßen lagen, was sofort ein gewisses Unbehagen bei ihr auslöste. Er trug das klassische Outfit, wie sie es schon hundertmal in Filmen gesehen hatte: Jeans, T-Shirt und Cowboystiefel, an deren Absätzen Dreck klebte. Auf seinem Kopf saß ein Cowboyhut, auf dem sich ein feiner Schweißrand abzeichnete. Seine braunen Haare waren kurz und betonten sein markantes Gesicht. Um den Hals hatte er sich ein leuchtend rotes Tuch gebunden. Das Auffälligste jedoch waren seine grünen Augen – wie Smaragde. Neben dem Cowboy lief ein Hund, dessen Fell schwarz-braun-weiß gefleckt war. Der Collie hatte wunderschöne honigbraune Augen. Er folgte seinem Herrchen wie ein Schatten.

»Ladys, herzlich willkommen in Big Timber.« Seine Stimme war überraschend weich. Dabei lächelte er kurz, wobei seine strahlend weißen Zähne aufblitzten. *Gibt es denn nichts an diesem Mann, das nicht perfekt ist?*

»Hi, mein Name ist Maddie.« Sie reichte ihm sichtlich angetan die Hand. Der Cowboy nickte.

»Page Stone.« Für einen winzigen Moment trafen sich ihre Blicke. In dem Grün seiner Augen schwammen kleine goldene Punkte wie Sonnenflecken.

»Page«, sagte er, ohne eine Miene zu verziehen. War er Fremden gegenüber immer so reserviert?

»Mein Name ist Scott Henderson. Ich bin der Besitzer der Ranch.«

Na, das kann ja heiter werden.

»Sehr erfreut, Sie kennenzulernen, Mr Henderson.« Sie hatte immer angenommen, dass Cowboys entspannte Typen waren. Dieser hier wirkte gerade so, als ob er einen Stock verschluckt hätte.

»Wir duzen uns alle auf der Ranch«, maßregelte er sie mit strengem Ton.

»Hi.« Page ignorierte seine Patzigkeit und ging in die Knie, um den Hund zu streicheln.

»Buddy mag es nicht, von Fremden gestreichelt zu werden«, blaffte der Cowboy.

Erschrocken zuckte Page zusammen.

»Ähm, entschuldigen Sie, ich wollte nur …« Im selben Moment ärgerte sie sich, dass sie sich von einem Cowboy einschüchtern ließ. Sie hatte nichts getan, womit sie sich seinen harten Ton verdient hätte. Einen Hund streicheln zu wollen, war schließlich kein Verbrechen.

Buddy schien anderer Ansicht als sein Herrchen zu sein, denn er kam schnurstracks auf Page zugelaufen.

»Ich glaube, Buddy findet es ganz gut.« Demonstrativ strich sie dem Tier über das weiche Fell. Buddy wedelte freudig mit dem Schwanz.

»Ist das euer Gepäck?« Der Cowboy deutete auf die beiden Reisetaschen, die verwaist auf dem Gehsteig lagen.

Ohne ein weiteres Wort zu sagen, schnappte sich der Mann ihr Gepäck und trug es nach hinten. Dabei spannten sich die Muskeln seiner Unterarme an und die Adern traten hervor. Mit einer Leichtigkeit, als würde es sich um Plastikkanister handeln, beförderte er die Taschen auf die Ladefläche des Trucks. Staub wirbelte auf.

Übernächtigt und noch immer völlig aufgewühlt, folgte sie ihm zum Auto.

»Ihr könnt euch schon mal setzen.« Er machte eine Kopfbewegung in Richtung Beifahrertür.

»Vielen Dank«, säuselte Maddie.

Page ließ sich auf das weiche Leder der Rückbank gleiten. Im Wagen war es brütend warm. Sie hatte leichte Kopfschmerzen, und die ungewohnte Hitze machte es nicht gerade besser. Ein einzelner Schweißtropfen lief ihr kitzelnd zwischen den Brüsten hinunter und die dünne Bluse klebte auf ihrer Haut.

Buddy, der seinem Herrchen gefolgt war, sprang mit einem Satz neben Maddie auf den Beifahrersitz, sodass diese das Gesicht verzog. Page schmunzelte. Maddie hatte Angst vor Hunden. Wäre der attraktive Cowboy nicht gewesen, hätte sie das Auto schreiend verlassen.

Scott löste die Handbremse und fuhr los. Zufrieden ließ sich Page in ihren Sitz zurücksinken. Obwohl der Flug nur fünf Stunden gedauert hatte, fühlte sie sich müde. Wahrscheinlich noch die Nachwehen der vergangenen Nacht. Was Ben wohl gerade machte? Dachte er an sie? Sie zog ihr Handy aus der Tasche, um nachzusehen, ob er ihr geschrieben hatte. Nichts. Enttäuschung machte sich in ihr breit. Hatte er sie wirklich so schnell vergessen?

Schweigend sah sie aus dem Fenster, wo die Landschaft von Sweet Grass County an ihr vorbeiflog. Sie genoss es, für einen Moment nicht reden zu müssen. Maddie schien damit kein Problem zu haben. Seit sie losgefahren waren, stand ihr Mund keine Minute still.

Buddy, dem es wohl auch zu viel wurde, zwängte sich zwischen den beiden vorderen Sitzen hindurch und kuschelte sich zu ihr auf den Rücksitz. Vertrauensvoll legte er seinen Kopf in ihren Schoß, als wäre es die selbstverständlichste Sache der Welt.

Sie hatte sich immer einen Hund gewünscht, aber leider hatte ihr Vater unter starkem Asthma gelitten, und so war ihr Wunsch ohne Diskussionen abgelehnt worden. Sie sah nach unten und blickte geradewegs in treue braune Hundeaugen. Ein Lächeln huschte über ihr Gesicht. Wie es aussah, hatte sie einen Freund gefunden.

Langsam wanderte ihr Blick nach draußen. Grüne Wiesen breiteten sich vor ihren Augen aus. Dahinter erhob sich majestätisch eine Bergkette mit zerklüfteten Schluchten und grünen Belägen. Ein Schwarm Vögel kreiste in der Ferne in luftigen Höhen. Seit sie Big Timber verlassen hatten, waren sie keinem Auto mehr begegnet. Es gab noch nicht einmal Schilder. Lediglich einige vereinzelte Wege deuteten darauf hin, dass sie durch ein besiedeltes Gebiet fuhren. Einsame Weiden und kleine Nadelholzwälder, so weit das Auge reichte. Scott verlangsamte das Tempo und bog in einen schmalen Weg ein, der rechts von der Straße ins grüne Nichts führte. Der Wagen holperte über den Steinbelag.

Plötzlich tauchte vor ihnen ein riesiges Holzschild auf, das wie ein Torbogen zwischen zwei Pfählen an Ketten über dem Weg befestigt worden war. Jemand hatte mit geschwungener Schrift *Henderson Ranch* darauf geschrieben. Darüber war ein Hufeisen eingebrannt. Seitlich davon verlief ein einfacher Holzzaun, an dem sich wilde Sträucher und Büsche entlangrankten.

Rumms.

Der Wagen fuhr durch ein Schlagloch. Page machte einen Hüpfer in ihrem Sitz. Noch so ein Ding und ihre Bandscheiben waren ruiniert. Sie warf einen Blick nach vorn. Scott Henderson starrte ungerührt geradeaus. Seine schlanken, sonnengebräunten Hände umfassten das Lenkrad fest, während er sie durch das unwegsame Gelände chauffierte.

Rumms.

Ein weiteres Schlagloch ließ die Insassen des Pick-ups aus ihren Sitzen abheben. Buddy fing laut an zu bellen und wedelte vergnügt mit dem Schwanz.

Pages Hand schnellte zu dem Haltegriff oberhalb der Wagentür. Keine Sekunde zu spät. Es scheppert laut von der Ladefläche, als sie durch das nächste Schlagloch fuhren.

Eine Koppel mit Pferden tauchte seitlich von ihnen auf. Dahinter zeichneten sich die Umrisse eines großen Hauses ab.

»Da vorn ist die Ranch«, bestätigte Scott ihre Vermutung.

Page reckte sich, um einen besseren Blick auf das Haus werfen zu können. Das Gebäude besaß zwei Stockwerke. Sie vermutete, dass die Gästezimmer im oberen Stockwerk untergebracht waren. Es sah genauso aus wie auf dem Prospekt. Ein langgezogener Bau, dessen Schieferdach in der Abendsonne silbern schimmerte. Die gesamte Front des Hauses war ein Mix aus Naturstein und Holz. Aus dem kleinen Schornstein stiegen Rauchwölkchen in den Himmel empor. Die weiße Bemalung der Fenster stach zwischen den Steinen hervor.

Neugierig betrachtete Page die Umgebung des Gebäudes. Hatten zuvor Büsche und Gras das Landschaftsbild dominiert, waren es jetzt Bäume und Blumen.

Der große Garten rund um das Haupthaus war ein einziges Blütenmeer. Dazwischen waren Bäume gepflanzt, deren Äste sich wie Schirme über den Rasen spannten. Unter dem größten Baum befand sich eine kleine Sitzecke aus einfachen Holzmöbeln. Jemand hatte Windlichter in den Baum gehängt, die sanft hin und her schaukelten. Das Ganze sah aus wie die Kulisse eines dieser kitschigen Liebesfilme, die immer sonntags zur besten Sendezeit liefen.

Die Blüten des Löwenzahns und der Gänseblümchen leuchteten wie kleine Farbtupfer zwischen dem satten Grün des Rasens. Dahinter gab es noch weitere Gebäude, die auf dem gesamten Gelände verstreut waren. Eine Reihe von uralten Tannen überragten das Haupthaus von der Rückseite, die jedoch ihrerseits von der imposanten Bergkulisse überstrahlt wurden.

Eine breite Veranda, auf der mehrere Stühle standen, war direkt an das Haus gebaut worden. Page stellte sich vor, wie schön es sein musste, dort bei einer Tasse Kaffee zu sitzen und dabei ein gutes Buch zu lesen. Mit jedem Meter, dem sie sich dem Haus näherten, wurde ihr Lächeln breiter. Hatte sie anfänglich Bedenken gehabt, konnte sie es jetzt kaum noch erwarten, ihr Zimmer zu beziehen und die Ranch zu erkunden.

Gleich in Sichtweite war ein weiteres größeres Gebäude mit einem Longierplatz. Ein Mann mit braun gebranntem Gesicht und Cowboyhut auf dem Kopf war gerade dabei, ein Pferd an der Longe im Kreis herumzuführen. Page hatte zwar keine Ahnung von Pferden, aber dieses Exemplar sah äußerst prachtvoll aus. Bei jedem Schritt traten die Muskeln hervor und sein Fell schimmerte rostbraun im Sonnenlicht.

Langsam rollte der Ford auf den Parkplatz.

»Da wären wir.« Scott stieg aus dem Wagen. Maddie folgte ihm.

Aus dem Augenwinkel sah Page eine üppig gebaute Frau aus dem Haus kommen. Als sie den Ford entdeckte, hob sie den Arm und winkte ihnen freudig zu. Mit ihren Grübchen und den hochgebundenen grauen Haaren erinnerte sie Page ein wenig an ihre Großmutter.

»Hey, schlägst du da drinnen Wurzeln?« Maddie zwinkerte ihr scherzhaft zu.

Page drückte den Griff der Wagentür hinunter, aber die Tür bewegte sich keinen Millimeter. Das Mistding klemmte fest. Sie versuchte es erneut. Ohne Erfolg. Hilfesuchend sah sie aus dem Fenster.

»Was ist?«, fragte Maddie, die ihren Blick aufgefangen hatte.

»Die Tür klemmt«, rief Page. Sie sah, wie der Cowboy den Kopf schüttelte und sich in Bewegung setzte.

Wild entschlossen, sich nicht zu blamieren, drückte sie die Klinke mit aller Gewalt nach unten. Zeitgleich lehnte sie sich mit ihrem ganzen Gewicht gegen die Tür. Es wäre doch gelacht, wenn sie die Tür nicht aufbekäme!

Es klickte leise, gefolgt von einem ohrenbetäubenden Quietschen. Mit einem Ruck sprang die Tür auf. Page verlor den Halt und kippte wie ein nasser Sack kopfüber aus dem Wagen. Instinktiv stieß sie einen Schrei aus. Im selben Moment packten sie zwei kräftige Arme. Verwirrt sah sie hoch und blickte geradewegs in Scotts Gesicht, das keine Handbreit von ihrem entfernt war. Seine Arme hielten sie wie ein Schraubstock umklammert und pressten sie gegen seine Brust. Sie spürte seine stahlharten Muskeln unter dem Shirt.

»Alles in Ordnung?« Seine Stimme klang besorgt.

Sie nickte stumm, unfähig, ein Wort zu sagen. Ihr Mund war staubtrocken und ihr Herz schlug wie verrückt gegen ihre Brust. Ihre Blicke kreuzten sich.

»Ich … Ich hab‘ die Tür nicht aufbekommen«, stotterte sie.

»Mhm«, brummte er und entließ sie ruckartig aus seiner Umklammerung.

Fast wäre sie erneut gestürzt, konnte sich jedoch in letzter Minute fangen. Verlegen strich sie sich eine Haarsträhne aus dem Gesicht, dabei vermied sie es, ihm in die Augen zu sehen. Ihr Herz schlug bis zum Hals und das Blut rauschte in ihren Ohren.

»Wie schön, dass ihr endlich da seid.« Die ältere Frau war herbeigeeilt und reichte ihr die Hand. »Betty Campbell. Ich bin die Haushälterin und zuständig für das Wohlbefinden unserer Gäste.«

»Die Freude ist ganz meinerseits«, entgegnete Page, noch immer um Fassung bemüht.

»Ich hätte euch gern persönlich abgeholt, aber ich bin heute allein, und einer muss schließlich den Überblick über dieses Männerchaos behalten«, fuhr Betty mit glockenklarer Stimme fort.

Ihre veilchenblauen Augen lachten Page freundlich entgegen, dabei bildeten sich unzählige kleine Fältchen in ihrem runden Gesicht. Sie trug den warmen Temperaturen entsprechend ein leichtes Baumwollkleid. Um die Hüfte hatte sie sich eine weiße Schürze gebunden.

Bei dem Wort ›Männerchaos‹ tippte Maddie ihr grinsend auf die Schulter. Page warf ihr einen strafenden Blick zu. Sie war schließlich nicht der Männer wegen hierhergekommen. Alles, was sie wollte, war, ihren inneren Frieden zu finden und zu vergessen, dass ihr Freund sie betrogen hatte.

»Das ist doch kein Problem.« Page winkte lächelnd ab. »Hauptsache, wir sind jetzt hier. Es sieht ganz wundervoll aus.«

»Ihr habt Glück, dass es so spontan geklappt hat. Zwei Gäste mussten gesundheitsbedingt absagen. Normalerweise ist die Ranch um diese Jahreszeit komplett ausgebucht«, erklärte Betty lächelnd.

»Ja, wir haben eigentlich keine Ferien geplant, aber aufgrund gesundheitlicher Probleme mussten wir den *Flohzirkus* für vierzehn Tage schließen.«

»*Flohzirkus*?«, mischte sich Scott Henderson stirnrunzelnd in das Gespräch ein.

Page lachte. »Das ist der Name unseres Kindergartens.«

»Ein ungewöhnlicher Name«, stellte Betty fest.

»Vor allem in Anbetracht der Tatsache, dass wir gerade eine Läuse-Epidemie haben.« Page lächelte.

Auch Betty musste schmunzeln. »Allerdings.«

»Du bist Kindergärtnerin?« Erstaunen schwang in Scotts herrlich rauer Stimme mit. Sie spürte, wie seine Augen sie unter dem Cowboyhut anstarrten.

»Ja. Waschecht und in Lebensgröße«, erklärte Maddie.

»Wie nett. Wir hatten noch nie zwei Kindergärtnerinnen auf der Ranch, und noch dazu so hübsche«, sagte Betty lächelnd. »Nicht wahr, Scott?« Sie gab dem Cowboy einen sanften Stoß in die Seite.

»Mhm«, war alles, was er von sich gab.

»Was haltet ihr davon, wenn wir als Erstes die Formalitäten regeln, dann zeige ich euch das Zimmer«, schlug Betty vor.

»Prima!« Page sprühte vor Begeisterung. »Ich finde alles so aufregend. Wisst ihr, für mich als Stadtkind ist das hier völliges Neuland.«

»Du bist also ein echtes Greenhorn«, sagte Scott. Ein amüsiertes Lächeln schwang in seiner Stimme mit.

»Ich denke, das könnte man so sagen«, antwortete Page leicht irritiert. Seine Stimme verursachte ein Magenflattern bei ihr.

»Na dann gibt es für euch hier viel zu entdecken«, sagte Betty. »Aber lasst uns doch nach drinnen gehen, und ich erzähle euch in Ruhe alles Wissenswerte. Scott, bist du so lieb und bringst das Gepäck aufs Zimmer?«

»Wenn mich die Ladys entschuldigen würden.« Er machte sich an der Ladefläche des Pick-ups zu schaffen. Buddy folgte ihm wie ein Schatten.

»Das dahinten sind die Ställe«, erklärte Betty, während sie zum Eingang gingen. Sie deutete auf ein langgestrecktes Gebäude, das sich ungefähr fünfhundert Meter entfernt von ihnen befand. »Wir züchten Rinder, aber seit Scott die Ranch vor knapp fünf Jahren von seinem Vater übernommen hat, ist die Pferdezucht dazugekommen.«

Scott lief schwer bepackt mit ihren Reisetaschen an ihnen vorbei. Sein Gang war geschmeidig und er trug die schweren Taschen mit Leichtigkeit. Die Muskeln an seinen braun gebrannten Unterarmen traten hervor. Sie schluckte beim Anblick seines wohlgeformten Körpers. Normalerweise starrte sie Männern nicht auf den Hintern, aber bei diesem Prachtexemplar fiel es ihr schwer wegzuschauen.

»Das ist das Herzstück der Ranch.« Betty deutete voller Stolz auf das große Haus, das Page bereits von weitem bewundert hatte.

»Gleich rechts findet ihr die Hütten für unsere Gäste.« Sie zeigte in besagte Richtung, wo vier Blockhäuser versetzt zueinander standen. »Die Mahlzeiten werden im Haupthaus eingenommen. Wenn ihr mir folgen würdet.«

Die Holzdielen knarzten leise unter ihren Füßen, als sie die kleine Treppe nach oben zum Eingang gingen. In der Luft lag der Duft der Blumen, die rings ums Haus wuchsen. Neugierig trat Page ein. War es draußen eher warm, verströmten die massiven Steinwände eine angenehme Kühle.

Auch im Foyer hatte man darauf verzichtet, den Naturstein zu verputzen, und lediglich die Ritzen mit weißer Fugenmasse ausgekleidet. Der Boden war mit dunklen Holzdielen ausgelegt und bildete einen interessanten Kontrast zu den hellen Steinen der Wände. Stützbalken aus Lärchenholz verliefen entlang des Mauerwerks bis zur Decke, wie es eigentlich bei alten Fachwerkhäusern üblich war. In der Kombination mit den hellen Steinen wirkte es jedoch modern und stylisch. Es war auffällig ruhig. Sie hatte mit mehr Menschen gerechnet, aber im Moment war außer ihnen kein Gast zu sehen. Wo waren nur alle?

Ein kleiner hölzerner Tresen, auf dem eine Vase mit leuchtenden Wildblumen stand, bildete den zentralen Punkt. Darüber hing eine wunderschöne Schwarzweißfotografie eines Cowboys, der seinen Cowboyhut aufhatte und nach unten sah, sodass man sein Gesicht nicht erkennen konnte. Betty stellte sich hinter den Tresen und klappte das große Buch vor sich auf.

»Wenn ihr euch bitte hier eintragen würdet.« Sie schob Page einen Kugelschreiber zu.

Nachdem sie sich beide in das Gästebuch eingetragen hatten, führte Betty sie durch das Haus.

»Das hier ist das Wohnzimmer und dient gleichzeitig als Aufenthaltsraum für unsere Gäste.« Betty öffnete die Tür zu einem großen Raum. Page hatte den typischen Landhausstil erwartet, stattdessen fand sie sich in einem modern eingerichteten Zimmer mit klassischen dunklen Ledermöbeln wieder. »Unsere Gäste kommen gern hierher, um abends gemütlich am Feuer einen Wein oder Bier zu trinken.«

Interessiert ließ Page ihren Blick durch den großen Raum gleiten. Den zentralen Mittelpunkt bildete die Sitzecke direkt vor dem Kamin. Rechts davon, ebenfalls im Mauerwerk, befand sich ein Regal, in dem das Feuerholz sorgfältig aufeinandergestapelt lag. Bodentiefe Fenster rechts und links davon gewährten einen geradezu fantastischen Blick auf den hinteren Teil des Gartens und die atemberaubende Bergkulisse Montanas. Ein riesiges Regal überzog die Wand zur Rechten der Sitzecke. Ein Leuchten huschte über Pages Gesicht bei dem Anblick der vielen Bücher, die sorgfältig nebeneinander aufgereiht standen. Sie hatte in der Hektik vergessen, sich ein Buch einzupacken.

Überall auf dem Boden verteilt lagen Kuhfelle, die dem Raum einen rustikalen Touch verliehen. Moderne Glaslampen hingen von der Decke herab und tauchten das Zimmer in ein angenehm schmeichelndes Licht. Der Duft der Blumen mischte sich mit dem leichten Rauchgeruch, der zweifellos vom Kamin stammte. Ein großer Esstisch, an dem entspannt zehn Personen Platz fanden, stand im hinteren Teil des Raumes, umgeben von den bodentiefen Fenstern, sodass man beim Essen den Ausblick auf die Landschaft genießen konnte. Alles war einfach perfekt, und Page konnte es kaum noch erwarten, es sich bei einem Glas Wein mit einem guten Buch vor dem Kamin gemütlich zu machen.

»Das ist wunderschön«, hauchte sie andächtig.

»Freut mich, dass es euch gefällt.« Betty nickte zufrieden. »Wir wollen schließlich, dass sich unsere Gäste auf der *Henderson Ranch* wohlfühlen.«

»Davon bin ich überzeugt«, sagte Page. »Stimmt's, Maddie?«

»Es ist toll hier.« Maddie war noch immer etwas blass um die Nase.

»Gut. Dann zeige ich euch noch die Küche.« Betty führte sie durch den Flur zu dem gegenüberliegenden Raum. »Das ist sozusagen mein Reich.« Ein Lächeln huschte über ihr Gesicht.

Die Küche war genau so, wie Page sie sich vorgestellt hatte: rustikal und zweckmäßig eingerichtet, aber trotzdem gemütlich. Page liebte Wohnküchen. Hier fand man sich zusammen, kochte und unterhielt sich dabei.

Auf den Fensterbänken stand eine stattliche Ansammlung von Kräutertöpfen. Page entdeckte Basilikum, Oregano, Majoran und Petersilie. Auch dieses Zimmer besaß einen Kamin, vor dem eine Decke lag. Buddy hatte es sich darauf gemütlich gemacht und musterte sie aufmerksam mit seinen braunen Augen.

»Das ist Buddys Lieblingsecke«, erklärte Betty, die Pages Blick gefolgt war. Bei der Erwähnung seines Namens wackelte der Hund mit den Ohren.

»Was für eine Rasse ist Buddy eigentlich? Ich muss gestehen, ich kenne mich gar nicht mit Hunden aus.«

»Das ist ein Border Collie. Die Cowboys nehmen diese Hunde gern, da sie die geborenen Hirtenhunde sind. Sie sind noch dazu treue Gefährten und äußerst sensibel«, erklärte Betty.

»Wann gibt es eigentlich Essen?«, unterbrach Maddie das Gespräch.

»Wir servieren das Abendessen gegen sechs. Frühstück gibt es von sechs Uhr dreißig bis neun Uhr. Mittag wird um eins serviert. Wenn ihr allerdings einen Ausflug mit dem Pferd macht, stellen wir euch ein Lunchpaket zusammen.«

»Das klingt prima.«

»Gut, dann bringe ich euch auf euer Zimmer.«

»Ich dachte, wir sind in einer der Blockhütten untergebracht«, sagte Maddie überrascht.

»Leider sind alle Blockhütten ausgebucht. Die Gäste, die abgesprungen sind, haben immer das Zimmer im Haupthaus gebucht.«

»Kein Problem.« Page winkte ab. »Ich finde es wunderschön hier.«

»Gut, wenn ihr mir dann folgen wollt.«

Sie gingen über den Flur zum Foyer, wo sich die große Treppe befand, die in den oberen Stock führte. Interessiert betrachtete Page die vier übergroßen Schwarzweißporträts, die entlang der Treppe an der Wand hingen. Der mit den grauen Haaren musste Scotts Vater sein. Die Ähnlichkeit war nicht zu übersehen.

»Die Ranch ist seit sechs Generationen in Familienhand«, erklärte Betty auf dem Weg nach oben. »Das ist Blake Henderson, Scotts Vater.« Sie deutete auf das Porträt mit dem grauhaarigen Herrn und bestätigte somit Pages Vermutung. »Blake ist allerdings zurzeit verreist. Der Familie gehören große Landstriche in Montana, allerdings ist die Ranch in Sweet Grass sozusagen das Herzstück und der Ursprung. Am Anfang hat sich die Familie hauptsächlich auf die Rinderzucht konzentriert«, plapperte Betty weiter. Maddie verdrehte die Augen.

»Das Bild daneben, das ist Wyatt.« Die Haushälterin deutete auf das Porträt eines jungen Mannes, der seinem Vater bis auf das Haar glich. »Er ist der mittlere Bruder. Der daneben, das ist Josh, der jüngste.« Josh Henderson hatte im Gegensatz zu seinen Brüdern blonde Haare und die blausten Augen, die Page jemals gesehen hatte. »Na, und diesen jungen Mann hier habt ihr ja bereits kennengelernt.«

Sie blieben vor Scotts Porträt stehen. Selbst auf dem Bild strahlte er einen wilden Sexappeal aus, sodass es Page fast den Atem nahm. Seine hellen Augen stachen hinter seinen dunklen Wimpern hervor und nahmen den Betrachter für sich gefangen. Obwohl auch hier die Familienähnlichkeit zu erkennen war, waren Scotts Züge kantiger und männlicher als die seiner Brüder. Page schluckte nervös bei dem Anblick.

»Autogramme gibt es später«, riss eine weiche Stimme sie aus ihrer Betrachtung.

Scott stand am Treppenende. Seine Mundwinkel zuckten belustigt. Seine Augen ruhten auf ihr. Sofort spürte sie eine verräterische Hitze auf ihren Wangen. Hastig senkte sie den Kopf, damit er nicht sah, wie sie rot wurde.

»Scott«, flötete Maddie. »Du hast mich aber erschreckt.« Sie fasste sich mit gespieltem Entsetzen an die Brust.

»Das war nicht meine Absicht. Wenn ihr mich entschuldigen würdet.« Er lief an ihnen vorbei die Treppe hinunter.

Ein Hauch seines männlichen Dufts wehte zu Page rüber. Unbemerkt nahm sie einen tiefen Atemzug. *Wenn der Mann auch nur ansatzweise so gut küssen kann, wie er riecht, wäre es der absolute Wahnsinn*, schoss es ihr durch den Kopf. Sie schüttelte sich. Was war nur los mit ihr? Sie hatte sich gerade von ihrem Freund getrennt!

»Das ist euer Zimmer.« Betty drückte die Tür auf. Neugierig traten sie ein.

Das Gästezimmer hatte die Größe einer Hotelsuite und war überaus geschmackvoll eingerichtet. Scott hatte ihre Taschen bereits neben der Tür abgestellt. Page ließ ihren Blick durch den Raum gleiten, der sich deutlich von den übrigen Räumen unterschied.

An der Front hatte man riesige Fenster eingebaut, die von weißen Vorhängen umrandet wurden und den Blick auf eine spektakuläre Kulisse freigaben. Die majestätischen Berge der Crazy Mountains schienen von hier zum Greifen nah zu sein. Davor breitete sich ein Grasteppich aus saftigem Grün aus. Unter dem Fenster stand ein schlichter Holzschreibtisch, der groß genug war, dass man darauf bequem seine Arbeiten erledigen konnte. Jemand hatte zur Dekoration mit Sand gefüllte Windlichter daraufgestellt. Ein bunter Strauß mit Schlüsselblumen stand gleich daneben und verströmte einen süßlichen Geruch. Die Abendsonne fiel schräg durch das Fenster ins Zimmer. Staubpartikel tanzten darin wie winzige Diamantsplitter.

Bei dem Anblick der riesigen Himmelbetten an der Stirnseite des Zimmers machte Pages Herz einen Hüpfer. Schon als junges Mädchen hatte sie sich ein solches Bett gewünscht. Bewundernd glitt ihr Blick über die gedrechselten Stützpfeiler, die nach oben zur Decke führten, wo weiße Stoffbahnen als Baldachin gespannt waren, die seitlich bis zum Boden fielen. Quilts mit wunderschönen indianischen Motiven lagen über die Matratzen ausgebreitet.

An der Wand neben den Betten befand sich ein Kleiderschrank, der ausreichend Platz für ihre und Maddies Klamotten bot. Auf dem Boden, rund um die Betten verteilt, lagen handgeknüpfte Teppiche, die die Farben der Quilts aufgegriffen. An der freien Wand gegenüber den Betten hing ein einzelnes Bild, das so groß war, dass es fast die gesamte Fläche in Anspruch nahm.

»Gefällt es euch?« Betty sah sie erwartungsvoll an.

Page lächelte. »Das Zimmer ist der Hammer.«

»Absolut spitze!« Maddie nickte und ließ ihre Handtasche krachend auf den Boden fallen.

»Gut, dann zeige ich euch noch kurz das Badezimmer, damit ihr euch vor dem Abendessen noch etwas frischmachen könnt.« Sie winkte ihnen, ihr zu folgen.

»Wir haben einen absoluten Glücksgriff gemacht.« Maddie grinste. »Ich glaube, ich werde den ganzen morgigen Tag einfach faul im Bett bleiben.«

»Spinnst du?!« Page tippte sich mit dem Finger gegen die Stirn. »Morgen geht es zum Reiten. Ich habe mir das Prospekt der Ranch durchgelesen, und Reiten ist eine der Hauptaktivitäten hier.«

»Für dich vielleicht«, entgegnete Maddie. »Aber dieser Luxuskörper«, sie deutete auf ihre Hüften, »braucht Ruhe. Ich meine, zwei Wochen ohne Kindergeschrei. Wie herrlich ist das bitte?!«

»Ach, komm schon. Wenn man dich so hört, könnte man meinen, du magst keine Kinder.«

»Hey, ich bin Erzieherin. Na klar mag ich Kinder, aber eben nicht immer.« Maddie nickte entschieden.

Sie hatten das Ende des Flurs erreicht. »Hinter dieser Tür verbirgt sich das Badezimmer, das ausschließlich von euch genutzt wird.«

»Das klingt gut.« Page hatte damit gerechnet, sich das Bad mit anderen Gästen teilen zu müssen.

»Scott hat erst letztes Jahr alles renovieren lassen.« Betty drückte die Tür auf.

Maddie stieß einen anerkennenden Pfiff aus. Der Raum entsprach zwar nicht dem Standard eines Fünf-Sterne-Hotels, bestach jedoch durch seinen ländlichen Charme.

Betty ließ den Blick zufrieden durch den Raum gleiten. »Solltet ihr noch etwas benötigen, dann ruft mich einfach. Saubere Handtücher liegen für euch bereit.« Sie deutete auf die ordentlich gefalteten Handtücher, die über dem Badewannenrand lagen.

»Vielen Dank, aber ich denke, wir haben so weit alles.« Page schenkte ihr ein warmes Lächeln.

»Gut.« Betty strich sich mit den Handflächen über ihre Schürze. »Solltet ihr mich brauchen, findet ihr mich in der Küche oder im Foyer.«

»Okay. Vielen Dank für alles.«

»Das ist doch selbstverständlich«, sagte Betty.

Maddie grinste. »Das nenne ich mal Service.«

Sie gingen zurück zu ihrem Zimmer.

»Bis später«, verabschiedete sich die Haushälterin.

»Ja, bis später.«

Mit einem seligen Grinsen ließ sich Page auf das Bett fallen. »Die Ranch ist der Hammer. Ich könnte ewig hierbleiben.«

»Dito!« Maddie ließ sich mit einem lauten Seufzer neben sie fallen. »Das haben wir uns wirklich verdient.«

»Ja, finde ich auch.« Page sah zum Fenster, wo die Sonne langsam glutrot hinter den Bergen versank. »Ich wusste nicht, dass es in Montana so schön ist.«

Maddie drehte den Kopf zu ihr. »Na, und dann noch der Cowboy. Hast du den Hintern gesehen? So was von einem Knackarsch. Hammer! Wenn man den vom Reiten bekommt, setze ich mich auch aufs Pferd und mache nichts anderes mehr.«

»Wenn man dich hört, könnte man meinen, du wärst nur wegen der Männer hier und nicht wegen der Natur.«

»Wäre es so schlimm, wenn es so wäre?« Maddie grinste breit.

»Du böses Ding, du.« Page hob den Zeigefinger in die Luft. »Und mir hast du erzählt, dass du wegen der einmalig schönen Landschaft hierher wolltest. Dabei wolltest du nur einen Cowboy vernaschen.« Page schnappte sich ein Kissen und warf es Maddie an den Kopf. »Du Schlange!«

»Ich musste dich ja irgendwie überreden.« Maddie hob zum Gegenschlag aus.

Wumm! Das Kissen landete direkt in Pages Gesicht. Sekunden später war eine wilde Kissenschlacht im Gange.

»Ich kann nicht mehr.« Page hob die Hand. Maddie saß auf ihr und kitzelte sie durch.

»Gott sei Dank.« Maddie ließ die Arme sinken und rollte zur Seite. »Ich bin fix und fertig.«

Von draußen waren die entfernten Rufe von Männern zu hören. Maddie sprang aus dem Bett und eilte zum Fenster. Page folgte ihr.

Unterhalb ihres Fensters kam eine Gruppe Reiter, bestehend aus drei Männern und einer Frau, den schmalen Pfad am Haus vorbei entlanggeritten. Alle trugen Cowboyhüte, sodass Page die Gesichter nicht erkennen konnte. Die Hufe der Pferde klapperten leise, als sie auf den kleinen Platz vor dem Stall ritten. Es dämmerte bereits. Die Konturen der Berge verschwammen im Hintergrund mit dem Abendhimmel. Nur die weißen Spitzen waren noch gut zu sehen.

»Da sind doch schon mal ganz adrett aussehende Männer dabei«, sagte Maddie und leckte sich mit der Zungenspitze über die Lippen. »Da, der Dunkelhaarige wäre ganz meine Kragenweite.«

Sie deutete auf einen mittelgroßen Mann mit breiten Schultern.

»Mhm.«

Scott Henderson tauchte unvermittelt aus dem Stall auf und begrüßte die Gruppe. Lachend rutschte die Frau vom Pferd, geradewegs in Scotts Arme. Die beiden wirkten äußerst vertraut miteinander. Sein Gesicht war mit einem Mal entspannt und er lächelte. Sie musste sich eingestehen, dass Scott Henderson der attraktivste Mann war, dem sie jemals in ihrem Leben begegnet war.

Ihr Blick folgte der Gruppe, bis sie in einem der langgestreckten Gebäude hinter dem Grundstück verschwand.

5. Kapitel

Nachdem sie sich frischgemacht und umgezogen hatten, gingen sie zusammen nach unten. Maddie hatte sich in Schale geworfen. In ihrem schwarzen Jumpsuit und den hohen Schuhen sah sie verdammt sexy aus. Sie selbst hatte sich eine Jeans und dazu eine hellblaue Bluse angezogen, die ihre Augen zum Leuchten brachte. Dazu hatte sie beigefarbene Sandalen gewählt.

Ihre Absätze klapperten leise, als sie das Foyer durchquerten und ins Wohnzimmer gingen. Schon von weitem waren die Stimmen mehrerer Menschen zu hören. Eine Frau lachte laut. Page fragte sich, ob es dieselbe Frau war, die sie bereits aus dem Fenster gesehen hatte.

»Ich bin gespannt, wie die anderen Gäste so drauf sind«, murmelte Maddie.

»Ich auch.« Page zupfte nervös an ihrer Bluse.

Jemand hatte trotz der Wärme, die draußen tagsüber herrschte, das Feuer im Kamin angezündet. Eine Gruppe von Gästen hatte sich davorgestellt und unterhielt sich bei einem Glas Wein. Unter ihnen war auch die Frau, die Page zusammen mit Scott gesehen hatte. Auf dem Sofa davor hatten es sich zwei Paare gemütlich gemacht. Zu ihrer Enttäuschung konnte sie Scott nirgends entdecken. Als sie eintraten, verstummten die Gespräche und alle Blicke waren auf sie gerichtet.

»Hallo.« Maddie platzierte sich selbstbewusst in der Mitte des Zimmers. »Wir sind Page und Maddie aus New York.«

»Hi.« Page hob die Hand wie ein Indianer zum Gruß.

»Hallo.« Einer der Männer kam auf sie zu und reichte ihnen beiden die Hand. »Jack Peterson. Boston.«

Der Blick aus seinen grauen Augen ruhte auf Maddies Busen.

»Hallo, Jack Peterson aus Boston.« Maddie grinste. »Es wäre schön, wenn du deine Augen aus meinem Ausschnitt nehmen würdest.«

Page konnte nur mit Mühe ein lautes Lachen unterdrücken. Maddies direkte Art hatte schon so manchen Mann in die Flucht geschlagen. Jetzt würde sich zeigen, aus welchem Holz dieses Exemplar geschnitzt war.

»Oh, da ist jemand nicht auf den Mund gefallen«, konterte Jack. »Ich mag Frauen mit einem guten Selbstbewusstsein.«

»Und ich mag Männer, die Frauen mit einem guten Selbstbewusstsein mögen.« Maddie schenkte Jack ein strahlendes Lächeln.

»Na dann sind wir ja schon zu zweit.« Jack grinste schief. »Darf ich dir …«, sein Blick fiel auf Page, als wäre sie ein lästiges Beiwerk, »*euch* etwas zu trinken bringen?«

Maddie nickte. »Bier, gern.«

»Für mich gern ein Wasser.« Sie hatte Durst. Außerdem litt sie unter den Nachwehen des Alkoholkonsums von gestern Abend.

»Kommt sofort.« Jack eilte davon.

»Das war doch schon mal nicht schlecht für den Anfang«, flüsterte Maddie.

»Mir persönlich wäre er zu aufdringlich«, entgegnete sie ehrlich.

»Ach, lieber so, als der Typ, die mich beim ersten Tinder-Date gefragt hat, ob ich untenrum rasiert bin.«

»Bitte?!« Sie runzelte die Stirn. »Das hast du mir gar nicht erzählt.«

»Vergessen.« Maddie zuckte mit den Schultern. »War nicht gerade einer meiner besten Momente.«

»Und was hast du geantwortet?«

»Ich habe ihm gesagt, dass mir das Rasieren bei meinem üppigen Haarwuchs zu anstrengend ist und dass er hoffentlich auf dichte Schambehaarung steht. Daraufhin ist er gegangen.« Maddie kicherte vergnügt.

»Dein Selbstbewusstsein möchte ich mal haben«, sagte sie.

Jack kam mit ihren Drinks zurück.

»Einmal ein Bier und ein Wasser.« Er reichte ihnen die Gläser.

Ein weiterer Mann kam zu ihnen.

»Hey, Jack, magst du mir die Ladys nicht mal vorstellen?« Er war hochgewachsen und sah attraktiv aus.

»Das sind Maddie und Page.« Er machte eine ausschweifende Handbewegung wie ein Zirkusdirektor, der den nächsten Akt ankündigte.

»Sehr erfreut, eure Bekanntschaft zu machen. Ned Clayborn aus Chicago.«

»Dann sind wir ja ein richtig bunt zusammengewürfelter Haufen«, sagte Page.

»Allerdings«, stimmte Ned ihr zu. »Das da hinten am Kamin ist Tess. Sie ist, wie wir, Stammgast auf der Ranch.« Er nickte der Frau zu, die daraufhin ihr Glas hob und ihnen zuprostete.

Die Blonde heißt also Tess. Unauffällig musterte sie sie. Tess hatte ungefähr ihre Größe und eine sportliche Figur. Das Gesicht war fein geschnitten, mit einem Mund, der immer zu lächeln schien. Sie hatte helle Augen, deren genaue Farbe Page aus der Entfernung nicht einschätzen konnte. Kleine Fältchen zeichneten sich auf ihrer Stirn und um den Mund herum ab. Page schätzte sie auf Anfang dreißig. So wie sie am Kamin stand, in ihren Jeans und dem Karohemd, wirkte sie, als würde sie hier leben.

»Die beiden Paare auf dem Sofa sind auch erst heute angekommen«, holte Jacks Stimme sie zurück.

»Seid ihr Reiter?«, fragte Page.

»Jup«, bestätigte Jack.

»Kennt ihr euch alle schon lange?«, erkundigte sich Maddie.

»Die meisten Gäste hier sind Wiederholungstäter wie wir, und man trifft sich immer wieder. Einige kommen sogar zweimal im Jahr. Und wie hat es euch New Yorkerinnen hierher verschlagen?«

»Page hat sich von ihrem Freund getrennt und brauchte einen Tapetenwechsel«, erklärte Maddie ohne Umschweife. Page funkelte ihre Freundin wütend an. Sie mochte es nicht, wenn man ihr Privatleben in die Öffentlichkeit hinausposaunte. Sie würde später ein Hühnchen mit ihr rupfen.

»Und du?«, meldete sich Jack wieder zu Wort.

»Ich bin quasi die Begleitung …«

»Wenn ihr mich kurz entschuldigen würdet …« Page wandte sich von der Gruppe ab.

Maddie warf ihr einen *Was-ist-los-mit-dir*-Blick zu. Sie zuckte den Schultern. Ihr war nicht danach, sich mit fremden Männern zu unterhalten, auch wenn die beiden einen netten Eindruck machten. Sie schlenderte an den Paaren vorbei zum Fenster.

Die Sonne war bereits hinter den Bergen verschwunden. Die wenigen Wolken am Himmel schimmerten wie rosa Zuckerwatte. Die weißen Spitzen der Berge sahen aus, wie mit Gold überzogen. Der erste Stern war bereits aufgegangen. In einigen Minuten würde sich die Dunkelheit über das Tal legen. Ein einsamer Raubvogel kreiste in weiter Entfernung über dem Wald. Es sah atemberaubend schön, fast unwirklich aus. Wenn die Sonne in New York unterging, spiegelte sich das Rot in den Fronten der Hochhäuser wider, was durchaus auch seinen Reiz hatte, aber der Sonnenuntergang hier war von natürlicher Schönheit.

»Es gibt nichts Schöneres als ein Sonnenuntergang in den Bergen«, flüsterte ihr eine Stimme ins Ohr. Hastig drehte sie sich um und sah direkt in die grünen Augen von Scott Henderson.

»Ja.« Sie nickte, um Worte bemüht. Er hatte sie eiskalt erwischt. Für einen Augenblick wusste sie nicht, was sie sagen sollte. »Es ist wirklich wunderschön. Ich musste gerade an meine Heimat denken«, sagte sie schließlich.

Er hatte sich umgezogen und sein T-Shirt gegen ein dunkelblaues Hemd eingetauscht. Seine Haare glänzten feucht und er hatte sich frisch rasiert. Sie konnte seinen Rasierschaum riechen.

»Noch schöner ist es, wenn man in einer der Hütten auf dem Berg übernachtet und das ganze Panorama von oben sieht.« Sein warmer Atem streifte ihre Wange.

»Es gibt Hütten da oben, wo man übernachten kann?«, fragte sie erstaunt.

»Ja, allerdings sind die fast ausschließlich in privater Hand.«

»Schade«, sagte sie bedauernd.

»Was meinst du?«

»Somit werde ich nicht in das Vergnügen kommen.« Sie warf einen sehnsüchtigen Blick nach draußen. Der Gedanke, dort oben in der freien Natur zu übernachten, reizte sie.

»Du kannst aber reiten?« Seine Augen versenkten sich in ihre.

»Ja, oder besser gesagt, ich konnte es. Das letzte Mal, dass ich auf einem Pferd gesessen habe, ist Jahre her.«

Sie hatte als Teenager Reitstunden bekommen und mehr Zeit im Reitstall als zu Hause verbracht. Sie konnte sich noch gut an das Gefühl erinnern, dass sie gehabt hatte, als sie das erste Mal auf einem Pferd gesessen hatte. Sie war glückselig gewesen und hatte sich nichts mehr als ein eigenes Pferd gewünscht. Damals hatten sie und ihre Eltern in einem kleinen Ort in New Jersey gelebt, eine Stunde von New York entfernt. Ihr Glück hatte ein plötzliches Ende gefunden, als ihre Eltern bei einem Autounfall verunglückt waren. Nach diesem Tag war ihr Leben nicht mehr dasselbe gewesen. Page war zur Vollwaisen geworden und ihre unbeschwerte Kindheit war vorbei gewesen. Die ersten Tage danach hatte sie bei Freunden der Familie übernachtet, bis ihre Großmutter endlich aufgetaucht war und sie bei sich aufgenommen hatte.

Page konnte sich kaum noch an die Zeit nach dem Tod ihrer Eltern erinnern. Alles war in einen Schleier aus Trauer gehüllt. Ihre Großmutter hatte versucht, ihr die Eltern zu ersetzen, so gut es ging, und ihr die Liebe zu geben, die sie brauchte. Page wusste bis heute nicht, wie sie es bewerkstelligt hatte, ihren Highschoolabschluss zu machen. Aber sie hatte es geschafft und eine Ausbildung zur Erzieherin begonnen. Eigentlich war es immer ihr Wunsch gewesen, Kindern zu helfen, die einen schlechten Start ins Leben gehabt hatten. Dann war Granny gestorben und Page war erneut ganz auf sich allein gestellt gewesen. In dieser Zeit war sie

Maddie begegnet, und ihr Leben hatte eine andere Wendung genommen.

»Reiten ist wie Radfahren, das vergisst man nicht«, holte Scott sie aus ihren Gedanken.

»Da bin ich mir nicht so sicher.« Sie lächelte. »Ich bin nicht gerade ein Bewegungstalent.«

»Wir werden ja sehen …«

»Muss ich mich fürs Reiten anmelden oder sind die Reitstunden im Preis enthalten?«

»Alle Aktivitäten auf der Ranch sind im Preis inbegriffen«, erklärte er.

»Betty sagte, dass du Pferde züchtest.« Sie nahm einen Verlegenheitsschluck aus ihrem Glas.

»Das stimmt. Wir sind stolz auf unsere Quarter Horses.« Ein Leuchten legte sich auf sein Gesicht.

Page nickte. Sie hatte absolut keine Ahnung, was das Leben auf einer Ranch betraf. »Und die Gäste?«

»Das ist eigentlich mehr Spaß als Arbeit.«

»Es freut mich, dass du es so siehst.«

»Wie kam es, dass du dich für einen Urlaub auf der Ranch entschieden hast?«

»Mein Freund und ich haben uns getrennt«, murmelte sie verlegen.

Eigentlich hätte sie zu Tode betrübt sein müssen, aber stattdessen fühlte sie sich, seit sie hier angekommen war, irgendwie erleichtert.

»Es tut mir leid, das zu hören.« Aufrichtiges Bedauern schwang in seiner Stimme mit.

»Er hat mich betrogen«, platzte es aus ihr heraus.

»Dann muss er ein ziemlicher Idiot gewesen sein.« Ihre Blicke kreuzten sich.

»Bist du verheiratet?« Die Frage hatte ihr schon die ganze Zeit auf der Zunge gelegen.

»Nein.«

Etwas in seinem Blick vermochte sie nicht zu deuten. Es war offensichtlich, dass er nicht darüber reden wollte. Eine Stille trat zwischen ihnen ein. Verdammt! Warum hatte sie nicht einfach ihre Klappe halten und auf die Frage verzichten können?

Es klingelte leise. Alle Anwesenden drehten sich um. Betty stand schwerbeladen mit einem Tablett mitten im Raum. Eine junge Frau, die Page bisher noch nicht gesehen hatte, war bei ihr und trug ebenfalls ein Tablett mit Essen darauf. Wahrscheinlich ihre Hilfe.

»Ladys und Gentlemen, das Abendessen ist fertig.« Sie lächelte in die Runde. »Wenn ihr mir folgen würdet.«

Sie gingen zu dem großen Esstisch. Betty hatte ganze Arbeit geleistet und den Tisch liebevoll gedeckt. Neben den Tellern lag jeweils eine weiße Stoffserviette, die mit grünem Band umwickelt war, an dem ein Namensschild hing. Einige der Gäste hatten bereits Platz genommen. Page suchte nach ihrem Namen. Aus dem Augenwinkel sah sie, wie Jack Maddie galant den Stuhl neben sich zur Seite schob.

Scott war plötzlich neben ihr.

»Du sitzt hier.« Er deutete auf einen freien Platz. Tatsächlich stand ihr Name auf dem Schild.

Gentlemanlike zog er der den Stuhl zurück, sodass sie sich bequem setzen konnte. Zumindest hatte der Cowboy Benehmen.

»Vielen Dank.« Sie lächelte. Zu ihrer Überraschung blieb er neben ihr stehen.

»Ladys und Gentlemen.« Scotts Stimme hallte durch den Raum. Sofort trat Stille ein und alle Augen waren auf ihn gerichtet. »Ich freue mich, euch hier zu begrüßen. Viele von euch kennen sich ja bereits, einige sind neu dazugestoßen. Deshalb möchte ich die Gelegenheit nutzen und unsere Neuankömmlinge begrüßen.« Beifälliges Raunen lief durch die Runde. »Page und Maddie.« Er deutete auf sie. »Herzlich Willkommen auf der *Henderson Ranch*.« Alle Anwesenden applaudierten. Verlegen senkte Page den Kopf. Sie hatte es noch nie gemocht, im Mittelpunkt des Interesses zu stehen. Maddie hingegen genoss die Aufmerksamkeit und strahlte wie ein Honigkuchenpferd in die Runde. »Ich hoffe, dass ihr euch auf der Ranch wohlfühlt und Teil der großen Henderson-Familie werdet«, beendete Scott seine kleine Rede.

»Das hoffen wir auch!«, rief Jack laut in den Raum. Seine Augen klebten auf Maddie. Alle lachten.

»Ist die Sitzordnung immer festgelegt?«, wollte Page wissen.

»Nur am Ankunftsabend. Betty glaubt, dass sich die Gäste so schneller kennenlernen«, erklärte er ihr. »Ab morgen könnt ihr euch setzen, wie ihr wollt.« Etwas in seinem Ton gefiel ihr nicht. Konnte es sein, dass er sie missverstanden und ihre Frage auf sich bezogen hatte?

Betty war zurück mit der Hauptspeise.

Ein köstlicher Bratenduft zog durch den Raum. Sie stellte die Platte mit dem Braten auf die Mitte des Tisches. »Und nun greift zu, bevor es kalt wird.«

»Mhm«, Page schnupperte, »das riecht absolut lecker.«

»Das ist im Rauch gegarte Rinderbrust, mariniert in einer Barbecue-Bourbon-Soße, und dazu geröstete Maiskolben«, erklärte Betty zufrieden. »Nach dem Rezept meiner Großmutter. Der Braten wird bei Niedrigtemperatur gegart, damit das Fleisch schön zart wird.«

»Du musst mir unbedingt das Rezept verraten«, bat Page.

»Auf keinen Fall«, erwiderte Betty. »Ich möchte schließlich, dass du einen Grund hast wiederzukommen.«

Alle lachten.

»Ich habe es auch schon versucht«, mischte sich Tess das erste Mal in ihr Gespräch ein. Sie hatte eine glockenklare Stimme. Aus der Nähe betrachtet sah sie älter aus, als Page zunächst angenommen hatte. Sie schätzte sie auf Ende dreißig. »Aber Betty ist unbestechlich.«

»Allerdings. Eines der wenigen Geheimnisse, die ich noch habe. Die Frauen, die meine Henderson-Jungs mal heirateten, werden das Rezept bekommen.«

»Na, wenn das kein Grund zum Heiraten ist, dann weiß ich auch nicht« Tess prostete Scott lachend zu.

Der verzog keine Miene. Page fragte sich, warum. Anscheinend gefiel ihm das Thema nicht sonderlich, schließlich hatte er schon auf ihre Frage so abweisend reagiert. Irgendein Geheimnis umgab diesen Mann, und sie würde es sich zur Aufgabe machen, herauszufinden, was es war.

»Das war das leckerste Stück Fleisch, das ich jemals gegessen habe«, sagte Page aufrichtig und legte ihr Besteck neben den Teller.

Ihr Bauch fühlte sich an, als hätte sie darin eine Kanonenkugel versteckt. Sie hatte das Abendessen sehr genossen. Die Stimmung war locker und familiär. Es wurde über den Tisch hinweg miteinander gesprochen, man scherzte und lachte. Vergessen waren all ihre Sorgen. Sie spürte, wie sie mehr und mehr entspannte.

Betty strahlte wie ein Honigkuchenpferd.

»Du bist und bleibst die beste Köchin in ganz Montana.« Scott schenkte seiner Haushälterin ein breites Lächeln.

»Dem kann ich mich nur anschließen.« Maddie, die sich den ganzen Abend angeregt mit Jack unterhalten hatte, nickte. Ihre Wangen waren vom Wein gerötet und in ihren Augen lag dieses Glitzern, das Page nur allzu gut kannte. Maddie hatte ein Auge auf Jack geworfen.

Sie selbst hatte sich fast den ganzen Abend mit dem Pärchen ausgetauscht, das zu ihrer Linken gesessen hatte. Die Frau war eine Anwältin aus New York, die hierhergekommen war, um sich von ihrem anstrengenden Arbeitsalltag zu erholen. Er arbeitete ebenfalls als Anwalt in einer Großkanzlei. Die beiden sahen sich unter der Woche kaum, und selbst am Wochenende kam es vor, dass sie Akten mit nach Hause nahmen, um weiterzuarbeiten. Page kannte diese Art von Paar nur zu gut. Viele der Kinder, die zu ihnen in die Ganztagsbetreuung kamen, hatten Eltern, die beruflich erfolgreich waren. Page hatte sich schon so manches Mal gefragt, warum man Kinder bekam, wenn man sie ständig abschob. Auf der anderen Seite waren es genau die Sorte Eltern, deren Kinder sie und Maddie betreuten. Also beschwerte sie sich nicht, sondern machte sich ihre eigenen Gedanken. Sollte sie jemals Kinder bekommen, würde sie immer für die Kleinen da sein. Das hatte sie sich fest vorgenommen. Aber so, wie es gerade aussah, würde das ohnehin nicht so schnell der Fall sein.

»Wer bei uns Karriere machen will, muss bereit sein, Überstunden zu arbeiten«, erklärte die Frau gerade. »Und was machst du?«

Sie erzählte vom *Flohzirkus*. »Wenn man mit Kindern arbeitet, ist jeder Tag eine Herausforderung.«

»Inwiefern?« Es war das erste Mal, seit sie Platz genommen hatten, dass Scott sich in die Unterhaltung einmischte.

Überrascht hob Page die Augenbraue. »Na ja, jedes Kind ist anders. Die Lebensumstände spielen eine große Rolle. Es gibt Kinder von berufstätigen Müttern, Kinder aus zerrütteten Familien und Kinder, die über alle Maße verwöhnt werden. Ich versuche, allen Kindern gerecht zu werden.« Scott nickte. Seine Augen waren noch eine Spur dunkler geworden. »Als Erzieherin musst du auf jedes Kind individuell eingehen. Nicht alle Kinder machen die gleiche Entwicklung durch. Es gibt welche, die mehr gefördert werden müssen, und andere lernen geradezu spielerisch.«

»Habt ihr auch behinderte Kinder bei euch im Kindergarten?«, fragte Scott mit ernster Miene.

»Nein. Ich habe zwar eine Ausbildung in Sonderpädagogik, aber unsere Kinder sind alle so weit gesund.«

»Mhm.« Sein Gesicht wirkte plötzlich verschlossen.

Hatte sie etwas Falsches gesagt?

»Für diejenigen, die noch einen Schlummertrunk auf der Veranda zu sich nehmen möchten, haben wir Decken bereitgelegt, damit euch nicht kalt wird«, sagte Betty in die Runde. Einige nickten.

Eines der Paare, das auf dem Sofa gesessen hatte, verabschiedete sich. Scott war ebenfalls aufgestanden. Page folgte seinem Beispiel.

»Gehst du auch noch nach draußen?«, fragte sie.

Scott schüttelte den Kopf. »Nein, ich muss noch mal nach den Pferden schauen. Eine unserer Zuchtstuten ist trächtig. Sie hat erst im letzten Jahr ihr Fohlen verloren und muss diesmal genauer überwacht werden, damit sich das Drama nicht wiederholt.«

Sein Gesicht hatte einen ernsten Zug angenommen.

»Kommst du?«, fragte Maddie.

»Na klar. Das lasse ich mir doch nicht entgehen.«

Gemeinsam gingen sie nach draußen.

»Was sind deine Pläne für morgen?«, fragte er sie völlig unvermittelt.

»Ich werde mich mal im Reiten versuchen.«

Er nickte, dabei ruhten seine Augen auf ihrem Gesicht. »Ich schlage vor, dass du nach dem Frühstück zum Stall kommst. Dann kann Larry dir die wichtigsten Grundregeln noch einmal erklären und sich ansehen, was von früher hängen geblieben ist.«

»Wer ist Larry?« Sie konnte sich nicht erinnern, dass der Name im Laufe des Abends schon einmal gefallen war.

»Mein Vorarbeiter«, entgegnete er knapp. Sie spürte Erleichterung. Sie hatte bereits gefürchtet, dass Scott dabei sein würde, wenn sie das erste Mal wieder reiten ging. »Besitzt du festes Schuhwerk?«

»Ich habe Stiefel dabei.«

»Gut.« Scott nickte. »Du solltest am besten Jeans und Stiefel anziehen. Ein Hut gegen die Sonne und Chaps liegen für dich bereit.«

»Chaps?« Sie runzelte fragend die Stirn. »Ist das wirklich nötig?«

»Das ist nicht wie im Stall. Wir reiten hier durchs Gelände, mit Büschen, deren Dornen tiefe Wunden in dein Bein reißen können«, belehrte er sie. Es war ihm anzusehen, dass es ihm nicht gefiel, dass sie ihn hinterfragt hatte.

Sie traten nach draußen. Die Luft war deutlich kühler als am Nachmittag. Page fröstelte leicht.

»Du solltest dir etwas überziehen«, sagte Scott. »Die Nächte hier draußen können empfindlich kalt werden, selbst wenn es tagsüber warm ist.«

»Das werde ich mir merken.« Page ließ ihren Blick über die Veranda gleiten.

Jemand hatte mehrere Gaslichter entzündet, die die Umgebung in gelbes Licht tauchten. Decken waren über die Stuhllehnen gelegt worden, damit sich die Gäste darin einkuscheln konnten. Auf dem Tisch standen mehrere Flaschen Bier und Schüsseln mit Chips. Maddie hatte bereits auf einem der Stühle Platz genommen und winkte ihr zu. Jack und Ned saßen ebenfalls dort.

»Dann bis morgen.« Scott tippte sich mit den Fingern gegen die Stirn.

»Bis morgen.«

»Scott!« Tess kam auf sie zu.

»Tess.« Ein Lächeln umspielte seinen Mund.

»Gehst du noch in den Stall?« Sie sah ihn fragend an.

»Ja.«

Wie selbstverständlich hakte sich Tess bei ihm unter. »Nimmst du mich mit?«

»Na klar.«

Ohne Page weiter zu beachten, unterhielten sich die beiden miteinander und gingen davon. *Was für ein unhöflicher Rüpel!* Kaum kam eine Frau, die ihn interessierte, war sie abgemeldet.

Nachdenklich sah sie den beiden schlanken Gestalten hinterher, bis sie in der Dunkelheit verschwunden waren.

»Page!«, hörte sie Maddie rufen. Sie ging zu ihrer Freundin. »Willst du dich nicht zu uns setzen?« Maddie tätschelte mit der Hand den freien Stuhl neben sich.

Page schüttelte den Kopf. Sie fühlte sich mit einem Mal schrecklich müde und ein wenig erschlagen – die Nachwirkungen der Ereignisse des gestrigen Tages. »Ich glaube, ich gehe schon mal aufs Zimmer.«

»Ach, komm! Ein Schlückchen, dann komme ich mit.«

»Komm schon, Page.«

»Nein, wirklich nicht.« Sie schüttelte den Kopf.

»Hast du was dagegen, wenn ich noch ein bisschen bleibe?« Maddie flatterte mit den Augendeckeln.

»Nein, überhaupt nicht.«

»Alles klar. Bis nachher. Ich bin auch ganz, ganz leise«, versprach Maddie kichernd.

»Gute Nacht.« Page zwang sich zu einem Lächeln.

»Gute Nacht.« Maddie winkte ihr hinterher.

Mit einem Ruck riss sie die Augen auf. Sie hatte schlecht geträumt. Nun lag sie auf ihrem Bett und starrte gegen die Decke des Zimmers. Maddie lag schnarchend neben ihr. Durch das Fenster drang silbernes Licht in das Zimmer. Sie hatte keine Ahnung, wie spät es war. Verschlafen richtete sie sich auf. Hinter ihrem rechten Auge pochte ein dumpfer Schmerz. Sie warf einen kurzen Blick auf ihr Handy, das neben dem Bett auf dem kleinen Nachttisch lag. Es war kurz nach Mitternacht.

Benommen tapste sie auf nackten Füßen durch das Zimmer. Leise öffnete sie die Tür, um Maddie nicht zu wecken. Es war mucksmäuschenstill im Haus. Nur das Ticken der Standuhr im Flur war zu hören. Sie schlich ins Badezimmer.

Gott sei Dank hatte sie vorsorglich Kopfschmerztabletten mitgenommen. Es kam zwar nicht allzu häufig vor, dass sie unter Kopfschmerzen litt, aber wenn, halfen nur Tabletten.

Sie füllte sich etwas Wasser in ein Glas und spülte nach. Dabei fiel ihr Blick in den Spiegel. Sie sah müde aus. Dunkle Schatten lagen unter ihren Augen. Zu Hause, wenn sie nicht schlafen konnte, setzte sie sich auf die Feuerleiter, die an der Küche vorbeilief, und starrte auf das gegenüberliegende Gebäude. Vielleicht würde ihr ein kurzer Spaziergang an der frischen Luft ganz guttun.

Sie kam sich vor wie ein Dieb, als sie die Treppe nach unten schlich. Der leichte Bratenduft vom Abendessen hing noch immer in der Luft.

Als sie die Tür nach draußen aufdrückte, schlug ihr die kühle Nachtluft entgegen. Sie fröstelte. Vielleicht hätte sie sich besser etwas Warmes angezogen. Die Decken auf den Stühlen waren verschwunden. Jemand musste sie weggeräumt haben.

Gedankenverloren ließ sie sich auf einem der Schaukelstühle nieder. Sie zog die Beine zum Oberkörper und schlang die Arme darum. So geschützt, sah sie nach oben, wo sich der sternenklare Himmel vor ihren Augen ausbreitete. Fasziniert betrachtete sie das weiße Band aus Millionen kleiner leuchtender Punkte, das sich über ihr bis zum Horizont zog.

Die Milchstraße, fuhr es ihr durch den Kopf. In New York, wo die Lichtverschmutzung am höchsten war, sah man nur sehr vereinzelt Sterne. Aber das hier übertraf alles. Sie kam sich vor, als wäre sie in eine dieser HD-Dokumentationen gehüpft, die gelegentlich im Fernsehen liefen. Es war einfach unglaublich!

Der Mond hing wie eine silberne Sichel am Himmel. Die Konturen der Berge waren schemenhaft in der Dunkelheit zu erkennen. Irgendwo in der Ferne heulte ein Tier. *Wölfe?*

Bens Gesicht tanzte durch ihren Kopf. Sofort zog sich ihr Magen zusammen. Zweieinhalb Jahre einfach so wegzuwerfen, war schließlich keine Kleinigkeit. Das Bild der nackten Blondine tauchte vor ihren Augen auf. War es wirklich ihre Schuld? Hatte sie ihn mit ihren ständigen Bitten in die Arme der Blonden getrieben? Hatte sie ihn tatsächlich zu wenig unterstützt? Unbewusst schüttelte sie den Kopf. Nein. Sie hatte alles in ihrer Macht möglich getan. Sie würde nicht zulassen, dass er ihr ein schlechtes Gewissen machte.

Verdammt! Wenn sie nach Hause kam, würde die Wohnung leer sein. Kein Ben. Keine dreckige Wäsche mehr.

»Page?«

Erschrocken fuhr sie herum. Die hochgewachsene Gestalt von Scott Henderson stand im Türrahmen. Page runzelte die Stirn. War er ihr gefolgt?

»Was machst denn du hier?«, fragte er.

Sie konnte nicht sagen, ob er besorgt oder vorwurfsvoll klang.

»Ich konnte nicht schlafen«, stotterte sie verlegen. Sie spürte, wie sein Blick auf ihr ruhte.

Mit wenigen Schritten war er bei ihr und räusperte sich. Sie blinzelte die Tränen weg.

»Hast du etwas dagegen, wenn ich mich zu dir setze?« Seine Stimme klang einladend weich.

Sie schüttelte den Kopf. »Nein, gern.«

Wo war Tess abgeblieben?

Sein Blick fiel auf ihre angezogenen Beine. »Wenn du noch lange so hier draußen sitzt, bist du morgen krank.« Ehe sie protestieren konnte, hatte er seinen Pullover ausgezogen und legte ihn ihr über die Schultern. Sofort wurde sie von einer kuschligen Wärme eingehüllt. »Besser?«

Seine Augen schimmerten wie zwei Smaragde im Mondlicht.

»Viel besser!« Sie lächelte. Die Spannung, die zwischen ihnen geherrscht hatte, war verschwunden. Sie deutete mit der Hand auf die Sterne. »Ist das immer so schön?«

»Wenn die Luft so klar ist wie heute«, er nickte, »immer.«

»Wahnsinn. Ich kann mich gar nicht daran sattsehen.«

»Dann geht es dir wie mir. Wenn ich nicht schlafen kann, setze ich mich auf die Veranda und schaue in den Himmel.«

Sie hatte angenommen, dass ein Mann wie Scott Henderson nicht unter Schlaflosigkeit litt. Was mochte der Grund dafür sein?

»Dann haben wir ja etwas gemeinsam. Ich mache das Gleiche, nur bei mir zu Hause. Allerdings sehe ich da mehr die Lichter meiner Nachbarn.«

»Woher kommst du genau?«, fragte Scott.

»Brooklyn. Ich wohne keine fünfhundert Meter vom Kindergarten entfernt in einem Apartment.«

»Und, gefällt es dir dort?«

»Mhm. Was soll ich sagen? Brooklyn ist meine Heimat. Ich bin dort bei meiner Großmutter aufgewachsen, nachdem meine Eltern bei einem Autounfall ums Leben gekommen sind.«

»Das tut mir leid.«

»Ja, mir auch. Aber so sind die Dinge nun mal. Meine Großmutter hat mich für zwei geliebt und mir meine Ausbildung ermöglicht. Es hätte mich schlimmer treffen können.«

»Kannst du dich noch an deine Eltern erinnern?«

Sie überlegte einen Augenblick. »Manchmal sehe ich sie in meinen Träumen, als würden sie noch leben.« Sie sah bedauernd nach oben zu den Sternen. »Als junges Mädchen habe ich mir immer eingeredet, sie würden mich von dort oben beobachten.«

Für einen Moment herrschte Schweigen zwischen ihnen. Wahrscheinlich überlegte er sich, was er sagen sollte.

Ein goldener Streifen tauchte wie aus dem Nichts am Horizont auf und zog über ihre Köpfe hinweg, bis er schließlich verpuffte.

»Eine Sternschnuppe«, schrie sie begeistert auf.

»Du musst dir schnell etwas wünschen«, forderte er sie auf.

Page schloss die Augen. Bens Gesicht tauchte hinter ihren Lidern auf.

Bitte lass mich mein Glück finden.

Sie öffnete die Augen und sah geradewegs in Scotts Gesicht. Eine Strähne hatte sich aus seiner Frisur gelöst und fiel ihm in die Stirn. Nur mit Mühe widerstand sie ihrem ersten Impuls, ihm die Strähne hinters Ohr zu schieben. Ben hatte es gehasst, wenn sie es bei ihm getan hatte. *Du behandelst mich wie eine Mutter ihr Kind,* hatte er ihr vorgeworfen.

Sie schüttelte sich kaum merklich, um die Geister der Vergangenheit zu vertreiben.

»Ich glaube, ich sollte langsam zurück ins Bett«, sagte sie schließlich. Sie klappte die Beine nach vorn und stand auf. »Vielen Dank.«

Sie reichte ihm den Pullover.

»Nein, lass ihn noch um, bis du oben bist.« Er winkte ab. »Du kannst ihn mir auch morgen geben.«

»Okay.« Sie lächelte. »Dann gute Nacht, Scott.«

»Gute Nacht, Page.«

Nachdenklich ging sie die Treppe nach oben und ins Zimmer. Maddie schlief tief und fest. Sie wollte den Pullover gerade ablegen, aber dann entschied sie sich um und zog ihn sich kurzerhand über den Kopf. Mit einem Satz hüpfte sie ins Bett und schlüpfte unter die Bettdecke. Eingekuschelt in ihre Decke und umgeben von Scotts tröstlichem Duft, schloss sie die Augen.

Keine zwei Minuten später war sie eingeschlafen.

6. Kapitel

Ein dumpfes Klopfgeräusch, als würde jemand gegen Holz hämmern, weckte Page. Sie hatte nach ihrem Gespräch mit Scott gut geschlafen, und nun schien bereits die Sonne hell durch das Fenster. Die Kopfschmerzen, die sie gequält hatten, waren verschwunden. Ihr Blick fiel auf Maddie, die noch schlief. Sie hatte eine Augenmaske auf dem Gesicht und lächelte im Schlaf.

Voller Tatendrang richtete sie sich im Bett auf und streckte sich. Sie warf einen Blick auf ihr Handy. Sieben Uhr. Zu Hause in Brooklyn klingelte der Wecker um sechs. Der Kindergarten öffnete um acht, und sie nutzte die Zeit bis dahin, um noch die Arbeiten zu erledigen, die im Laufe des Vortages angefallen waren.

Mit einem Ruck schlug Page die Decke zurück und schlüpfte aus dem Bett. Maddie schmatzte leise im Schlaf. Eigentlich hätte sie sie wecken sollen – schließlich wollten sie die Zeit auf der Ranch gemeinsam verbringen –, aber Page brachte es nicht übers Herz. Außerdem hatte Maddie gestern deutlich gemacht, dass sie nicht an Ausflügen interessiert war.

Keine zwanzig Minuten später ging sie geduscht und angezogen die Treppe nach unten in Richtung Küche. Sie hatte nur ein leichtes Make-up aufgelegt und die langen lockigen Haare zu einem Pferdeschwanz zusammengebunden. Sie hatte Scotts Pullover in der Hand. Trotz des üppigen Abendessens verspürte sie Hunger, was vermutlich an der frischen Luft lag.

Das Foyer wirkte verwaist, als sie daran vorbeilief. Von Betty keine Spur. Leise Stimmen, begleitet durch das Klappern von Geschirr, drangen über den Flur zu ihr. Zumindest war jemand wach.

Sie drückte die Türklinke zur Küche runter.

»Guten Morgen«, wurde sie fröhlich von Betty begrüßt, die hinter dem riesigen Herd stand und Eier in eine Pfanne schlug, die die Größe eines Wagenrades hatte.

Tess, Jack, Ned und eines der Pärchen von gestern Abend, mit dem sie bisher noch nicht gesprochen hatte, saßen an dem großen Küchentisch und frühstückten bereits. Von Scott keine Spur.

»Guten Morgen«, sagte Page erstaunt. Sie hatte nicht damit gerechnet, so viele der Gäste um diese Uhrzeit vorzufinden.

»Komm, setz dich zu uns«, lud Tess sie ein und deutete auf den freien Platz neben ihr.

Dankend ließ sich Page auf dem Stuhl nieder.

»Kaffee?« Betty zeigte auf eine altertümlich wirkende Kanne aus emailliertem Blech.

Page nickte. »Liebend gern.«

Sofort eilte Betty herbei und schenkte das schwarze Gebräu in einen Becher ein, der wie die Kanne aus blau emailliertem Blech bestand und einen Hauch von Westernromantik verströmte.

Page nahm einen Schluck. Der Kaffee war herrlich stark. Sofort spürte sie eine angenehme Wärme im Bauch. Ihr Blick glitt über das üppige Frühstücksangebot. Es gab mehrere Sorten Marmelade, Butter, eine Platte mit Käse- und Wurstaufschnitt, Müsli, Quark, Joghurt und ein Topf mit gebackenen Bohnen in Tomatensoße. Ein Laib Brot lag aufgeschnitten auf einem Brett.

»Ist das Scotts Pullover?« Betty deutete auf das zusammengelegte Strickteil auf Pages Schoß.

Sofort richteten sich alle Augen fragend auf sie. Page spürte, wie sie rot wurde. Mist!

»Ich war gestern Nacht noch spät auf der Veranda. Es war ziemlich kalt und Scott hat mir seinen Pullover geliehen«, bemerkte sie beiläufig, als wäre es die normalste Sache der Welt.

Sie spürte Tess' Blick auf sich ruhen.

»Und ich dachte, du wärst früh schlafen gegangen«, sagte Ned und schaufelte sich eine Ladung Rührei in den Mund.

»Ich konnte nicht schlafen«, gestand sie.

Alle Anwesenden am Tisch nickten wissend.

»Wo ist Maddie?«, fragte Jack.

»Schläft noch«, antwortete Page, erleichtert über den Themenwechsel.

»Spiegelei oder lieber Rührei?«, wollte Betty wissen.

»Gern Spiegelei mit Speck.«

Es war eine Ewigkeit her, dass sie so ausgiebig gefrühstückt hatte. Ben hatte um die Zeit meist noch geschlafen, und für sich allein lohnte es sich nicht, so einen Aufwand zu betreiben.

»Kommt sofort!« Betty lud ihr zwei Eier auf den Teller, zusammen mit einem Stück krossem Speck.

Page angelte sich eine Scheibe Brot. Darauf schichtete sie erst das Ei und dann den Speck. Sie nahm einen herzhaften Biss. Die Stimmung am Frühstückstisch war ausgelassen fröhlich. Ned und Jennifer lachten laut, als Ned einen Witz erzählte.

»Schmeckt's?«, wollte Betty wissen.

»Köstlich«, quetschte Page mit vollen Backen hervor.

»Freut mich. Es gibt noch mehr. Du musst nur sagen, wenn du etwas möchtest.«

Page nahm noch einen Schluck Kaffee.

»Und was ist dein Plan für heute?«, fragte Tess. Um ihre Augen lagen winzige Fältchen.

»Ich wollte mich mal im Reiten versuchen.«

»Gute Idee. Wenn du Lust hast, können wir ja mal zusammen reiten«, schlug Tess vor.

»Gern, aber ich habe schon seit einer Ewigkeit nicht mehr auf einem Pferd gesessen.« Sie nahm einen weiteren Bissen vom Brot. »Ich muss erst einmal ein paar Stunden nehmen.«

»Hm. Hast du schon mit Scott darüber gesprochen?«

»Ja. Sein Vorarbeiter soll sich um mich kümmern.«

»Mit Larry hast du den besten Lehrer der Welt«, sagte Tess mit Ehrfurcht in der Stimme. »Die Einheimischen glauben, er sei ein Pferdeflüsterer genau wie Scott.«

»Okay.«

Ein Pferdeflüsterer.

»Guten Morgen!« Maddie stand plötzlich in der Küche. Sie hatte noch die Abdrücke der Schlafmaske auf dem Gesicht. »Ihr seid ja schon alle wach! Ich dachte, wir sind hier im Urlaub.« Sie ließ sich neben Page auf den Stuhl fallen.

»Willkommen im Leben auf der Ranch.« Ned grinste.

Betty reichte Maddie einen Becher. »Kaffee!«

»Gott sei Dank. Ich dachte schon, du würdest nie fragen!« Maddie nahm einen Schluck. »Schon besser.«

Ohne Kaffee war ihre Freundin nur ein halber Mensch. Page kannte niemanden, der solche Mengen davon trinken konnte.

»Warum seid ihr eigentlich alle schon wach?« Maddies Blick wanderte durch die Runde.

»Gegen Mittag ist es ziemlich warm, deshalb empfiehlt es sich, die Ausritte am frühen Morgen und gegen Nachmittag zu machen«, erklärte Tess ihr. »Wir wollen zum Fluss reiten.« Sie stand auf. „Deshalb muss ich los. Es war nett mit dir zu plaudern."

„Fand ich auch." Page lächelte.

»Ich komme mit.« Ned sprang auf.

Die anderen Gäste folgen ihrem Beispiel und erhoben sich ebenfalls. Nur Jack blieb sitzen. Offensichtlich hatte er die Hoffnung, sich noch etwas mit Maddie zu unterhalten.

Page winkte ihnen hinterher. »Bis später.«

»Meine Güte, das kommt ja einer Massenflucht gleich«, brummte Maddie. »Und du?« Sie gab Page einen Stoß in die Seite. »Wieso bist du denn schon wach?«

»Ich wollte gleich zum Stall.«

»Was willst du denn da?« Maddie sah sie verständnislos an.

»Ähm, das liegt doch wohl auf der Hand. Ich will Reitunterricht nehmen.« Page schmunzelte. »Hast du Lust mitzukommen?«

»Auf keinen Fall!« Dabei klang sie wie jemand, den man gerade gefragt hatte, ob er nackt über die Fußgängerzone laufen wollte.

»Okay. Was hast du vor?«

»Extrem chillen. Faulenzen. Schlafen. Entspannen. Sinnlos Alkohol trinken.« Maddie zwinkerte ihr zu. »Herrlich! Alleine bei dem Gedanken könnte ich einen Orgasmus bekommen.«

Jack fing an zu husten, hatte dabei aber ein breites Grinsen im Gesicht.

»Maddie!« Page sah ihre Freundin vorwurfsvoll an.

»Ach, ist doch wahr! Ich bin im Urlaub, und am Tisch sind keine Minderjährigen. Also alles okay.« Sie sah Beifall heischend zu Jack, der eifrig nickte.

»Na dann.« Page stellte den Becher auf den Tisch.

»Wann bist du zurück?«

»Keine Ahnung.« Page sah auf die große Küchenuhr an der Wand. »Ich schätze gegen Mittag.«

»Ich werde in Ruhe mein Frühstück genießen und vielleicht einen kleinen Spaziergang über das Gelände machen.« Maddie lehnte sich in ihrem Stuhl zurück.

»Na dann, viel Spaß. Wir sehen uns spätestens heute Abend.« Sie verabschiedete sich von Betty.

»Hals und Beinbruch!«, rief ihr Maddie hinterher.

Gut gelaunt ging sie zurück in ihr Zimmer, um sich noch schnell die Stiefel anzuziehen. Sie hatte Maddie vorhin nicht wecken wollen und stattdessen ihre Sneakers angezogen. Oben im Zimmer angekommen, legte sie Scotts Pullover neben ihr Kissen. Sie warf einen kurzen Blick auf das Handy. Eine Nachricht poppte auf dem Display auf.

Ben!

Sofort schnellte ihr Puls nach oben. Ihre Finger zitterten, als sie das Handy in die Hand nahm, um die Nachricht zu öffnen.

Wo ist mein Lieblingsshirt? Das mit dem Bild von Iggy Pop. Muss es in der Wohnung vergessen haben.

Dieser Idiot! Page schrie und warf das Handy empört aufs Bett. Nach zweieinhalb Jahren war das Einzige, was er von ihr wissen wollte, wo sein verdammtes T-Shirt war?!

Kein liebes Wort. Kein ›*Wie geht es dir*‹? Nichts!

Sie ging zum Bett zurück, schnappte sich das Handy und tippte mit einem diabolischen Lächeln auf dem Gesicht: *Im Müll, wo es hingehört* – was eine Lüge war. Sie hatte es unter dem Bett gefunden und aufgehoben. Es hatte so herrlich nach ihm gerochen. Quasi als Erinnerungsstück. Aber das musste Ben ja nicht wissen. Sie drückte auf *Senden*.

Zufrieden legte sie das Handy auf den Nachttisch. Der Blödmann konnte bleiben, wo der Pfeffer wuchs. Sie jedenfalls war fertig mit Ben.

Der Sand knirschte unter den Cowboystiefeln, als sie den schmalen Weg zu den Ställen hochging. Ein sanfter Wind fuhr raschelnd durch die Büsche, die rechts und links von ihr wuchsen. Spontan breitete sie die Arme aus und sog gierig die frische Luft ein. Der süßliche Duft der Blumen, die überall auf der Wiese blühten, legte sich auf ihre Zunge. In New York war die Luft erfüllt von den Abgasen, und ein bitterer Geschmack war häufig die Folge, wenn man sich länger draußen aufhielt.

Hier flogen Bienen summend an ihr vorbei, um sich auf eine der leuchtenden Blüten zu setzen und von dem köstlichen Nektar zu naschen. Das Wiehern eines Pferdes war zu hören. Genießerisch schloss sie die Augen. Vergessen war der Ärger über Ben. Alles, was zählte, waren der Augenblick und das schöne Gefühl, das durch ihren Körper strömte.

Als sie um die Ecke des Stalls gebogen kam, sah sie ihn. Er hatte sich sein T-Shirt ausgezogen. Sein Oberkörper glänzte feucht im Sonnenlicht, und sie bewunderte das Spiel seiner Muskeln, als er sich ihr näherte. Dunkle Haare kräuselten sich auf seiner Brust und unterstrichen seine Männlichkeit. Mit dem Blick folgte sie dem dunklen Flaum unterhalb seines Bauchnabels, der in der Jeans verschwand. Sie schluckte. Er sah atemberaubend gut aus.

»Guten Morgen.« Jeder seiner Schritte wurde durch das leise Klirren der Sporen an seinen Stiefeln begleitet.

»Ja, ähm. Guten Morgen«, antwortete sie, krampfhaft darum bemüht, ihm nicht auf die nackte Brust zu starren.

»Hast du gut geschlafen?«

»Tief und fest.« Sie grinste schief. »Und du?«

»Ebenso.« Sein Blick ruhte auf ihr, und sie hatte das Gefühl, in den grünen Seen zu versinken. Ihr Herz hämmerte wie wild gegen ihre Brust.

»Hallo, Buddy.« Sie beugte sich hinab, um den Collie zu streicheln. »Darf ich?«

»Mhm.«

Sie strich über das weiche Fell des Hundes. »Du weichst deinem Herrchen nicht von der Seite, oder?« Buddy sah sie mit seinen großen braunen Hundeaugen an. Page lachte. »Ich werte das als ein *Ja.*«

»Womit du absolut richtig liegst«, antwortete Scott. »Buddy ist immer bei mir. Wir haben eine lange Geschichte miteinander.«

Die Art, wie er es sagte, ließ sie aufhorchen. Etwas Dunkles schwebte in seinem Tonfall mit.

»Das merkt man. Wo finde ich diesen Larry?«

»Warte, ich stelle dich vor.« Er winkte ihr, ihm zu folgen.

Schweigend lief sie hinter ihm her, noch immer in Gedanken damit beschäftigt, was für eine Geschichte er gemeint haben könnte. Sie gingen den Weg hoch bis zum Stall. Zu ihrer Überraschung waren die meisten Boxen leer.

»Wo sind die ganzen Pferde?«

»Im Frühjahr und Sommer sind die Pferde meist auf der Weide. Nur kranke und trächtige Tiere übernachten hier.« Er deutete auf zwei Boxen im vorderen Teil des Stalls, die geschlossen waren.

»Aha. Und worauf reiten wir?«

»Auf einem Pferd, würde ich vorschlagen, außer du hast eine andere Idee«, entgegnete er sichtlich belustigt.

»Nein, ich meine natürlich, wo sind unsere Pferde, also die für die Gäste zum Reiten«, korrigierte sie sich, verärgert über ihre eigene Dummheit.

»Auf der Weide.« Scott stieß einen lauten Pfiff aus. »Larry?«

Ein hagerer Mann mit wettergegerbtem Gesicht tauchte aus dem Schatten im Stall auf.

»Boss?« Sein Blick fiel auf Page, die ein paar Schritte von Scott entfernt stand. »Miss.«

»Das ist Page.« Scott deutete auf sie. »Sie würde gerne ihre Reitkenntnisse etwas auffrischen, und ich dachte mir, dass du genau der richtige Mann dafür bist.« Es war mehr eine Anordnung als ein Vorschlag.

»Boss, das tut mir leid, aber ich habe Tess, Ned und Jack bereits zugesagt, sie heute zu begleiten. Wir wollen zum Creek.«

»Verdammt!« Scott nickte finster. Sie sah, wie Larrys Augenbraue verwundert nach oben schnellte.

»Ich kann auch ein anderes Mal wiederkommen, wenn es besser passt.« Sie deutete auf den Weg zum Haus.

»Boss?« Larry sah Scott fragend an.

»Nein, schon okay«, brummte Scott, keineswegs begeistert.

»Ähm, ich will wirklich keine Umstände machen.«

»Nein. Ich übernehme das. Gib mir einfach zehn Minuten, damit ich alles vorbereiten kann.« Er gab Larry ein Zeichen, ihm zu folgen.

Page kam sich vor, wie bestellt und nicht abgeholt. Wenn sie gewusst hätte, was passieren würde, wäre sie nicht gekommen. Jetzt blieb ihr nichts anderes übrig, als zu warten. Sie wurde aus Scott nicht schlau. In einem Moment war er brummig und abweisend, und dann wieder nett. Aus irgendeinem Grund hatte er ein Problem mit ihr. Sie hatte nur keine Ahnung, warum. Schließlich hatte sie ihm nichts getan. Bis auf die paar Worte, die sie miteinander gewechselt hatten, kannten sie sich kaum. Scott Henderson übte eine Anziehungskraft auf sie aus, wie sie es bisher noch nicht erlebt hatte. Aber Anziehung war nicht alles.

»Da bin ich wieder.« Scott stand unvermittelt hinter ihr. Mit Bedauern stellte sie fest, dass er sich ein Shirt übergezogen hatte.

»Ich habe uns bereits zwei Prachtexemplare ausgesucht. Larry legt den Pferden gerade das Zaumzeug an.« Sie schielte hinter seinen Rücken, als ob er die Pferde dort versteckt haben könnte. »Aber als Erstes müssen wir dich noch vollständig ausstatten«, beantwortete er ihre unausgesprochene Frage nach den Pferden. »Das Wichtigste fehlt ja noch.«

Sein Blick ruhte auf ihr. Page verspürte ein leichtes Kribbeln in der Bauchgegend.

»Und was soll das sein?« Sie sah an sich hinunter.

»Das wirst du gleich sehen«, sagte Scott geheimnisvoll. Er führte sie zu einer Art Garderobe, wo mehrere lederne Überziehhosen hingen. »Ein echtes Cowgirl braucht einen Cowboyhut.« Scott öffnete einen kleinen Schrank. »Das hier ist ein echter Stetson und speziell für Ladys angefertigt.« Der Stolz in seiner Stimme war nicht zu überhören.

Bewundernd betrachtete sie den cremefarbenen Hut in seiner Hand. Die Krempe verlief seitlich leicht nach oben und war mit einem roten Lederband verziert.

»Den schenke ich dir.«

»Aber das kann ich unmöglich annehmen!«, lehnte sie ab.

»Blödsinn! Ich bin hier der Boss, und ich nehme dich ohne Hut nicht mit«, sagte er entschieden. »So einfach ist das.« Seine Augen glitzerten vergnügt.

Page nickte stumm. Er reichte ihr den Hut. Vorsichtig strich sie mit den Fingern über das weiche Leder.

»Setz ihn auf«, forderte Scott. Der Hut saß wie angegossen, ohne zu eng zu sein. »Perfekt!« Er nickte zufrieden und zeigte seine strahlend weißen Zähne.

»Danke«, hauchte sie, noch immer von der Größe seines Geschenks überwältigt.

»Es kann losgehen.« Er führte sie durch den hinteren Eingang, wo zwei wunderschöne Pferde standen.

Das größere der beiden hatte eine schwarze Mähne. Weiter zum Bauch war das Fell von einem intensiv leuchtenden Rotbraun. Das andere Pferd hatte die Farbe von einem Milchkaffee. Die Mähne des Tiers war fast cremefarben. Page hatte noch nie zwei so wunderschöne Tiere gesehen.

»Darf ich vorstellen«, Scott deutete auf den dunklen Hengst, »das ist Thunder. Und das Prachtexemplar daneben ist Brownie.«

Page kicherte vergnügt. »Treffender hätte man es nicht sagen können. Und welchen von den beiden Hengsten darf ich reiten?«

»Brownie.« Seine Mundwinkel zuckten. »Und lass sie nicht hören, dass du sie für einen Hengst gehalten hast, sonst wird sie noch größenwahnsinnig.«

»Oh.« *Verdammt.* Ihre Wangen brannten, und wahrscheinlich sah sie aus wie eine Tomate kurz vor dem Platzen.

»Weißt du noch, wie man aufsteigt?«

»Ich denke, es wäre besser, du würdest es mir noch mal erklären, bevor ich mich lächerlich mache.«

»Page.« Er nahm ihre Hand. Instinktiv hielt sie die Luft an. »Du sollst Spaß haben und dir nicht Gedanken darüber machen, ob du etwas richtig oder falsch machen könntest. Also entspann dich.«

Sie nickte stumm, gefangen in seinen wunderschönen Augen.

»Also, als Erstes ist es wichtig, dass du dich bei ihr vorstellst.« Er machte eine Kopfbewegung in Richtung Brownie. »Am besten näherst du dich leicht seitlich und vermeidest es, ihr direkt in die Augen zu schauen«, erklärte er leise. »Gib ihr Zeit, sich an dich zu gewöhnen. Stell dir vor, du triffst das erste Mal eine neue Kollegin. Der haust du auch nicht gleich auf die Schulter und erzählst ihr einen dreckigen Witz. Bei Pferden verhält es sich ähnlich.« Seine Stimme klang einladend weich. »Wenn du das Vertrauen eines Pferdes gewinnen willst, musst du ihm die Chance geben, dich erst einmal näher kennenzulernen.« Sie sah ihn fragend an. »Los, trau dich.«

Sie ging, wie er gesagt hatte, langsam auf die Stute zu.

»Gut so«, leitete er sie weiter an. »Und jetzt streck deine Hand aus, damit sie daran schnuppern und deinen Geruch aufnehmen kann.«

»Hallo, Brownie.« Sie streckte ihren rechten Arm aus, sodass die Stute daran riechen konnte.

Brownie bewegte ihren Kopf und schnupperte. Dabei blähten sich ihre Nüstern.

»Sie mag dich«, fuhr Scott fort. »Rede mit ihr. Sag ihr, wie sehr du dich auf den Ritt mit ihr freust.«

»Du bist aber ein ganz besonders hübsches Tier. Ich bin lange nicht mehr geritten, weißt du? Deshalb wäre es schön, wenn du mich nicht gleich abwerfen würdest.« Sie sah, wie Scotts Mund sich zu einem Lächeln verzog. »Du musst mir helfen, denn ohne dich schaffe ich es nicht«, flüsterte sie weiter.

Brownie trat einen Schritt näher an sie heran. Der Kopf der Stute war jetzt keine Handbreit mehr von ihr entfernt. Sofort hatte sie den typischen Pferdegeruch in der Nase. Etwas, das sie noch aus ihrer Kindheit kannte. Ein Lächeln huschte über ihr Gesicht. Brownie schob den Kopf in ihre Richtung und drückte die Nüstern an ihre Brust, als hätte sie jedes Wort von dem, was sie gesagt hatte, verstanden. Ein absoluter Vertrauensbeweis.

»Ich glaube, sie mag mich«, sagte Page glücklich und strich ihr mit der Hand über die Flanke.

Scott, der die ganze Zeit stumm neben ihr gestanden und sie beobachtet hatte, räusperte sich. »Gut so. Dann machen wir die beiden fertig für einen Ausflug.« Sie beobachtete ihn dabei, wie er beiden Tieren die Zügel anlegte.

»Und jetzt geh ein paar Schritte mit ihr. Am besten stellst du dich dafür zwischen Schulter und Hals.« Sie folgte seinen Anweisungen. »Sehr gut.«

»Komm«, forderte sie die Stute auf. »Wir beide machen jetzt einen kleinen Spaziergang.«

Brownie stieß ein Wiehern aus, das in Pages Ohren wie ein Lachen klang. Sie gingen zwei Runden, bis Scott sie zu sich rief. Er hatte Thunder an die Zügel genommen.

»Ich denke, dass du so weit bist aufzusitzen. Stell den Fuß in den Steigbügel und«, er deutete auf etwas, das aussah wie ein

Griff, den man vorn am Sattel befestigt hatte, »halte dich dazu am Sattelhorn fest, dann ist es leichter für dich aufzuschwingen.«

Sie tat, wie geheißen. Mit einem Schwung saß sie oben auf dem Sattel. Fast hätte sie laut aufgelacht vor Freude.

»Sehr gut«, lobte er und schwang sich ebenfalls auf sein Pferd. »Nimm die Zügel locker in die rechte Hand.« Sie folgte seinen Anweisungen und sah, wie Scott zufrieden nickte. »Wir starten mit einer langsamen Gangart. Gib Brownie einen Impuls, dass sie lostraben darf.« Page schnalzte mit der Zunge. Sofort setzte sich Brownie in Bewegung. »Siehst du, das klappt doch schon ganz gut«, lobte er sie.

Page lachte. Ein unglaubliches Glücksgefühl strömte durch ihren Körper. Sie hatte es geschafft. Sie ritt!

»Jetzt möchte ich, dass du um die beiden Kegel da vorn reitest, um das Lenken des Pferdes ein wenig zu üben.« Scott deutete auf zwei orangefarbene Hindernisse, die auf dem Platz aufgestellt waren. »Denk daran: Westernpferde sind äußerst sensibel und reagieren auf deine Stimme und den Druck deiner Beine.«

Brownie setzte sich in langsamem Trab in Bewegung. Sie versuchte, ihrem Rhythmus zu folgen. Als sie das Hindernis erreicht hatte, übte sie einen leichten Druck mit dem rechten Schenkel aus. Prompt folgte Brownie ihrer Anweisung und vollzog eine Rechtskurve um den Kegel.

»Geht doch!« Scott grinste. »Ich habe es dir doch gesagt: Wer einmal auf einem Pferd gesessen hat, verlernt es nicht wieder.«

Sie umkreiste das zweite Hindernis.

»Und jetzt eine Acht!« Scott zeichnete mit den Fingern eine Acht in der Luft.

Page gab Brownie das Zeichen, die Kurve einzuleiten. Auch diese Übung klappte ohne Probleme.

»Jetzt versuchen wir es mit Rückwärtsreiten. Weißt du noch, wie es geht?« Sie gab Brownie das Zeichen für die Rückwärtsbewegung. »Sehr gut«, lobte Scott. »Ich merke schon, ich habe es mit einem Naturtalent zu tun.«

Sie schmunzelte. »Ein Schüler ist nur so gut wie sein Lehrer.«

»Dann gehen wir zum nächsten Schritt über.«

Es folgten mehrere Übungen. Immer wieder korrigierte er ihre Haltung, wies sie auf Fehler hin und erklärte ihr, was sie falsch machte und wie sie sich verbessern konnte. Als er fertig war, stand die Sonne schon hoch. Schweiß lief ihr den Rücken hinunter. Sie hatte vergessen, wie anstrengend es war zu reiten. Page wischte sich mit dem Handrücken über das Gesicht. Ihre Wangen glühten.

»Das war sehr gut. Man könnte meinen, dass du nie aufgehört hast zu reiten.« Seine Augen ruhten wohlwollend auf ihr.

Sie lachte. »Danke für die Übertreibung des Jahres.«

»Nein, ich meine es so, wie ich es sage.« Das Lachen war aus seinem Gesicht verschwunden. »Hier. Du solltest einen Schluck trinken.« Er reichte ihr eine ovale Flasche, die mit braunem Leder ummantelt war und schon so manchen Fleck aufwies.

Sie schraubte den Deckel ab und nahm einen Schluck. Herrlich kühles Wasser floss ihre Kehle hinunter. Gierig nahm sie noch einen Schluck. Sie war so konzentriert gewesen, dass sie nicht bemerkt hatte, wie durstig sie war. Scotts Augen verfolgten jede ihrer Bewegungen.

»Ah, das tat gut.« Sie reichte ihm lächelnd die Flasche zurück.

Er nickte. »Das Wichtigste, wenn man in die Wildnis reitet, ist, dass man auf ausreichend Flüssigkeitszufuhr achtet.«

»Ich hatte vergessen, wie anstrengend Reiten ist.« Sie grinste breit. »Ich bin total nassgeschwitzt.«

»Was hältst du von einem kleinen Ausflug?«

»Meinst du, ich bin schon so weit?«

»Ich habe schon Ausflüge mit Gästen gemacht, die weitaus weniger Erfahrung im Sattel hatten als du. Vertrau auf dich und dein Gefühl. Spüre den Rhythmus und denk immer daran, dass du der Boss bist. Brownie hört auf die Kommandos, die du ihr gibst.«

Sie tippte lächelnd gegen ihre Hutkrempe. »Yes, Sir.«

»Gut.« Ein Lächeln huschte über sein Gesicht. »Du meldest dich, wenn du eine Frage hast.«

Sie beugte sich nach vorn. »So, mein Mädchen. Ich zähle auf dich«, flüsterte sie Brownie ins Ohr.

Die Stute wackelte mit den Ohren. »Ich schätze, du bist einverstanden.«

Sie holte tief Luft, dann gab sie Brownie das Zeichen zum Start und folgte Scott, der langsam aus dem Übungsgelände nach draußen ritt. Brownie trabte entspannt durch das weiche, hüfthohe Gras. Buddy lief neben ihnen her, die Augen aufmerksam auf die Umgebung gerichtet.

Page war überwältigt von der Stille, die um sie herum herrschte. Keine störenden Autogeräusche, keine Stimmen – nur das leise Zwitschern der Vögel war zu hören. Sie atmete tief durch, und die kristallklare Luft füllte ihre Lungen. Sie musste unwillkürlich an New York denken. Die Stadt, die niemals schlief. Bis spät in der Nacht herrschte ein dauernder Verkehr und man traf Menschen, die mit leerem Blick wahllos durch die Straßen liefen. Selbst in ihrer Wohnung war es nie wirklich still. Nachts, wenn sie im Bett lag, konnte sie die leisen Stimmen ihrer Nachbarn durch die papierdünnen Wände hören. Daheim in New York konnte sie zudem im besten Fall bis zum anderen Hochhaus schauen. Überall dominierten die Wolkenkratzer das Bild. Bisher hatte sie nie darüber nachgedacht, aber genau jetzt, in diesem Moment, genoss sie die Stille und den unverbauten Blick auf die freie Natur.

Brownie trabte gemütlich vor sich hin. Es hatte eine Weile gedauert, bis Page den Rhythmus gefunden hatte, aber nun folgte sie ihren Bewegungen instinktiv.

Sie schielte heimlich zur Seite, wo Scott wenige Meter entfernt neben ihr ritt. Reiter und Pferd schienen miteinander verschmolzen zu sein und bildeten eine Einheit. Es war deutlich zu erkennen, dass das sein Element war. Sie bewunderte sein markantes Profil, das energische Kinn, die gerade Nase und den wunderschön geschwungenen Mund. Wie es sich wohl anfühlte, ihn zu küssen?

Sie dachte daran, wie Scott mit nacktem Oberkörper vor ihr gestanden hatte. Er hatte ausgesehen wie eine griechische Statue.

Alles an ihm schien perfekt. Aber da war dieser Gesichtsausdruck, den er manchmal bekam und den sie sich nicht erklären konnte. Sie hätte viel darum gegeben zu erfahren, was der Grund dafür war.

Sie hatten die Ranch schon vor einer geraumen Weile hinter sich gelassen, und die Landschaft hatte sich leicht verändert. Sanft geschwungene Hügel und saftig grüne Wiesen, so weit das Auge reichte. Dazwischen befanden sich kleine Wäldchen aus Nadelhölzern. Wildbäche durchbrachen die Grünflächen. Eingerahmt wurde das Ganze durch die nahe gelegenen Berge, und über alles spannte sich ein tiefblauer Himmel, der aussah wie gemalt. Schönwetterwolken schoben sich über ihre Köpfe hinweg und warfen ihre unruhigen Schatten auf den Boden.

Ihr Blick wanderte nach oben, wo ein großer Vogel in schwindelerregender Höhe seine Kreise zog.

»Das ist ein Weißkopfseeadler«, sagte Scott, der ihrem Blick gefolgt war. »Sieht man nicht allzu häufig.«

Page nickte, ohne die Augen von dem Adler zu nehmen. »Es muss ein toller Ausblick von dort oben sein. Ich würde viel geben, wenn ich so fliegen könnte.«

»Ja, das denke ich auch.«

Buddy bellte. Scott schnalzte mit der Zunge und brachte sein Pferd zum Stehen. Page folgte seinem Beispiel. Er machte eine Handbewegung und deutete ihr an, sich ruhig zu verhalten. Sein Gesicht lag im Schatten seines Hutes, aber anhand seiner Bewegungen schloss sie, dass er die Umgebung absuchte.

Mit klopfendem Herzen wartete sie.

»Grizzly«, beantwortete Scott ihre unausgesprochene Frage. Er deutete auf eine kleine Baumgruppe.

»Was?« Page riss erschrocken die Augen auf und folgte mit dem Blick seiner Hand.

Es dauerte einen Moment, aber dann sah sie ihn. Ein großer brauner Körper, keine fünfhundert Meter entfernt von ihnen, bewegte sich durch das Gras in ihre Richtung. Hinter ihm lag ein kleines Wäldchen, durch das ein Bach führte. Der Grizzly sah gewaltig aus. Page schätzte ihn gut und gern auf zwei Meter. Im Fernsehen liefen immer wieder Berichte über Bären, die Touristen überrascht angefallen hatten.

Eine zweite kleinere Gestalt tauchte zwischen den Bäumen auf.

»Da ist noch einer!« Page hatte vor Aufregung geschrien.

Ein Bärenjunges tapste ungeschickt durch das Dickicht, seiner Mutter hinterher.

»Pssst«, zischte Scott und legte zum Zeichen den Zeigefinger auf den Mund. Sie verstummte sofort.

Aufgeschreckt durch ihren Schrei, hatte der Grizzly seinen Kopf zu ihnen gedreht und schnupperte.

»Er nimmt unsere Witterung auf«, flüsterte Scott, den Blick starr auf das massige Tier gerichtet. Page sah, wie seine Hand an die Seite des Sattels wanderte. Sein Kiefer mahlte. Ein sicheres Zeichen für seine Anspannung.

Page schluckte nervös bei dem Anblick des riesigen Bären, der noch immer aufrecht stand und in ihre Richtung starrte. Eine Mischung aus Angst und Faszination machte sich in ihr breit. Ihre Handflächen waren feucht vor Aufregung.

Ein zweiter dunkler Schatten tauchte hinter dem ersten Jungen auf. *Eine Familie.* Die beiden Jungtiere waren kaum größer als Kälbchen und ihr Fell war deutlich heller als das der Mutter.

Page sah, wie Scotts Augen die Umgebung absuchten. Buddy winselte ängstlich. Aus dem Augenwinkel sah sie, wie Scott sein Gewehr aus dem Halfter zog und es langsam anhob. Der Grizzly ließ sich fallen. Für einen Moment war nur noch der braune Rücken des Bären zu sehen, der sich behäbig durch das Gras bewegte.

Panik ergriff sie. Was sollten sie tun? Würde der Bär sie angreifen? Warum gab Scott nicht einfach das Kommando zum Losreiten? Stattdessen saß er wie angewurzelt auf seinem Pferd.

Eines der Jungen stieß einen lauten Ruf aus. Der Grizzly blieb abrupt stehen. Das zweite Junge stimmte in den Ruf seines Geschwisters ein. Fasziniert beobachtete sie, wie sich der Grizzly erneut aufrichtete, das Maul aufriss und einen lauten Brüller ausstieß. Dabei legte er sein Gebiss mit messerscharfen Zähnen frei. Die feinen Haare entlang ihrer Arme stellten sich auf. Es war, als ob der Ruf des Bären bis zu den Bergen getragen würde. Sie konnte sich nicht erinnern, jemals etwas so Beeindruckendes und Furchteinflößendes zugleich gehört zu haben.

Der Grizzly ließ sich mit den Vorderfüßen zurück auf den Boden fallen. Mit angehaltenem Atem observierte sie, wie der Bär seine Richtung abrupt änderte. Mit einer Geschwindigkeit, die sie ihm niemals zugetraut hätte, lief er zu seinen Jungen am Waldrand. Gebannt beobachtete Page, wie die Bärenfamilie im Unterholz des Wäldchens verschwand.

»Puh!«, stieß sie erleichtert aus, als der letzte braune Fleck im Dickicht untertauchte.

Scott steckte wortlos das Gewehr zurück in das Halfter. »Das war knapp.«

»Warum sind wir nicht abgehauen?« Ihr Herz schlug noch immer wie verrückt gegen ihre Brust. Scott lenkte sein Pferd zu ihr.

»Weil uns der Bär im Zweifel eingeholt hätte«, erklärte Scott ruhig. Thunder stand keinen Meter von ihr entfernt. »Grizzlys schaffen es auf bis zu 37 Meilen in der Stunde. Ich wollte nicht riskieren, dass er uns angreift. Alles okay mit dir?« Seine Augen glitten über sie hinweg, als würde er nach sichtbaren Verletzungen suchen.

Page nickte. Obwohl sie Angst gehabt hatte, fühlte sie sich eigenartig berauscht. Adrenalin floss durch ihre Adern wie heiße Lava.

»Kommt es häufig vor, dass man Grizzlys begegnet?«, fragte sie, darum bemüht, das Zittern in ihrer Stimme zu verbergen.

Scott schüttelte den Kopf. »Nein. Zum Glück. Sollte es passieren, ist es das Wichtigste, die Nerven zu behalten. Der Wind stand günstig, deshalb konnte er uns nicht riechen. Wenn Grizzlys Junge bei sich haben, sind sie besonders aggressiv.«

Sie hielt ihre Zügel noch immer fest umklammert. Schweiß lief ihr den Rücken und zwischen ihren Brüsten hinunter. Dunkle Flecken hatten sich unter ihren Armen gebildet.

»Was hältst du von einer kleinen Erfrischung nach dem Schreck?«

Sie schluckte trocken. »Unbedingt!«

»Gut. Dann mir nach.«

»Ist der Bär wirklich weg?« Sie sah sich unsicher um.

»Ja, vertrau mir einfach.« Scott beugte sich zu ihr und legte seine Hand auf ihren Arm.

Sie zuckte unbewusst zusammen. Von dort, wo er sie berührte, wanderten kleine elektrische Schläge über ihre Haut.

»Das tue ich «, sagte sie schlicht.

Jedes Wort davon war wahr. Wenn es einen Menschen gab, dem sie in dieser wilden Landschaft vertrauen würde, dann war es Scott Henderson. Ihre Blicke kreuzten sich. Seine Augen scannten ihr Gesicht, als wollte er sich jeden Millimeter davon einprägen. Da war es wieder, dieses Kribbeln, das sie befiel, wenn Scott in ihrer Nähe war. Ein Gefühl, das sie noch nie zuvor in der Gegenwart eines Mannes erlebt hatte und das sie zutiefst verunsicherte.

»Das kannst du auch«, sagte er mit rauer Stimme.

Ehe Page antworten konnte, schnalzte er mit der Zunge, und Thunder setzte sich in Bewegung. Nachdenklich folgte sie ihm.

Für die nächste Viertelstunde sagte keiner von ihnen ein Wort. Jeder hing seinen Gedanken nach. Sie dachte an Ben. Er schien sie nicht sonderlich zu vermissen, wenn alles, was er wissen wollte, der Verbleib seines T-Shirts war. Sie horchte für einen Moment in sich. Vermisste sie ihn denn? Wenn sie ehrlich war, musste sie diese Frage mit Nein beantworten. Sie war verletzt und verärgert, aber es war nicht so, dass sie sich nach ihm verzehrte.

Sie ritten einen sanften Hügel hinunter.

»Da vorn ist unsere Erfrischung.« Er deutete auf den Fluss, der sich keine zehn Meter entfernt von ihnen durch die Landschaft schlängelte und kaum mehr als ein Bach war.

»Okay!« Sie sah ihn fragend an. »Absteigen?«

»Auf keinen Fall.« Scott grinste breit. »Ich werde dich jetzt in das Geheimnis einweihen, wie wir Cowboys eine Erfrischung nehmen.« Das Grinsen wurde noch breiter.

»Ich weiß nicht, ob ich das möchte«, zweifelte sie. Etwas in seinem Blick riet ihr, vorsichtig zu sein.

Er zuckte mit den Schultern. »Du hast keine Wahl!«

»Aber …«

Scott gab Brownie einen Klaps auf die Flanke. Sofort preschte das Tier nach vorn, geradewegs auf den Fluss zu. Scott ritt neben ihr. Page stieß einen Schrei aus, als sie das Ufer immer näher kommen sah.

»Halt!« Sie zog an den Zügeln, in der Hoffnung, das Pferd zu stoppen, doch Brownie dachte überhaupt nicht daran. »Nein.« Sie schüttelte verzweifelt den Kopf. »Nicht ins Wasser.«

Zu spät. Ungeachtet der Büsche, die entlang des Flussufers wuchsen, galoppierte Brownie weiter. Page schnappte hilflos nach Luft.

Mit lautem Platschen tauchte Brownie samt ihrer Reiterin in den Fluss. Wasser umspülte Pages Beine bis zu den Hüften. Sie quietschte laut auf.

Brownie wackelte freudig mit den Ohren und stieß ein lautes Wiehern aus.

»Ich dachte, du wärst auf meiner Seite«, fluchte Page lautstark. »Hör sofort auf damit!«

Doch Brownie dachte nicht daran. Im Gegenteil! Die Stute entfernte sich noch weiter vom Ufer. Scott lachte laut auf. Er und Thunder ritten zwei Meter von ihnen entfernt durch das Wasser.

»Los, halt dich am Hals und an der Mähne fest«, forderte er sie auf. »Wir wollen schwimmen.« Seine Augen hielten sie gefangen.

»Ich hoffe, du weißt, was du tust«, rief sie leicht panisch.

»Eben hast du noch gesagt, dass du mir vertraust. Also genieß es!« Er lachte. Seine grünen Augen blitzten vergnügt. Er hatte sichtlich Freude an dem kleinen Schauspiel.

Aus dem Augenwinkel sah sie Buddy, der am Ufer entlanglief und alles beobachtete. Page holte tief Luft und lehnte sich vor. Brownie schnaubte laut. Anscheinend machte das Wasser der Stute überhaupt nichts aus. Es schien ihr Spaß zu bereiten. Jedenfalls schwamm sie immer weiter auf die Flussmitte zu.

Langsam entspannte Page sich. Scott und Thunder waren mit ihr auf gleicher Höhe.

»Erfrischend, oder?«, rief Scott ihr zu.

Ein Lachen bahnte sich ihren Hals hoch wie kitzelndes Brausepulver.

»Es ist wunderbar«, sagte sie aus vollem Herzen.

Sie spürte die Muskeln unter sich arbeiten. Fast schwerelos glitt sie auf dem Rücken der Stute durch das lauwarme Wasser. Die Sonne schien auf sie herab, und entfernt hörte sie Vögel zwitschern. Zwei Libellen jagten an ihnen vorbei über die glitzernde Wasseroberfläche, als wollten sie sich mit ihr ein Wettrennen liefern. Es war unglaublich. Sie versuchte, jede Einzelheit zu erfassen, damit sie diesen Moment nie mehr vergessen würde.

»Alles okay?« Scott sah fragend zu ihr.

Sein Shirt war durchnässt und die feinen Linien seiner Muskeln zeichneten sich darunter ab. Die Sorgenfalten waren aus seinem Gesicht verschwunden. Seine Augen funkelten im Sonnenlicht.

Sie nickte, unfähig zu sprechen. Tränen des Glücks, diesen Moment erleben zu dürfen, standen ihr in den Augen. Sie schluckte hart dagegen an – schließlich sollte Scott sie nicht für ein verweichlichtes Stadtkind halten.

»Da vorn müssen wir raus.« Scott deutete auf eine Einbuchtung keine hundert Meter von ihnen entfernt.

Page nickte. Die Zügel in beiden Händen, erhöhte sie den Druck auf die Innenseite, wie sie es gelernt hatte. Brownie reagierte prompt und schlug die gewünschte Richtung ein. Scott folgte ihr.

Minuten später hatten sie wieder festen Boden unter den Hufen. Als wäre nie etwas gewesen, trottete Brownie ans Ufer, um dort stehen zu bleiben.

»Jetzt bist du ein waschechtes Cowgirl.« Scott grinste und schwang sich vom Pferd.

»Du hättest mich ruhig warnen können.« Sie ließ die Zügel los und hob das Bein, um ebenfalls vom Pferd zu steigen. Mit einem Satz landete sie auf dem weichen Untergrund. Sie breitete die Arme aus und drehte sich lachend im Kreis, bis ihr schwindelig war. »Es war sooooooo schön.«

Sie taumelte leicht. Die Bluse klebte nass auf ihrer Haut, und ihr BH zeichnete sich unter dem dünnen Stoff ab.

»Woah. Nicht so stürmisch!« Seine stahlharten Arme fingen sie auf. Verwirrt sah sie hoch und blickte geradewegs in sein Gesicht.

An seinen langen dunklen Wimpern hingen kleine Wassertröpfchen wie Morgentau im Gras. Er hatte einen Dreckspritzer auf der Wange. Ihr Blick blieb an seinem wunderschönen Mund hängen.

Für einen Moment schien die Welt um sie herum stillzustehen. Die goldenen Punkte in seiner Iris leuchteten wie Sterne, die vom Himmel gefallen waren. Sein warmer Atem streifte ihre kalte Wange. Ihr Herz raste wie nach einem Marathonlauf. Alles, was sie denken konnte, war: *Küss mich!*

Sein Blick glitt über ihren Körper und blieb an ihren Brüsten kleben. Er räusperte sich. »Ich denke, wir sollten uns auf den Heimweg machen.«

Langsam entließ er sie aus seinen Armen. Enttäuschung machte sich in ihr breit. *Hör auf, du dumme Kuh*, schimpfte sie sich selbst. *Du kennst den Mann doch kaum. Was ist nur los mit dir?*

Sie senkte den Kopf, damit er nicht sehen konnte, was sie dachte. Ihre Großmutter hatte ihr Gesicht schon immer als offenes Buch bezeichnet. Es fiel ihr schwer, ihre Emotionen für sich zu behalten. Krampfhaft starrte sie auf die Spitzen ihrer Cowboystiefel.

Doch dann, ohne Vorwarnung, legte er die Hand unter ihr Kinn und zwang sie, ihm ins Gesicht zu schauen. In seinem Blick lag so viel Zärtlichkeit, dass es ihr fast den Atem nahm.

Ganz langsam beugte er sich zu ihr herunter. Instinktiv hielt sie die Luft an und legte den Kopf ganz leicht zurück, ohne sich von ihm zu lösen. Und dann legte er seine Lippen auf ihren Mund und küsste sie.

Page hatte in ihrem Leben schon ein paar Männer geküsst, aber noch nie war ein Kuss so wie dieser gewesen. Ihr ganzer Körper war in Aufruhr. Sein Mund war genau so, wie sie sich vorgestellt hatte – weich und hart zugleich. Als seine Zunge ihre Lippen teilte, konnte sie es kaum noch erwarten, seine Süße zu schmecken.

Erste Küsse waren für gewöhnlich ein vorsichtiges Herantasten. Scotts Kuss war stürmisch und fordernd. Eine Hand glitt über ihren Rücken, und dort, wo er sie berührte, hinterließ er eine brennende Spur. Die Kälte, die sie noch kurz zuvor gespürt hatte, war verschwunden und hatte einem lodernden Brand Platz gemacht. Sie ging auf die Zehenspitzen und schlang den Arm um seinen Hals, um ihm noch näher zu sein. Ihre Zungen spielten miteinander, neckten sich. Es war ein Erforschen des anderen. Sie konnte gar nicht genug von ihm bekommen. Die Intensität des Kusses drohte sie zu überwältigen, und sie wünschte sich, dass er niemals enden möge.

Sie spürte seine harte Beule, als er den Unterleib gegen sie presste. Ein leises Stöhnen entwich ihr. In ihrem Kopf drehte sich alles und sie fürchtete, jeden Moment ohnmächtig zu werden.

Mit einem Mal riss er sich von ihr los. Am liebsten hätte sie laut geschrien, er solle nicht aufhören. Stattdessen schlug sie die Augen auf, unfähig, einen klaren Gedanken zu fassen. Ihr ganzer Körper kribbelte, als hätten tausend Ameisen darin Platz gefunden. Wie betäubt stand sie ihm gegenüber, während ihr Verstand die Situation zu erfassen versuchte.

»Ich hätte das nicht tun sollen«, sagte er mit rauer Stimme. Ein strenger Zug hatte sich um seinen Mund gebildet. Sie nickte stumm, unfähig zu sprechen. Sanft entließ er sie aus seinen Armen. Mit einem Mal kam sie sich schutzlos vor und die Kälte kehrte mit aller Macht zurück. Sie fing an zu zittern.

Wortlos zog Scott eine dünne Decke aus der Satteltasche und legte sie ihr über die Schultern.

»Danke«, krächzte sie.

Er wich ihrem Blick aus. Was hatte das alles zu bedeuten? Der Kuss kam ihr mit einem Mal völlig unwirklich vor. Hatte er sie wirklich geküsst oder war es einer dieser Tagträume gewesen, die sie als Kind gehabt hatte, wo alles plötzlich unglaublich echt wirkte, und sobald man die Augen aufschlug, war alles vorbei?

Unbewusst fuhr sie sich mit der Zungenspitze über ihre brennenden Lippen. Nein, der Kuss war echt gewesen – voller Leidenschaft. Es hatte sich so gut angefühlt.

Aber warum hatte er sie geküsst? Was war das für ein Spiel, das er mit ihr spielte?

7. Kapitel

»Was ist denn mit dir passiert?« Maddie saß auf dem Bett und sah Page mit weit aufgerissenen Augen an.

»Ich war baden«, brummte Page und streifte sich die schlammbespritzten Stiefel von den Füßen.

Die Sachen waren auf dem Rückweg getrocknet, aber der Dreck war geblieben. Die Jeans war mit braunen Flecken übersät und die Stiefel hatten auch schon mal bessere Tage gesehen.

»Das sehe ich. Meine Güte, du bist ja völlig verdreckt! Man könnte meinen, du warst samt Klamotten schwimmen.« Maddie hatte leicht gerötete Wangen. Page schätzte, dass sie zu lange in der Sonne gesessen hatte.

»War ich auch.« Sie knöpfte die Bluse auf und warf sie achtlos zu Boden. »Allerdings mit dem Pferd.«

»Nicht dein Ernst!« Maddie hüpfte vor Aufregung auf dem Bett auf und ab.

»Ich lüge nicht.«

»Oha, da hat aber jemand schlechte Laune.« Ihre Freundin musterte sie mit Röntgenblick.

Tatsächlich war Pages Stimmung am Gefrierpunkt angelangt. Scott war den ganzen Heimweg wie ausgewechselt gewesen und hatte bis auf wenige Anweisungen kein persönliches Wort mehr mit ihr gesprochen. Es war ihr gerade noch gelungen, sich von ihm zu verabschieden, ohne in Tränen auszubrechen. Sie war enttäuscht und wütend. Enttäuscht, dass er sie nicht mehr geküsst hatte, und wütend zugleich, dass er sie geküsst hatte. Ach, das Ganze war einfach eine vertrackte Situation, in die sie sich hineinmanövriert hatte! Kaum zwei Tage getrennt, und schon warf sie sich dem erstbesten Mann an den Hals. Aber was noch schlimmer war: Es hatte ihm offensichtlich nicht gefallen, sie zu küssen.

Wortlos zog sie die Jeans aus und warf sie zu den übrigen Sachen. Sie fröstelte leicht.

»Möchtest du darüber reden?« Maddie setzte sich im Schneidersitz aufs Bett.

Page schüttelte den Kopf. »Nein.«

Sie nahm den Cowboyhut vom Kopf. In der Eile hatte sie vergessen, ihn zurückzugeben.

»Schicker Hut.«

»Gehört nicht mir.«

Maddie hob beschwichtigend die Hände in die Luft. »Okay. Ich habe verstanden. Du hattest keinen Spaß. Dann erzähle ich dir eben, wie mein Tag war«, plapperte sie drauflos. »Ich hatte – im Gegensatz zu dir – einen wunderschönen Tag.« Ein Strahlen legte sich auf ihr Gesicht. »Ich lag stundenlang im Garten und habe mir die Sonne auf den Pelz scheinen lassen. Dann war ich bei Betty in der Küche, und wir haben zusammen mit Ned, Tess und Jack zu Mittag gegessen.« Maddie machte eine kurze Pause. »Wenn man dich so sieht, könnte man meinen, dass dein Tag eine einzige Katastrophe war.«

»Ehrlich gesagt, war er wunderschön.« Sie ließ sich neben Maddie aufs Bett fallen. Die Sonne schien schräg durch das Fenster und ließ die Wände in einem leichten Rosaton erstrahlen.

»Dann verstehe ich deine schlechte Laune nicht.«

Page seufzte. »Ich habe Scheiße gebaut!«

»Ach du je.« Maddie breitete die Arme aus. »Komm an meine mütterliche Körbchengröße C!« Dankbar ließ sich Page in ihre Arme fallen. »Ist es wegen Ben?« Maddie strich ihr sanft über die Haare. Sie schüttelte den Kopf. »Was ist es dann, Süße?« Ihre Stimme klang einladend weich. »So schlimm kann es doch nicht sein.«

»Doch.« Page ballte die Hand zur Faust. »Scott hat mich geküsst.«

»Waaaas?« Maddie schüttelte verwirrt den Kopf. »Du nimmst mich auf den Arm, oder?« Page knabberte an ihrer Unterlippe. Sie sah Maddie direkt ins Gesicht. »Ich fasse es nicht! Da denke ich, du wärst ein bisschen reiten, und dann ...« Maddie schnappte nach Luft. »Aber wie konnte das passieren?«

»Ich weiß auch nicht.«

»Hey, jetzt lass dir nicht jedes Wort aus der Nase ziehen. Ich will alles wissen! Wann? Wo? Wie lange? Mit Zunge oder ohne?«

Page musste lachen. »Mit Zunge.«

»Ahhh, du schlimmes Ding!« Maddie hob ermahnend den Zeigefinger in die Luft. »Und wie küsst der Cowboy? Raus damit!«

»Es war der beste Kuss meines Lebens«, murmelte Page betrübt.

»Ähm, ich sage es ja nur ungern, aber wenn ich nach dem besten Kuss meines Lebens so aussehe wie du, möchte ich lieber darauf verzichten.«

»Das ist nicht der Grund«, entgegnete sie fast trotzig.

»Und was ist der Grund?«

»Nach dem Kuss hat er mich wie eine heiße Kartoffel fallen gelassen.« Bei dem Gedanken, wie er sich von ihr abgewandt hatte, schluckte sie erneut.

»Aber das ist doch noch lange kein Grund, so ein Theater zu machen. Vielleicht war er selbst überrascht oder du hattest Mundgeruch oder –«

»Ich verstehe es nur nicht«, unterbrach sie Maddie. »Weißt du, es war unglaublich schön.« Ein schmerzliches Lächeln huschte über ihre Lippen. »Erst haben wir einen Grizzly mit zwei Jungen gesehen, und dann –«

»Was?« Maddie setzte sich gerade auf. »Da kommt man einmal nicht mit, um sich einen Tag in der Sonne zu gönnen, und schon siehst du einen Grizzly?!« Page nickte. »Das ist nicht fair«, schmollte Maddie und verschränkte die Arme vor der Brust.

Page erzählte von der Begegnung mit dem Bären. »Dann sind wir zum Fluss geritten, und er hat mich ins Wasser gescheucht.«

»Also bist du wirklich mit dem Pferd im Fluss geschwommen?« Maddies Augen wurden noch größer, als sie es ohnehin schon waren.

»Ja, es war einfach unglaublich.« Die Bilder, wie sie auf Brownie durch das Wasser geglitten war, tauchten in ihrem Kopf auf.

»Und wann hat Scott dich geküsst?«

»Danach. Er hat mich einfach in den Arm genommen und geküsst.«

»Das ist mal ein Mann ganz nach meinem Geschmack. Fackelt gar nicht lange rum, sondern kommt gleich zur Sache.«

»Ja, aber warum war er dann so komisch? Ich habe schließlich nichts getan, und er war es, der mich geküsst hat.«

Tess. Der Name tauchte wie aus dem Nichts in ihrem Kopf auf. Eventuell war Tess der Grund für seine Zurückhaltung. Sie hatte gesehen, wie vertraut die beiden miteinander waren.

»Keine Ahnung.« Maddie zuckte gleichgültig mit den Schultern. »Vielleicht hatte er seine Tage.«

»Kannst du nicht ernst sein?« Sie funkelte ihre Freundin wütend an. »Vielleicht hat er eine Frau, Verlobte oder Freundin …«

»… oder Geisha. Du kannst jetzt alle Möglichkeiten im Kopf durchspielen. Wenn es dir wirklich so wichtig ist, dann geh zu ihm und sprich ihn an.«

»Ich kann doch nicht einfach zu Scott gehen und sagen: ›Hey, Scott, bist du eigentlich Single oder war es mein Mundgeruch, der dich abgeschreckt hat?‹«

»Warum nicht? Ich sage ja immer, die Leute reden zu wenig miteinander.«

»Vielleicht. Aber wenn man es mal genau nimmt, kenne ich Scott gar nicht.« Sie knabberte an ihrem Daumennagel.

»Lass das!« Maddie zog ihr die Hand weg. »Das war nur ein Kuss – mehr nicht. Ich weiß gar nicht, wie viele Männer ich in meinem Leben schon geküsst habe. Das ist nun wirklich keine große Sache. Du tust gerade so, als ob ihr Sex gehabt hättet«, schnaubte Maddie.

»Der Kuss war besser als Sex.«

»Woah!« Sie pfiff anerkennend durch die Zähne. »Das ist ja mal eine Aussage. Dabei dachte ich immer, Ben wäre dein absoluter Spitzenreiter, wenn es um Küsse geht.«

»War er auch, aber *dieser* Kuss war unglaublich.«

»Trotzdem war es nur ein Kuss.«

»Mhm.«

»Sei doch froh, dass dich jemand geküsst hat. Das hilft dir, schneller über Ben hinwegzukommen. Ein Cowboy als *Rebound Guy*. Ich würde sagen, es gibt schlimmere Schicksale.«

»Ich will keinen Mann als Lückenbüßer.«

»Du musst doch nicht jeden Mann gleich heiraten wollen, mit dem du Sex hast«, erklärte Maddie. »Männer machen das nur so. Sobald du mit ihnen Schluss machst, suchen sie sich ein hübsches Betthäschen, das keine lästigen Fragen stellt und mit ihnen ins Bett geht. So einfach ist das.«

»Ich bin aber nicht so gestrickt.«

»Dann solltest du das schleunigst ändern. Sieh mich an. Ich halte es genauso, und es geht mir gut dabei.«

»Hey, geh nicht immer von dir aus.«

Maddie nahm es mit ihren Männergeschichten nicht so genau. Ihre letzte feste Beziehung, an die sich Page erinnern konnte, lag gut zwei Jahre zurück. Kevin war ein Fitnesstrainer gewesen, den Maddie bei einer Probestunde im Gym kennengelernt hatte, als sie mal wieder auf dem Trip gewesen war, abnehmen zu müssen. Den Vertrag für das Gym hatte sie zwar nie unterschrieben, aber dafür private Trainingsstunden im Bett bekommen.

Kevin war zwar nicht die hellste Kerze am Baum gewesen, aber dafür liebenswert und absolut tolerant gegenüber Maddies Macken. Page hatte es sehr bedauert, als sich Maddie wegen ›unüberbrückbarer Differenzen‹, wie sie es genannt hatte, von ihm getrennt hatte. Seitdem gaben sich die Männer bei ihr die Klinke in die Hand.

»Ich werde dich nie verstehen.« Maddie lächelte.

»Aber du hast mich trotzdem lieb.« Page gab ihrer Freundin einen Kuss auf die Wange.

»Iihh, lass das.« Maddie wischte sich lachend über die Stelle. »Ab mit dir ins Badezimmer, damit du mir nicht krank wirst.«

»Übrigens zu deiner Frage von vorhin: Ben hat sich gemeldet.«

»Nicht wirklich.«

»Oh doch.« Sie nickte. »Er wollte wissen, wo ich sein Lieblingsshirt versteckt habe.«

»Und was hast du geantwortet?«

»Im Mülleimer – dort, wo es hingehört.«

»Bravo! Das ist mein Mädchen.« Maddie klopfte ihr anerkennend auf die Schulter. »Und jetzt, Prinzessin: Aufstehen …«

»… Krone richten und weitermachen«, vollendete sie den Satz.

»Genau so und nicht anders.«

Deutlich besser gelaunt ging sie ins Badezimmer. Maddie hatte recht. Sie war eine erwachsene Frau, und ein Kuss war nicht mit Sex gleichzusetzen – obwohl es sich so angefühlt hatte.

Sie würde Scott Henderson in Zukunft einfach aus dem Weg gehen.

Das warme Wasser hatte gutgetan. Deutlich erfrischt stieg Page aus der Dusche, schnappte sich das Handtuch und rubbelte sich trocken, bis ihre Haut ganz rot war. Sie wickelte das Handtuch um die nassen Haare und stellte sich, nur in Unterwäsche bekleidet, vor den Spiegel um ihr Make-up ein wenig aufzufrischen. Sie war nicht der Typ, der sich stark schminkte. Eine leichte Tagescreme, Mascara, einen Hauch Lipgloss, und sie war fertig.

Ihr Magen meldete sich knurrend zu Wort. Sie hatte seit dem Frühstück nichts mehr gegessen. Sie warf einen Blick auf ihre Armbanduhr. Es war erst kurz nach vier. Bis zum Abendessen waren es noch knapp zwei Stunden. So lange konnte sie unmöglich warten.

Sie ging zurück ins Zimmer. Maddie lag noch immer auf dem Bett und las.

»Ich muss sofort etwas essen«, verkündete Page und schlüpfte in eine helle Hose.

»Schön, dann sind wir schon zu zweit.« Maddie legte das Buch beiseite. »Betty erwähnte vorhin was von einem Apple Crumble.«

»Oh, mein Lieblingskuchen.« Page streifte sich die hellblaue Bluse über. Ben hatte sie für sie ausgesucht, als sie durch die Stadt geschlendert waren. »Fertig!«

Maddie musterte sie kritisch. »Es ist einfach unglaublich.«

»Was?« Page strich sich eine Locke aus dem Gesicht.

»Du kommst aus der Dusche und siehst aus, als wärst du einem Modemagazin entsprungen.«

»Danke, und das sagt die Frau, die aussieht wie eine Sexbombe.« Sie deutete auf Maddies kurzen Jeansrock.

Die grinste schief. »Frau muss eben zeigen, was sie hat.«

»Absolut. Nur zu mir passt es irgendwie nicht.« Page winkte ihre Freundin zu sich. »Dann wollen wir mal sehen, ob der Apple Crumble von Betty mit dem von meiner Granny mithalten kann.«

Ihre Großmutter war eine begnadete Bäckerin gewesen. Page hatte es geliebt, ihr beim Backen in der kleinen Küche zuzuschauen. Sobald sie daran dachte, hatte sie noch heute den köstlichen Geruch von Grannys Kuchen in der Nase. Obwohl ihre Großmutter nun schon seit Jahren tot war, vermisste sie sie schmerzlich.

»Ich glaube, Betty hat es echt drauf. Das Mittagessen war genauso lecker wie das Abendessen gestern«, erzählte Maddie ihr auf dem Weg nach unten. »Ich habe mich vorhin ein bisschen mit ihr unterhalten. Wusstest du, dass Scotts Mutter abgehauen ist?«

Maddie hatte die Eigenschaft, völlig Fremden ihre Geheimnisse zu entlocken, was sich bei der Arbeit schon mehr als einmal als sehr nützlich erwiesen hatte.

»Hat wohl einfach eines Tages ihre Taschen gepackt, und weg war sie.« Maddie machte eine Pause. »Scotts Vater war am Boden zerstört. Wusste nichts mit den Jungs anzufangen. Betty war die beste Freundin von Scotts Mom und hat Henderson Senior geholfen, wieder Ordnung in das Leben der Jungs zu bringen.«

Page nickte. So langsam ergab alles Sinn. Die Vertrautheit zwischen Betty und Scott ging weit über das Verhältnis zu einer Haushälterin hinaus. Wahrscheinlich war Betty so etwas wie die Ersatzmutter der Jungs geworden.

»Und wo sind Scotts Brüder jetzt?« Seit sie angekommen waren, war immer nur die Rede von Scott gewesen. Hätte sie die Porträts nicht gesehen, hätte sie nicht gewusst, dass er noch mehr Familie hatte.

»Der jüngste, Josh, ist Rodeoreiter, der mittlere ist Musiker.«

»Ach du je. Wo das endet, weiß ich ja nur allzu gut«, sagte sie nachdenklich.

»Nicht jeder Musiker ist automatisch ein Loser wie Ben.«

»Hey, sag das nicht. Ben hatte einfach Pech«, startete sie einen schwachen Versuch, ihren Ex-Freund zu verteidigen.

»Ich sage nur: Honigmund.« Maddie grinste.

»Okay. Ich gebe mich geschlagen.« Page hob theatralisch die Hände in die Luft. »Das war das schlechteste Lied, das ich jemals gehört habe. Ein Albtraum.«

»Das stimmt nicht«, widersprach Maddie energisch. »Denk nur an das Konzert im Country Club, wo die *Wild Piggies* mit ihrem Lied *Arschlochkinder* aufgetreten sind. Ich werde die Gesichter vom Vorsitzenden des Clubs und seiner Frau niemals vergessen.«

Sie kicherten beide bei dem Gedanken an Bens musikalischen Leistungen. Das Engagement im Country Club hatte die Band einem glücklichen Zufall zu verdanken gehabt, der sich in Wahrheit als Racheakt der siebzehnjährigen Tochter des Vorsitzenden an ihrem Vater herausgestellt hatte. Ben und die Jungs hatten es mit Humor genommen und die volle Gage nach nur knapp drei Liedern eingesteckt, nachdem die Hälfte der Mitglieder den Club empört verlassen hatte. Anschließend hatten sie die ganze Nacht zusammen in der Küche gesessen und gefeiert. Eine der wenigen schönen Erinnerungen, die sie an Ben hatte.

»Riechst du das?« Maddie hob die Nase schnuppernd in die Luft. »Apple Crumble!«

»Wenn man dich so sieht, könnte man dich auch für ein Trüffelschweinchen halten, so wie du die Nase in den Wind hältst.«

»Vielen Dank auch.« Maddie verzog beleidigt das Gesicht.

»Hey, du weißt, wie ich das meine.«

Sie hatten die Küche erreicht. Betty stand am Herd und war dabei, Kaffee aufzusetzen.

»Da sind ja meine beiden Lieblinge.« Betty klatschte mit den Händen. »Genau zur richtigen Zeit. Ich habe den Kuchen gerade aus dem Ofen geholt.«

Sie deutete auf einen köstlich aussehenden Kuchen, der auf einem Gitter auf dem Tisch stand, damit er auskühlen konnte. Daneben war eine große Schale mit frisch geschlagener Schlagsahne.

Der Kuchen sah mit seiner leicht braunen Kruste und den saftigen Apfelstücken dazwischen wirklich überaus lecker aus. Bei dem Anblick meldete sich Pages Magen lautstark zu Wort.

»'Tschuldigung.« Ertappt legte sie die Hand auf den Bauch.

»Unfug!« Betty winkte ab. »Hunger gehört zu einem arbeitsreichen Tag auf einer Ranch dazu.«

»Na ja, als ›arbeitsreich‹ würde ich meinen Tag nicht gerade bezeichnen – eher als erlebnisreich.« Sie lächelte.

»Ja, Scott hat mir erzählt, dass ihr einen Grizzly gesehen habt.«

»Du hast mit Scott gesprochen?«, rutschte es ihr raus.

Betty hielt in ihrer Bewegung inne. »Sollte ich nicht? Er ist schließlich mein Boss.«

»So war es nicht gemeint«, sagte sie verlegen. »Ich dachte nur, dass er noch bei den Pferden ist.«

Betty schüttelte den Kopf. »Nein. Er ist zusammen mit Tess losgeritten, um die Zäune zu kontrollieren. Wir hatten in den letzten Tagen einen ziemlichen Sturm, und da kann es schon mal vorkommen, dass Schäden entstehen.«

Scott war mit Tess unterwegs. Der Gedanke versetzte ihr einen leichten Stich in der Magengegend. Vielleicht lag sie mit ihrer Vermutung richtig, dass die beiden ein Verhältnis miteinander hatten.

»Tess ist nur eine gute Freundin«, sagte Betty, als hätte sie Pages Gedanken erraten.

»Das geht mich nichts an«, murmelte sie mehr zu sich selbst.

Eine unangenehme Stille entstand. Sie spürte, wie Betty sie musterte.

»Also ich wäre so weit«, durchbrach Maddie das Schweigen.

»Natürlich, meine Liebe.« Betty zog ein großes Tablett hinter dem Küchenschrank hervor und lud den Kuchen, die Schüssel mit der Sahne und mehrere Teller und Tassen darauf. »Ich schlage vor, dass wir uns unter den Baum setzen. Um diese Uhrzeit ist es dort immer besonders schön.«

Sie gingen nach draußen. Es war wunderbar warm und die Luft war erfüllt vom Duft der Blumen. Sie schlenderten den kleinen Weg entlang bis zum Garten. Die Sonne stand noch immer hoch und schien mit ungebremster Kraft auf sie herab.

Betty stellte das Tablett auf dem Tisch ab.

»Ist es nicht herrlich?« Sie machte eine ausladende Handbewegung in Richtung Berge. »Diese Stille und dieser Blick. Das kriegt man in New York nicht so schnell zu sehen.«

»Das stimmt.« Maddie setzte sich auf einen der Stühle. Betty verteilte das Geschirr auf dem Eichentisch.

Die Sonne fiel durch das dichte Blätterwerk und blendete sie. Page kniff die Augen zusammen.

»Bitte schön.« Betty reichte ihr einen Teller mit einem riesigen Stück Kuchen darauf.

»Oh mein Gott. Das schaffe ich nie!« Sie schmunzelte.

»Quatsch.« Maddie hielt Betty ihren Teller entgegen. »Mir bitte ein genauso großes Stück.«

»Endlich eine Frau, die essen kann.« Betty deutete auf ihren Bauch. »Ich habe den Kampf irgendwann aufgegeben und festgestellt, dass ich sehr gut damit lebe. Lieber zufrieden rund als unzufrieden schlank.«

»Das muss ich mir merken.« Maddie teilte ihr Stück mit der Kuchengabel.

Betty ließ sich geräuschvoll auf ihren Stuhl fallen. »Schlagsahne?«

»Wenn schon sündigen, dann aber richtig!« Page tat sich einen ordentlichen Löffel auf.

Unter Bettys wachsamen Augen nahm sie den ersten Bissen zu sich. Sofort hatte sie den fruchtigen Geschmack von reifen Äpfeln auf der Zunge, zusammen mit der Süße der Streusel.

»Absolut köstlich«, quetschte sie mit vollen Backen hervor.

Ein Leuchten huschte über das rundliche Gesicht der Haushälterin. »Freut mich. Ist ein altes Rezept meiner Großmutter.«

»Dann müssen wir dieselbe Großmutter gehabt haben.« Sie zwinkerte Betty zu. »Denn der meiner Granny hat genauso geschmeckt.«

»Ich kann dir versichern, dass das ein riesiges Lob ist«, sagte Maddie. »Page hält große Stücke auf ihre Granny.«

»Absolut!« Page nickte und nahm noch einen Bissen.

»Ihr müsst von eurer Arbeit erzählen«, bat Betty. »Wir hatten schon einen Pfarrer zu Gast, aber noch nie Kindergärtnerinnen.«

»Soll ich oder willst du?« Maddie sah Page fragend an.

»Erzähl ruhig du.« Die viele frische Luft machte sich bemerkbar. Eine bleierne Müdigkeit ergriff von ihr Besitz, und sie war froh, einfach nur zu sitzen und dem Gespräch zu lauschen.

Maddie holte aus bis zu der Zeit, wo sie und Page sich begegnet waren. Page ließ ihren Blick über die Landschaft gleiten. Die Berge der Crazy Mountains schimmerten bläulich im Gegenlicht. Die schneebedeckten Gipfel sahen aus, als hätte man sie mit Zuckerguss übergossen. Die Sonne hatte ihren höchsten Punkt längst überschritten und hing wie eine goldene Scheibe am Horizont. Sie wünschte, sie hätte ihr Handy mit nach draußen genommen, um ein Foto von der atemberaubenden Kulisse zu machen.

»Dann seid ihr mehr als nur Freundinnen.« Betty lächelte am Ende von Maddies Erzählungen.

»Ja.« Maddie tätschelte Pages Hand. »Ich hätte mir keine bessere Kollegin als Page aussuchen können.«

Stimmen ließen sie hochschauen. Pages Herz setzte einen Schlag aus. Scott kam in Begleitung von Tess den Weg zu ihnen gelaufen. Die beiden lachten, und Scott hatte den Arm um Tess' Taille gelegt. Was spielte er nur für ein Spiel mit ihr?

»Dachte ich mir, dass ich dich hier draußen finde«, begrüßte er seine Haushälterin. Er hatte sich umgezogen und sein Shirt gegen ein Hemd eingetauscht.

»Dich hat wohl der Duft des Apple Crumble hierhergelockt«, sagte Betty. Ihr rundes Gesicht strahlte. »Hallo, Tess.«

»Hi, Betty. Dürfen wir uns dazusetzen?« Tess' graublaue Augen lächelten freundlich.

»Natürlich. Das brauchst du doch nicht zu fragen«, entrüstete sich Betty. »Du bist doch schließlich fast Teil der Familie.«

Also doch! Auch wenn sie keinen Anspruch auf ihn hatte, fühlte Page doch eine leichte Enttäuschung. Tess und Scott waren mehr als nur Freunde.

Scotts Miene zeigte keine Regung, stattdessen setzte er sich Page gegenüber an den Tisch. Ein Schwarm winziger Vögel flog über ihre Köpfe hinweg und ließ sich keine zwanzig Meter entfernt munter zwitschernd in einem der Bäume nieder.

»Das ist der Stammplatz der Schwalben im Sommer.« Betty beeilte sich, den beiden Neuankömmlingen die Teller mit dem Kuchen zu reichen und Kaffee einzuschenken.

»Und wie war dein Tag?«, fragte Scott Maddie.

»Herrlich erholsam«, sagte sie. »Und wie ich gehört habe, war eurer ziemlich aufregend.«

Scotts Augenbraue schnellte nach oben. Page wäre am liebsten unter dem Tisch versunken.

»Ja«, antwortete Tess zu Pages Überraschung. »Ich beneide euch beide auch ein bisschen um die Begegnung mit dem Grizzly.«

Also hatte Scott ihr davon erzählt.

»Das war ziemlich aufregend.« Sie lächelte zaghaft. »Allerdings war das Bad mit Brownie im Fluss das Schönste, was ich jemals erlebt habe.« *Und Scotts Kuss*, fügte sie im Stillen hinzu.

»Ja, ich kann mich noch gut an mein erstes Bad mit Scott im Fluss erinnern«, sagte Tess. *Er hat sie also auch mitgenommen.* »Scott meinte, dass du ein Naturtalent auf dem Pferd bist.« Tess lächelte. »Wenn du Lust hast, können wir ja auch mal zusammen reiten gehen. Oder du kommst mit, wenn wir eine Tour machen.«

»Ja, vielen Dank. Wobei Scott absolut übertrieben hat. Ich habe mich mehr schlecht als recht auf dem Sattel gehalten«, sagte sie bescheiden.

»Das kann ich mir nicht vorstellen. Scott neigt für gewöhnlich nicht zu Übertreibungen.« Tess schenkte Scott einen liebevollen Blick.

Verdammt!

»Page, möchtest du noch ein Stück Kuchen?« Betty deutete auf die Kuchenplatte.

»Nein danke.« Ihr war der Appetit vergangen. Sie spürte Scotts Blick auf sich ruhen.

»Ich freue mich das ganze Jahr auf meine Ferien auf der Ranch«, plauderte Tess ungezwungen weiter. »Die Tage hier sind einfach Balsam für meine Seele.« Sie tätschelte Scotts Hand. »Die frische Luft, die Tiere, das Reiten … Ich wünschte, ich könnte immer hier sein.« Sie warf Scott einen sehnsüchtigen Blick zu.

»Du kennst meine Meinung dazu«, brummte er.

Die Sonne fiel durch die Blätter auf sein Gesicht und ließ seine Augen fast unnatürlich grün erscheinen. Page schluckte. Sie musste die ganze Zeit an seinen Kuss denken. Diesen wahnsinnigen, unglaublich guten Kuss.

Buddy kam über den Rasen zu ihnen gelaufen. Jemand hatte ihm ein rotes Halsband umgebunden.

»Da bist du ja«, begrüßte Scott ihn.

Anstatt zu ihm zu laufen, tapste Buddy zielstrebig zu Page, um sich vor ihren Füßen unter den Tisch zu legen. Sie bückte sich und streichelte dem Collie über das Fell.

»Wie es aussieht, hast du einen neuen Fan gefunden.« Maddie lächelte.

»Das ist eine richtige Auszeichnung«, erklärte Tess. »Buddy mag nicht jeden, und schon gar nicht Frauen.«

Wie zur Bekräftigung von Tess' Worten sah der Collie sie mit seinen wunderschönen braunen Augen an, die sie ganz entfernt an die von Ben erinnerten.

»Was ist der Plan für morgen?«, fragte Scott. Sein Blick war direkt auf sie gerichtet. Page schluckte.

Dir aus dem Weg gehen. »Keine Ahnung. Vielleicht etwas lesen und entspannen.«

Scott nickte.

»Wenn ihr mich entschuldigen würdet. Ich habe noch etwas vergessen.« Sie stand auf. Maddie sah sie stirnrunzelnd an. Sie wollte einfach nur weg von hier. Weg von Scott, der ihr Herz jedes Mal zum Stolpern brachte, wenn er sie ansah.

»Bis später.« Die anderen winkten ihr hinterher.

8. Kapitel

Das Licht fiel durch die geöffneten Vorhänge und weckte sie. Es war noch sehr früh. Die Sonne war noch nicht über den Bergen aufgegangen. Maddie lag neben ihr in ihrem Bett und schlief. Im Gegensatz zu ihr war sie ein ausgesprochener Langschläfer. Page liebte die frühen Morgenstunden, wenn alles noch still war und New York zum Leben erwachte. Das Licht war dann besonders weich und verlieh allem einen ganz speziellen Glanz.

Sie hatte die halbe Nacht wachgelegen. Immer wenn sie die Augen geschlossen hatte, war Scotts Gesicht vor ihr aufgetaucht und an Schlaf war nicht mehr zu denken gewesen. Der Kuss hatte sie tief in ihrem Inneren aufgewühlt und Gefühle in ihr wachgerufen, von denen sie nicht gedacht hatte, dass sie existierten. Die Leidenschaft, die sie gespürt hatte, war so stark gewesen, wie sie es noch nie erlebt hatte. Immer wieder spielte sie die Situation in Gedanken durch und kam zu keinem vernünftigen Ergebnis. Scott Henderson blieb ein Rätsel für sie. Deshalb hatte sie beschlossen, ihm aus dem Weg zu gehen, soweit es ging, und es ansonsten bei einem freundschaftlich-distanzierten Umgang zu belassen.

Gestern Abend zum Essen hatte sich Scott entschuldigen lassen. Obwohl sie eigentlich erleichtert darüber hätte sein sollen, war sie enttäuscht gewesen. Heute Morgen, mit etwas mehr Abstand, konnte sie rationaler mit der Situation umgehen. *Es war nur ein alberner Kuss, der nichts zu bedeuten hat*, rief sie sich ins Gedächtnis.

Seufzend schlug Page die Decke zurück und schlüpfte aus dem Bett. Sie stöhnte leise. Jeder Knochen tat ihr weh, und sie fühlte sich, als hätte sie ein Lastwagen im Bett überfahren. Ihre Muskeln an den Armen und Beinen waren hart wie Beton und ihr Po schmerzte vom Reiten. Es würde sie nicht wundern, wenn der eine oder andere blaue Fleck darauf zu sehen war.

Maddie schmatzte im Schlaf. Um sie nicht zu wecken, tapste Page auf bloßen Füßen ins Bad.

Keine fünf Minuten später stand sie unter der geräumigen Dusche und ein dicker Strahl warmes Wasser prasselte auf ihre Haut. Page schloss die Augen und genoss das Gefühl, vom Wasser gestreichelt zu werden. Langsam entspannten sich ihre Muskeln und wurden weich.

Maddie und sie hatten für den heutigen Tag keine Pläne gemacht. Eigentlich hatte sie im Stillen gehofft zu reiten, aber der Kuss hatte all ihre Pläne über den Haufen geworfen.

Nachdem sie sich angezogen hatte, machte sie sich auf den Weg nach unten. Leises Klappern aus der Küche verriet ihr, dass Betty bereits wach war. Wahrscheinlich bereitete sie alles für das Frühstück vor. Ansonsten war es noch still im Haus.

»Guten Morgen«, sagte sie beim Eintreten.

Betty hatte ihre Haare mit einem Kopftuch zusammengebunden und stand mit einem Becher Kaffee in der Hand gegen den Tresen gelehnt. Der Tisch war noch nicht gedeckt, und auch sonst war nichts vorbereitet.

»Guten Morgen, Page«, begrüßte die Haushälterin sie freundlich. »Schon wach?«

»Ja«, Page nickte, »ich bin ein totaler Frühaufsteher. Ich hoffe, ich störe nicht.«

»Natürlich nicht. Hast du gut geschlafen?«

»Ein wenig unruhig. Außerdem tut mir alles weh.« Sie setzte eine Leidensmiene auf.

»Das wundert mich nicht. Wenn man wie du seit Jahren nicht auf einem Pferd gesessen hat, muss sich der Körper erst einmal wieder an die Bewegung gewöhnen. Ich habe eine wunderbare Salbe, die dagegen hilft. Wenn du möchtest, hole ich sie.«

»Ein verlockendes Angebot.« Page schmunzelte. »Ich komme gerne später darauf zurück.«

»Vielleicht hilft ja eine schöne starke Tasse Kaffee?«

»Das klingt absolut großartig«, gestand Page.

»Dachte ich es mir.« Betty ging zum Regal und holte ihr einen Becher.

Page sah durch das Fenster nach draußen. Die ersten Sonnenstrahlen schimmerten zwischen den Bergen hervor. Wenn sie sich beeilte, käme sie gerade rechtzeitig, um den Sonnenaufgang zu bewundern.

Betty reichte ihr den vollen Becher.

»Bist du mir böse, wenn ich kurz nach draußen gehe?« Sie machte eine Kopfbewegung in Richtung Fenster. »Ich will mir das nicht entgehen lassen.«

»Nein, natürlich nicht.« Betty winkte ab. »Mach dir um mich keine Gedanken.«

»Danke.« Page nahm einen kleinen Schluck. »Mhm. Der Kaffee ist absolut spitze.«

»Danke. Und nun ab mit dir.« Die Haushälterin wedelte mit der Hand in der Luft.

Lachend schlüpfte Page nach draußen. Die Luft war noch kühl von der Nacht. Trotz des Pullovers, den sie sich sicherheitshalber übergeworfen hatte, fröstelte sie. Es herrschte eine friedliche Stimmung. Keine Stimmen, keine störenden Geräusche durchbrachen die Stille. Die Äste der Bäume wiegten sich leicht im Wind, die Blätter der Büsche raschelten leise. Aus dem Schornstein stiegen weiße Wölkchen gen Himmel. Die winzigen Tautropfen an den Grashalmen glitzerten wie kleine Diamanten im Licht der aufgehenden Sonne. Es sah wunderschön aus.

Gedankenverloren ging Page über den Rasen, am Haus vorbei. Sie hatte bisher nur die Gegend rund um den Stall gesehen, diesen Teil des Grundstücks hatte sie noch nicht betreten. Weiße Wolken zogen, vom Wind angetrieben, wie eine Herde Schafe über sie hinweg.

Vor ihren Augen breitete sich eine schier endlose Graslandschaft aus. Glockenblumen, Gänseblümchen und Löwenzahn beugten ihre Köpfchen, als der Wind über sie hinwegfegte. Rechts davon befand sich ein kleines Wäldchen aus Nadelhölzern. Sie entdeckte einen Steinhaufen inmitten der Landschaft. Was auf den ersten Blick wie zufällig übereinanderliegende Steine gewirkt hatte, stellte sich beim Näherkommen als sorgfältig von Menschenhand aufgebaut heraus.

Der Wind und das Wetter hatten den Steinen arg zugesetzt. Gelbe und grüne Flechten zogen sich wie eine Bemalung darüber. Page blieb stehen und drehte sich einmal um die eigene Achse. Von dem Punkt, wo sich der Steinhügel befand, hatte man einen geradezu wunderbaren Blick über die *Henderson Ranch* und die Crazy Mountains. Kurzentschlossen setzte sie sich auf die Steine, um dort ihren Kaffee in Ruhe zu genießen, bevor er kalt wurde. Es war kühl und über allem lag ein leichter Dunstschleier, der der Landschaft etwas Magisches verlieh.

Langsam kroch die Sonne über die Bergspitzen und verscheuchte die Schatten. Der Himmel glühte in allen Rottönen. Es war ein Spektakel sondergleichen, und sie genoss jede Minute davon. Mit großen Augen beobachtete sie, wie die Natur die Nacht verabschiedete und der Tag zum Leben erwachte. Die ersten Vögel zwitscherten ihre Melodien. Aus der Ferne trug der Wind das Wiehern der Pferde zu ihr. Sie fühlte eine unglaublich friedliche Stille, die sich in ihr ausbreitete und ihr Herz vor Glück fast zum Überlaufen brachte.

Sie schloss die Augen, um die Sonnenstrahlen auf ihrer Haut zu spüren. Lautes Hundebellen ließ sie hochschrecken. Hastig sah sie zur Seite. Ihr Magen zog sich zusammen, als sie die hochgewachsene Gestalt auf sich zukommen sah.

»Buddy!« Scott pfiff den Collie zurück.

Als er Page sah, blieb er stehen. Um seinen Mund zeichnete sich ein dunkler Schatten ab, wie es bei Männern üblich war, die einen starken Bartwuchs hatten. Seine Augen ruhten auf den Steinen.

Auf einmal beschlich sie das ungewisse Gefühl, dass etwas nicht stimmte.

»Steh sofort auf!«, raunzte er sie an.

Page zuckte zusammen. Erschrocken sprang sie auf.

»Ich wollte mir nur den Sonnenaufgang ansehen«, sagte sie betont ruhig, damit er nicht merkte, wie es wirklich in ihr aussah.

Ein Windstoß fuhr ihr in die Haare und wirbelte sie durcheinander, sodass sie ihr in die Stirn fielen. Hastig strich sie die Strähnen aus dem Gesicht.

»Wer hat dir diese Stelle verraten?« Er deutete mit einer Kopfbewegung auf die Steine.

»Niemand. Wieso?« Sie umkreiste den Steinhaufen mit ein paar Schritten. Dann sah sie es.

Leilani

Jemand hatte mit großer Sorgfalt den Namen auf eine Steinplatte in der Mitte des Haufens geritzt, die ihr zuvor nicht aufgefallen war. Die Platte war handtellergroß und anders als der Rest der Steine frei von Spuren der Verwitterung. Anscheinend gab es jemanden, der sich darum kümmerte, dass der Name lesbar blieb.

Was hatte das zu bedeuten? Was hatte es mit diesem Ort und dem Namen auf sich, dass er so gereizt reagierte? *Leilani.*

»Oh, das tut mir leid«, stotterte sie. »Ich habe nicht gesehen, dass …«

Sein Blick brannte auf ihrem Gesicht. »Page, wegen gestern –«

»Was ist wegen gestern?«, unterbrach sie ihn rüde.

Seine Augenbraue schnellte missbilligend nach oben. »Ich hätte dich nicht küssen sollen.«

Sie winkte betont gleichgültig ab. »Den Kuss habe ich schon fast vergessen.«

»Vergessen?«, wiederholte er ungläubig.

»Na klar. Mach dir bitte deshalb keine Gedanken. Das war doch nur ein Spaß.«

»Gut, wenn du es so siehst. Vergiss bitte, dass ich etwas gesagt habe«, sagte er schmallippig. Seine Augen blitzten gefährlich.

»Schon vergessen.« Sie hob die freie Hand und tat so, als würde sie sich damit die Lippen versiegeln. »Von mir wirst du kein Wort hören.«

Er hat Angst, dass ich Tess davon erzähle. Die Freude und das Glück, die sie beim Sonnenaufgang verspürt hatte, waren verschwunden.

»Ich wäre dir sehr verbunden, wenn du dich nicht mehr auf die Steine setzen würdest.«

Er tippte sich mit den Fingern gegen die Schläfe. »Einen schönen Tag.«

Er pfiff Buddy zu sich, der es sich zu Pages Füßen gemütlich gemacht hatte. Sofort eilte der Collie herbei. »Und halte dich in Zukunft von diesem Platz fern.«

»Dir auch«, murmelte sie. Doch Scott hörte sie nicht mehr. Er hatte sich bereits abgewandt und lief den Weg zurück zum Haus. Traurig sah sie ihm hinterher.

9. Kapitel

Nachdem sie und Maddie gefrühstückt hatten, gingen sie nach draußen. Sie wollten die nähere Umgebung der Ranch zu Fuß erkunden. Mit Verwunderung stellte Page fest, wie schnell das Wetter in den Bergen wechselte. Waren heute Morgen kaum Wolken am Himmel zu sehen gewesen, lag nun eine dicke Wolkendecke über der Gegend. Der Wind hatte zugelegt, und nur gelegentlich blitzte die Sonne durch. Sie hatten sich leichte Pullover übergezogen und stapften in Sneakers über das weiche Gras.

»Sieh nur. Das sieht ja hübsch aus.« Maddie deutete auf eines der Gästehäuser, die keine dreihundert Meter entfernt am Rande eines winzigen Wäldchens errichtet worden waren. Im Gegensatz zum Haupthaus, wo die Wände zum Großteil aus Stein waren, hatte man die Hütten ganz aus Holz im klassischen Blockhaus-Stil gebaut. Jedes der vier Häuser war mit einer kleinen Veranda versehen, auf der ein Tisch und vier Stühle standen. An der Außenseite war ein steinerner Kamin angebracht.

Von Betty wusste sie, dass jede Hütte eine Küche besaß, gerade so ausgestattet, dass man darin kochen konnte. Sie hatte ihnen erklärt, dass man die Gäste nicht dazu verpflichten wollte, jeden Abend in einer großen Gruppe zu essen.

»Würde mir auch gefallen«, sagte Page. »Wobei ich mit unserem Zimmer sehr zufrieden bin.« Sie liebte das alte Ranchhaus mit seinem Fachwerkcharakter und der gemütlichen Einrichtung.

»Wir könnten ja das nächste Mal in eine der Blockhütten gehen«, schlug Maddie vor.

»Ach, schau an. Dann gibt es ein nächstes Mal«?« Page warf Maddie einen Seitenblick zu.

»Na klar! Ich hatte zwar noch kein Bad im Fluss«, Maddie grinste, »und geküsst hat mich auch noch keiner, aber ich finde es trotzdem herrlich, hier zu sein. Meine Großstadtlungen kämpfen zwar noch mit der vielen frischen Luft, aber wenn das alles ist …«

Sie lachten beide.

»Hi.« Das ungleiche Paar, das sie bereits am Vorabend beim Abendessen gesehen hatten, stand plötzlich händchenhaltend vor ihnen. Die beiden hatten Wanderklamotten und dicke Stiefel an.

Aus der Nähe war der Altersunterschied zwischen ihnen deutlich zu erkennen. Page schätzte die Frau auf Anfang vierzig und den Mann auf sechzig.

Die Frau war trotz ihres Alters eine echte Schönheit. Ihre langen blonden Haare waren sorgfältig frisiert und zu einem lockeren Knoten am Hinterkopf zusammengefasst. Sie hatte leuchtend blaue Augen, einen vollen Mund und eine perfekte Nase, um die sie so manche Frau beneiden würde. Sie war äußerst schlank – wobei sich Page nicht sicher war, ob der Beauty Doc eventuell bei der Oberweite nachgeholfen hatte, da diese im Verhältnis zum Rest zu groß wirkte und wie ein Gebirge nach vorn stand.

Der Mann hatte eine leicht untersetzte Figur und war knapp einen halben Kopf größer als seine Frau. Er hatte ein sympathisches Gesicht mit freundlichen Augen und einem energischen Kinn. Auf seiner Stirn und zwischen seinen Augenbrauen hatten sich tiefe Falten eingegraben. Unter seinem Shirt war ein kleiner Bauchansatz zu sehen.

»Hallo«, begrüßte Page sie.

Die Frau streckte ihr eine manikürte Hand entgegen. »Wir sind noch gar nicht dazu gekommen, uns miteinander zu unterhalten. Ich bin Pat, und das ist mein Mann Bill.«

Sie hatte eine rauchige Stimme, die nach Whiskey und Zigaretten klang.

»Hi, ich bin Page, und das ist meine Freundin Maddie.«

»Sehr erfreut euch kennenzulernen«, sagte Bill mit starkem texanischen Dialekt. »Wart ihr auch wandern?«

»Sehen wir so aus?« Maddie deutete auf ihre Sneakers.

Bill grinste. »Nicht wirklich, wenn ich ehrlich bin.«

»Wir wollten nur einen kleinen Rundgang machen und uns die Blockhütten einmal anschauen«, sagte Page.

»Seid ihr das erste Mal auf der Ranch?«, fragte Pat.

»Ja«, Maddie nickte, »und ihr?«

Pat schüttelte den Kopf. »Bill und ich sind das fünfte Mal hier. Das erste Mal war zu unseren Flitterwochen vor fünf Jahren.«

Überrascht registrierte Page, dass die beiden noch nicht lange verheiratet waren. Sie hatte anhand der Vertrautheit, mit der die beiden miteinander umgingen, angenommen, dass sie schon ewig zusammen waren.

»Das ist eine lange Geschichte.« Pat, die Pages überraschten Gesichtsausdruck bemerkt hatte, lächelte. »Wenn ihr Lust habt, erzähle ich euch alles bei einer Tasse Kaffee vor unserer Hütte.«

Maddie und Page tauschten kurze Blicke.

»Warum nicht«, sagte Page freudig. »Wir hatten eh keine Pläne für heute.«

»Sehr schön.« Pat grinste und legte ein paar tadellose und ziemlich weiße Zähne frei.

»Wir haben die hintere Hütte.« Bill deutete auf das letzte Blockhaus in der Reihe.

Sie folgten den beiden vorbei an den übrigen Hütten und gingen die Stufen hoch zum Eingang. Davor befand sich eine kleine Veranda, die groß genug war, dass man darauf bequem zu viert sitzen und den herrlichen Ausblick genießen konnte. Vor jeder Blockhütte gab es einen Grillplatz.

»Das ist unser Reich.« Pat öffnete mit einer ausladenden Handbewegung die Tür.

Neugierig traten sie ein.

»Wow! Das ist viel größer, als es von außen aussieht«, sagte Page ehrfürchtig.

Der große Raum verströmte eine behagliche Wärme. Die gesamte Front gegenüber der Eingangstür war aus Glas und bot einen spektakulären Blick auf die Landschaft. In der Mitte befand sich eine Sitzecke vor einem großen Kamin, sodass man von dort den Blick auf das Feuer und die Landschaft genießen konnte. Leicht versetzt dazu war eine Essecke, und rechts vom Eingang die Küche.

Sie gingen die schmale Treppe ins obere Stockwerk unter das Dach des Hauses hoch, wo vermutlich das Badezimmer und das Schlafzimmer waren.

»Das ist unsere Spielwiese.« Pat zwinkerte und deutete auf das riesige Bett unter der Dachschräge, das sich direkt vor dem großen Fenster befand, sodass man dort liegen und nach draußen schauen konnte.

»Das will niemand wissen«, sagte Bill, doch seine Augen leuchteten.

Page grinste Maddie verstohlen zu.

»Ich muss sagen, ich bin überrascht«, gestand Page, als sie wieder unten waren. »Ich hätte nicht gedacht, dass die Blockhäuser so schön und gut ausgestattet sind.«

»Ja, das Leben hier draußen tut gut, wenn man das ganze Jahr von Luxus umgeben ist«, sagte Pat.

Wie sich herausstellte, hatte sich Bill Hamilton ein großes Bauunternehmen aufgebaut, dem er ein beachtliches Vermögen zu verdanken hatte. Mit dem Geld waren seine gesellschaftliche Stellung und die Frauen gekommen. Frauen, die es auf sein Geld abgesehen hatten.

»Ich habe es genossen, von gutaussehenden Frauen hofiert zu werden. Ich meine, seht mich an.« Er legte eine Hand auf die Wölbung unter seinem Poloshirt. »Ich bin klein und habe ein paar Pfund zu viel auf den Rippen. Hätte ich kein Geld gehabt, hätte mich wohl keine dieser Frauen auch nur angesehen, geschweige denn, dass eine von ihnen mit mir ausgegangen wäre.«

»Hör auf, Fossy«, schimpfte Pat. Page konnte bei der Erwähnung von Bills Spitznamen nur mit Mühe ein Kichern unterdrücken. »Du bist ein stattlicher Mann mit einem Herz aus Gold.«

Bill seufzte. »Seht ihr, und genau deshalb habe ich diese Frau geheiratet.«

Die beiden sahen sich verliebt an.

»Und wie habt ihr euch kennengelernt?«, fragte Maddie.

»Er war Kunde in der kleinen Boutique, wo ich als Verkäuferin gearbeitet habe.« Pat lächelte. »Kam reingeschneit, als würde ihm der ganze Laden gehören, und wollte eine Krawatte.«

»Pat stand hinter der Kasse und bediente gerade einen anderen Kunden. Bei unserer ersten Begegnung hat mich fast der Blitz getroffen. Sie war die schönste Frau, die ich jemals gesehen habe.«

»Du Übertreiber!« Pat lachte. »Jedenfalls hat er sich von mir jede Krawatte zeigen lassen, die wir hatten, um dann die erste zu nehmen, die ich ihm präsentiert habe.«

Bill nickte. »Ich musste ja irgendwie Zeit gewinnen.«

»Dann kam er eine Woche lang jeden Tag und hat etwas gekauft. Ein neues Shirt, ein Hemd, eine Hose und sogar Socken«, erzählte Pat, und ihre Augen leuchteten. »Meine Kollegin hat schon Witze darüber gemacht. Aber dann hat er mich gefragt, ob ich mir vorstellen könnte, mit ihm essen zu gehen.«

Bill grinste. »Und sie hat *Ja* gesagt.«

»Ach, wie romantisch!«, seufzte Page.

Ihr war ganz warm ums Herz angesichts der Liebe, die von den beiden ausging. Maddie schien es genauso zu gehen, denn ihre Augen schimmerten feucht.

»Für uns, ja. Bills Familie und Freunde waren alles andere als begeistert«, sagte Pat mit ernster Miene. »Aufgrund unseres Altersunterschieds von knapp fünfzehn Jahren dachten alle, ich sei hinter seinem Geld her. Dabei habe ich erst gemerkt, wie reich er ist, als er mir den Antrag gemacht und diesen Ring geschenkt hat.« Sie streckte die perfekt manikürte Hand aus, an deren Ringfinger ein Diamantring glitzerte.

Maddie pfiff anerkennend. »Wow. Das nenne ich mal einen Stein.«

Page schätzte den Diamanten auf mindestens zwei Karat.

Pat schmunzelte. »Ja, genau das habe ich auch gesagt.«

»Was für eine wunderschöne Liebesgeschichte«, sagte Page. »Das macht mir Mut.«

»Wieso?« Pat und Bill blickten zu ihr.

Page erzählte von ihrer Trennung von Ben. »Ich meine, ich bin schon fast dreißig und fange wieder ganz von vorn an.«

»Ich war vierzig, als ich Bill getroffen habe. Davor war ich mit einem Mann verheiratet, den ich für die Liebe meines Lebens gehalten habe und der mir nichts als Kummer gebracht hat«, sagte Pat.

Page wagte nicht zu fragen, welche Art von Kummer Pat meinte, aber ihrem Gesichtsausdruck nach zu urteilen, ging es um häusliche Gewalt. Ein Thema, mit dem sie im Kindergarten allzu häufig in Kontakt kamen. Die Frauen hatten den gleichen Gesichtsausdruck und die gleiche Stimmlage, wie sie Pat gehabt hatte.

»Manchmal dauert es eben, bis man den Mann fürs Leben findet. Das Schicksal hat seine eigenen Pläne für uns.«

Page und Maddie nickten. Unwillkürlich musste Page an Scott denken. Vielleicht gab es einen tieferen Grund, weshalb er sie geküsst hatte, den sie nicht gesehen hatte.

»Sagt mal, habt ihr Lust, mit uns heute Abend nach Melville zu fahren?«, fragte Pat. »Es ist Ladies Night im *Crazy Dog*.«

»*Crazy Dog*?« Page runzelte die Stirn. »Was ist das?«

»Ich habe ganz vergessen, dass ihr ja neu hier seid.« Pat lächelte. »Die Bar ist eine Institution, die man besucht haben muss.«

»Eine kleine Abwechslung könnte nicht schaden«, sagte Maddie eifrig.

»Hey, du alter Verräter«, neckte Page sie. »Wir wollten doch entspannen und nichts tun.«

»Gib dir einen Ruck. Die Leute aus der ganzen Umgebung kommen hierher, nur um im *Crazy Dog* ein Bier zu trinken«, versicherte Bill.

»Also ich bin dabei.« Pats Blick fiel auf ihren Mann. »Natürlich nur, wenn du auch Lust hast.«

»Wie könnte ich diesen wunderschönen Augen widerstehen?« Bill schmunzelte.

»Dann ist es abgemacht. Keine Widerrede!« Pat hob warnend den Zeigefinger in die Luft.

Page gab sich geschlagen. »Okay.«

»Wunderbar.« Pat klatschte begeistert in die Hände. »Wir treffen uns um acht Uhr. Bill, du fährst.«

»Wie du möchtest, Liebling.« Er zwinkerte ihnen zu.

Page lachte. So wie es aussah, würden sie einen lustigen Abend haben.

Die Fahrt nach Melville dauerte nur knapp zwanzig Minuten. Wie sich herausstellte, war Melville ein winziger Ort, der aus genau einer Hauptstraße bestand, die rechts und links Häuser säumten. Die meisten waren einfache Holzhäuser, deren Fassaden in zarten Pastelltönen von Hellblau bis Rosa gestrichen waren. Es gab einen kleinen Gemischtwarenladen für den täglichen Bedarf und eine Kirche. Auf der Straße war es menschenleer. Kein Fußgänger war weit und breit zu sehen. Page fragte sich, wo alle waren.

Es war bereits dunkel, als sie auf den kleinen Parkplatz fuhren. Neugierig schielte Page aus dem Fenster. Der Parkplatz war überraschend voll. Autos von unterschiedlichen Marken parkten dicht an dicht. Selbst wenn alle Einwohner des winzigen Ortes hier wären, würde das nicht die enorme Anzahl der Autos erklären.

Von außen entpuppte sich die Bar als einfaches Blockhaus, über dessen Eingang ein Holzschild mit der Aufschrift ›Crazy Dog‹ hing. Gelbes Licht fiel durch die Fenster auf den Asphalt. Countrymusik war zu hören.

»Scheint ja ordentlich was los zu sein«, bemerkte Page.

Bill öffnete die Beifahrertür und reichte ihr galant die Hand. »Darf ich bitten.«

»Mit Vergnügen.« Page giggelte.

Nachdem Maddie ebenfalls mit Bills Hilfe ausgestiegen war, machten sie sich gemeinsam auf den Weg. Pat ging mit Bill voraus. Page fand, dass die beiden ein schönes Paar abgaben. Pat hatte sich ein rotes Kleid angezogen, das ihr schmale Taille und den Busen perfekt zur Geltung brachte. Ihre langen Haare hatte sie sorgfältig in Locken gelegt und mit einer Spange am Hinterkopf zusammengefasst. Bill hatte sich eine Baumwollhose und ein Hemd dazu angezogen.

Sie und Maddie hatten sich ebenfalls rausgeputzt. Maddies Körper steckte in einem hautengen Minirock. Dazu hatte sie eine Bluse angezogen, unter der ihr BH durchblitzte.

Page hatte sich für eine schwarze Hose und eine schlichte weiße Bluse entschieden. Ihre Haare fielen in Locken über ihre Schultern.

Als sie eintraten, schlugen ihnen laute Stimmen entgegen. Die Luft in der Bar war zum Schneiden schwer und durchtränkt von Essengerüchen, billigem Parfüm und Schweiß. Page verzog das Gesicht. Zum Glück gewöhnte sich die Nase schnell an Gerüche. In einer halben Stunde würde sie es hoffentlich nicht mehr bemerken.

Sie ließ ihren Blick durch den Raum wandern, der weitaus größer war, als er von außen gewirkt hatte. Gleich rechts vom Eingang befand sich die Bar mit einem langgezogenen Tresen. Dahinter stand eine zierliche Frau mit weißblonden hochtoupierten Haaren und dem Make-up einer Dragqueen. Sie hantierte virtuos an der Zapfanlage, um den Wünschen der zahllosen Gäste nachzukommen. Jeder Platz in dem kleinen Raum war besetzt und das Publikum bunt gemischt. Die meisten trugen Cowboykleidung und -hüte. Die Einrichtung der Bar war ebenfalls ganz im Western-Stil gehalten: schlichte Holzstühle und Tische. Auf die Hocker entlang der Bar hatte man Sättel montiert. Page entdeckte mehrere Elchgeweihe an der Wand. Jemand hatte eine Schnur dazwischen gespannt, an der die Wimpel der verschiedenen Footballmannschaften der *National Football League* hingen. Im hinteren Teil des Raumes war ein mechanischer Bulle aufgebaut, wie sie ihn schon mal auf Festivals gesehen hatte. Das Gerät stand in einem mit Luftpolstern gefüllten Kreis, der Page an einen aufblasbaren

Swimmingpool erinnerte. Im Hintergrund dudelte laute Countrymusik.

»Pat! Bill!« Die Frau hinter dem Tresen winkte ihnen freudig zu.

»Goldie ist so etwas wie eine Institution in Sweet Grass. Keiner weiß genau, wie alt sie ist und woher sie kommt«, flüsterte Pat ihnen zu. »Aber jeder liebt sie. Sie ist ein Unikum.«

»So sieht sie auch aus.« Page musterte kritisch das dicke Make-up der Frau, das nicht darüber hinwegtäuschen konnte, dass seine Trägerin die Fünfzig schon lange überschritten hatte.

Unzählige Fältchen bildeten sich unter ihren Augen, wenn sie lachte. An ihren Ohrläppchen baumelten goldene Kreolen in der Größe eines Dollarstücks. Sie trug ein rotes Tanktop, unter dem ihre künstlichen Brüste wie Eisberge hervorstachen. Jeder Finger ihrer Hand war mit Goldringen geschmückt. Trotz ihres gewöhnungsbedürftigen Aussehens strahlte die Frau eine enorme Kraft und Lebensfreude aus. Ihr Mund schien dauerhaft zu lächeln, und ihre Augen leuchteten jeden an, der mit ihr sprach.

»Welch Glanz in meiner Hütte!« Goldie lachte heiser und breitete die Arme aus. »Pat und Bill Hamilton. Muss eine Ewigkeit her sein, dass ich euch hier gesehen habe.« Sie schlang die Arme um die beiden und drückte sie fest an sich.

»Ich hatte viel zu tun.« Bill gab Goldie einen Kuss auf die faltige Wange. »Schön, dich so wohlauf zu sehen.«

»Hey, du weißt doch: Unkraut vergeht nicht.« Goldie tätschelte Bills Arm. »Laufen die Geschäfte?«

»Ich kann nicht klagen«, sagte Bill mit einem Lächeln auf den Lippen.

»Pat, mein Täubchen. Du siehst blendend aus.«

»Das Gleiche wollte ich dir sagen.« Pat schmunzelte. »Du scheinst keinen Tag älter geworden zu sein, seit wir uns das letzte Mal gesehen haben.«

»Solange der Doc und ich ein gutes Verhältnis haben, bleibt das hoffentlich auch so.« Goldie legte die Hände unter ihren Busen und hob ihn an. »Wen haben wir denn hier?« Ihr Blick fiel erst auf Maddie, anschließend auf Page.

»Das sind zwei neue liebe Freundinnen von der *Henderson Ranch*«, flötete Pat. »Maddie und Page.« Goldie musterte Page mit einem Scannerblick, der ihr eine Gänsehaut verursachte. »Beide stammen aus New York«, fügte Pat hinzu.

»New York. So, so.« Goldie leckte sich über ihre Lippen. »Na dann, herzlich willkommen im Herzen von Montana.«

»Danke.« Page lächelte. Offensichtlich hatten sie den Test bestanden.

Goldie beugte sich zu den Männern, die auf den Barhockern Platz genommen hatten und entspannt ihr Bier tranken. »Jungs, wärt ihr so lieb und würdet euch einen anderen Platz suchen? Das hier sind ganz liebe Gäste von mir.«

»Klar, Goldie!« Ohne zu murren, standen die Männer auf und verschwanden in der Menge. Page rutschte auf einen der freien Barhocker. Maddie setzte sich neben sie.

»Die erste Runde geht auf mich. Was kann ich euch Hübschen zu trinken bringen?«

»Ich nehme ein Bier«, sagte Page.

Sie hatte Durst und nicht allzu viel zu Abend gegessen, auch wenn der Eintopf, den Betty ihnen zubereitet hatte, exzellent gewesen war.

»Gute Wahl!« Goldie schenkte ihr ein breites Lachen. »Und was darf es für das Männergift hier sein?« Goldies Blick fiel auf Maddie.

»Auf den Spruch brauche ich erst einmal einen Whiskey.« Maddie grinste.

»Oha! Eine Frau, die weiß, was sie will«, bemerkte Goldie anerkennend. »Gefällt mir. Endlich kommt mal ein bisschen Leben in die Bude. Sonst bin ich die einzige Frau, die zeigt, was sie hat.«

»Wir Schwestern müssen doch zusammenhalten«, meinte Maddie lächelnd.

»Genau.« Goldie wandte sich Pat und Bill zu.

»Wir nehmen auch Bier«, sagte Pat und legte das Jäckchen ab, das sie vorsorglich übergezogen hatte. »Aber erzähl mal: Wie ist es dir ergangen, seit wir uns das letzte Mal gesehen haben?«

»Gut, wenn ich ehrlich bin. Meine Hüfte macht mir zwar ein bisschen zu schaffen, aber dann kam Charley, und seitdem geht es mir wieder besser.« Sie zwinkerte ihnen zu. »Sex lockert meine Knochen auf die alten Tage.«

»Oh mein Gott«, flüsterte Page Maddie ins Ohr. »Die Frau ist ja eine echte Naturgewalt.«

»Wenn ich in ihrem Alter so drauf bin, habe ich alles richtig gemacht«, raunte Maddie.

Goldie reichte ihnen die Getränke. Sie selbst hielt einen Tumbler mit einer goldbraunen Flüssigkeit darin in der Hand.

»Auf das Leben, die Männer und guten Sex!« Goldie hob das Glas.

»Darauf trinke ich gern.« Page prostete ihr zu. Das Bier war herrlich kühl und hatte einen angenehmen bitteren Geschmack. »Köstlich!«

Ein Mann stellte sich zu Maddie an die Bar.

»Howdy, Fremder«, hörte sie ihre Freundin sagen.

»Jeff. Nett, dich kennenzulernen. Bist du neu? Ich habe dich hier noch nie gesehen«, leitete der Mann eine Unterhaltung ein.

Ein leichter, kühler Windzug fegte durch den Raum. Jemand hatte die Tür geöffnet. Page drehte den Kopf in Richtung Eingang und wäre vor Schreck fast vom Hocker gerutscht.

Scott stand im Türrahmen. Das dunkelblaue Hemd spannte über seinen breiten Schultern. Die Jeans saß perfekt auf seiner Hüfte und unterstrich die langen muskulösen Beine. Unter dem schwarzen Cowboyhut lugten seine braunen Haare hervor. Der Dreitagebart betonte sein kräftiges Kinn und ließ sein Gesicht noch markanter erscheinen, als es ohnehin schon war. Seine männliche Präsenz war selbst über die Distanz hinweg spürbar. Page konnte nicht umhin ihn anzustarren. Es war, als würde er sie geradezu magisch anziehen.

In diesem Moment entdeckte er sie. Mit geschmeidigen Bewegungen kam er zu ihnen an die Bar. Hastig nahm Page einen großen Schluck Bier.

»Wen haben wir denn da?« Ein Lächeln huschte über seine Lippen. Allein der Klang seiner Stimme reichte, um ihr ganzes System in helle Aufruhr zu versetzen.

»Hi, Scott. Das nenne ich mal eine Überraschung.« Goldie war sofort zur Stelle. Sie beugte sich über den Tresen und hielt ihm die Wange entgegen.

»Goldie.« Scott gab ihr brav einen Kuss. »Lange her.«

Goldie nickte. »Liegt nicht an mir. Wo hast du nur die ganze Zeit gesteckt? Seit du aus Chicago zurück bist, bekommt man dich kaum noch zu sehen.«

Was meinte Goldie damit? Wie sie es sagte, klang es gerade so, als hätte Scott eine Zeit nicht auf der Ranch, sondern in Chicago gelebt.

»Du weißt doch, viel Arbeit.« Er schenkte der Besitzerin der Bar ein Lächeln, mit dem er Eis zum Schmelzen gebracht hätte.

»Immer diese Ausrede mit der Arbeit. Wann kapiert ihr Männer endlich, dass es noch etwas anderes als die Arbeit gibt? Man muss auch ein bisschen Spaß im Leben haben. Sieh mich an.« Sie wackelte mit den Hüften.

Scott grinste. »Ich werde an dich denken.«

»Wie geht es deinem Dad?«

»Gut, er ist gerade in Nashville bei Wyatt.«

»Versucht er sich immer noch als Sänger?« Scott nickte. »Ist ein hartes Business. Ich weiß, wovon ich spreche«, sagte Goldie. »Und was ist mit Josh?«

»Müsste eigentlich in zwei Wochen zum großen Rodeo kommen.« Scotts Gesichtsausdruck signalisierte deutlich, dass er keine Lust hatte, über seine Familie zu sprechen.

»Bier?« Goldie ging direkt zur Zapfanlage, ohne seine Antwort abzuwarten.

Scotts sah zu Page.

»Hallo, Page.« Seine Stimme war plötzlich weich geworden.

»Hi, Scott.« Sie rutschte nervös auf ihrem Hocker hin und her.

Hilfesuchend sah sie zu Maddie, doch von ihrer Freundin war keine Unterstützung zu erwarten. Sie war so in ihr Gespräch vertieft, dass sie gar nicht mitbekam, was sich neben ihr abspielte.

Scott wirkte völlig entspannt – im Gegensatz zu ihr. Sein Blick richtete sich auf ihren Mund und blieb dort hängen. Ein Lächeln huschte über sein Gesicht.

»Du hast da was.« Er deutete auf ihren Mund.

»Was? Wo?«, fragte sie irritiert und schielte nach unten, konnte jedoch nichts entdecken.

»Da.« Ehe sie reagieren konnte, hatte er die Hand ausgestreckt und wischte mit dem Finger über ihre Oberlippe.

Schaum war daran. Sofort fing ihr ganzes Gesicht an zu kribbeln und ihr Herz setzte einen Schlag aus. *Reiß dich zusammen.*

»Oh.« Sie leckte sich hektisch mit der Zungenspitze über die Oberlippe.

Ihre Wangen brannten, als würden sie in Flammen stehen. *Verdammt.* Sobald Scott in der Nähe war, verhielt sie sich wie ein liebeskranker Teenager.

»Wie ich sehe, hast du die beste Bar in ganz Montana gefunden.«

»Ehrlich gesagt, waren es Pat und Bill, die uns hierhergebracht haben. Ich hatte ja keine Ahnung, dass es in dieser Gegend so etwas gibt.« Sie lächelte.

»Du weißt doch, viel Staub in der Luft hier. Den muss man mit einem kühlen Bier herunterspülen.«

Sie lachten beide über seinen kleinen Scherz. Das Eis zwischen ihnen war gebrochen.

»Muss ich euch Nachhilfe geben, wie man miteinander flirtet, oder kommt ihr allein klar?« Goldie reichte Scott das Bier. Ihr Blick wanderte von Scott zu Page und wieder zurück.

Erneut wurde Pages Gesicht von einer heißen Welle überflutet. Hastig senkte sie den Kopf.

»Goldie, du solltest mich nach all den Jahren doch kennen.« Scott grinste breit.

»Ja, genau deshalb frage ich ja. Kann mich nicht erinnern, wann du das letzte Mal mit einer Frau hier warst.«

Der letzte Satz ließ Page aufhorchen. Scott war also nicht, wie vermutet, ein Frauenheld. Ein kleines Lächeln huschte über ihre Lippen.

»Hey, Goldie, zwei Bier!« Ein Mann mit einem grobschlächtigen Gesicht, das Page entfernt an einen Oger erinnerte, hob die Hand in die Höhe.

»Wenn du ›Bitte‹ sagst, bekommst du es auch«, rief Goldie dem Mann lachend zu. »Wo bleibt dein Benehmen, Joe?«

»Bitteeee!« Der Oger grinste.

Goldie verschwand hinter der Zapfanlage.

»Geht es hier immer so zu?«, fragte Page.

»Schätze schon.« Scott grinste und hielt ihr sein Glas entgegen. »Freunde?«

»Freunde.« Ihr Herz machte einen freudigen Hüpfer. »Wo ist Buddy?« Sie vermisste den Collie an Scotts Seite.

»Betty passt auf ihn auf. Er mag laute Bars nicht besonders, und ich wollte ihn nicht allein im Auto lassen. Wie ich sehe, hast du Pat und Bill kennengelernt.«

»Ja, wir sind uns bei einem Spaziergang über den Weg gelaufen«, erzählte sie. »Bei der Gelegenheit haben wir uns gleich einmal die Blockhütten angesehen.«

»Und, haben sie dir gefallen?« Scott nahm lässig einen Schluck aus seinem Glas.

»Ich bin total begeistert. Ich habe sie mir weit kleiner und viel einfacher vorgestellt.«

Scott nickte. »Als ich die Idee mit den Gästehäusern hatte, war der Gedanke dahinter, den Gästen die Natur nahezubringen, aber ihnen trotzdem eine gewisse Bequemlichkeit zu lassen. Alle Materialien, die wir zum Bau der Blockhäuser verwendet haben, sind rein natürlich.«

»Wirklich? Die sind echt toll und so gemütlich!«

»Das freut mich zu hören. Während meines Studiums habe ich viel über moderne Bauweisen gelernt. Es war mir wichtig, etwas zu schaffen, das die Umwelt nicht noch mehr belastet und sich in das Ökosystem einpasst. Deshalb haben wir auch Solaranlagen eingebaut. So sind wir unabhängig und produzieren unsere eigene Energie. Wir müssen anfangen umzudenken, damit unsere Kinder in einer Welt aufwachsen können, in der es sich lohnt zu leben.«

Page sah Scott überrascht an, immer noch dabei, die Informationen zu verarbeiten. Er hatte also studiert. Sie nahm an, dass er deshalb länger weg gewesen war. Und er interessierte sich für Naturschutz. Das gefiel ihr.

»Klingt spannend.« Ihr Blick wanderte durch den Raum. »Wo ist eigentlich Tess?«

»Wieso?« Scott wirkte überrascht.

»Na, weil ihr beide doch ständig zusammenhängt.«

»Tess ist eine gute Freundin, mehr nicht. Wir kennen uns seit meiner Studienzeit.« Etwas in seinem Gesichtsausdruck signalisierte ihr, besser nicht weiter zu bohren.

In diesem Moment ging die Musik aus und ihr Gespräch wurde unterbrochen.

»Ladys und Gentlemen«, ertönte Goldies Stimme durch die Lautsprecher. Alle Augen waren auf die Bar gerichtet. Goldie tauchte keinen Meter von Page entfernt hinter dem Tresen auf. In der Hand hielt sie ein Mikrofon. »Wie ihr alle wisst, startet in zwei Wochen das große Rodeo in Big Timber.«

Sie gab zwei ihrer männlichen Angestellten ein Zeichen, woraufhin diese herbeieilten und sie mit vereinten Kräften auf den Tresen hoben.

»Um schon mal ein bisschen zu üben, starten wir heute den ersten Wettbewerb der Saison hier bei uns im *Crazy Dog*!« Goldie riss Beifall heischend die Arme in die Höhe. Zurufe ertönten. »Damit ihr Greenhorns da draußen sehen könnt, wie man es richtig macht, bitte ich einen der ganz großen Rodeoreiter auf den Bullen.« Sie machte eine spannungsgeladene Pause. »Ladys und Gentlemen, bitte heißt Scott Henderson auf der Bühne willkommen!«

Page sah ihn verwundert an. »Meint sie dich?«

»Sieht ganz danach aus.« Er zuckte mit den Schultern.

»Scott!«, flötete Goldie. »Wo bist du, Süßer?«

»Na, direkt hier!« Scott lachte. »Aber eigentlich wollte ich nur mein Bier genießen.«

»Ich glaube, Scott braucht noch etwas Applaus«, feuerte Goldie die Gäste an. Pfiffe und lauter Beifall ertönten.

Scott gab sich geschlagen. »Also gut!«

»Ladies and Gentlemen, Scott Henderson!« Goldie deutete auf ihn.

»Wünsch mir Glück!« Er beugte sich zu Page hinunter. In den Seen seiner grünen Augen schwammen goldene Punkte wie flüssiges Gold.

Ohne sie zu fragen, zog er sie an sich und küsste sie. Es war nur eine kurze Berührung ihrer Lippen, gleich dem Flügelschlag eines Schmetterlings, trotzdem entfachte der Kuss die unterschiedlichsten Gefühle in ihr. Lautes Jubeln ertönte und durchtrennte das unsichtbare Band zwischen ihnen.

Sie schnappte nach Luft, als er sie aus seinen Armen entließ. Eine brennende Hitze breitete sich auf ihrem Gesicht aus. In ihren Ohren rauschte das Blut. Ihr war leicht schwindelig und sie musste sich am Tresen festhalten, um nicht vom Hocker zu rutschen.

Scott zog seinen Hut vom Kopf und reichte ihn Page. »Pass gut darauf auf.«

Sie nickte stumm. Ihre Hände umklammerten das feine Leder. Sie starrte Scott hinterher, der mit langen Schritten zum hinteren Teil der Bar ging, wo der mechanische Bulle stand.

»Den hast du ganz schön um den Finger gewickelt.« Maddie prostete ihr zu. »Los, das will ich mir aus der Nähe ansehen.« Sie zerrte an Pages Arm und zog sie vom Hocker.

Wie in Trance folgte sie Maddie durch die begeisterte Menge nach hinten. Page beobachtete, wie Scott auf den Bullen stieg und die Leine in die Hand nahm. Er nickte als Zeichen, dass er bereit war. Erst jetzt bemerkte Page das Steuerpult, das nur wenige Schritte entfernt auf einem Tisch aufgebaut war. Ein Mann stand dahinter und steuerte die Anlage.

Langsam setzte sich der Bulle in Bewegung. Scott saß im Sattel, als wäre es die natürlichste Sache der Welt. Den linken Arm hielt er dabei in die Höhe. Die Menge hatte sich mittlerweile um den Ring versammelt und feuerte ihn lautstark an.

Die Bewegungen des Bullen wurden schneller, abrupter und immer unberechenbarer. Scotts Körper wurde hin und her geschleudert, doch er hielt sich im Sattel.

»*Scott! Scott! Scott!*«, schallten die Rufe durch den Raum.

Page wusste nicht, wie lange er sich schon dort oben hielt. Mittlerweile waren die Bewegungen des Bullen so schnell, dass es ihr schwerfiel, ihnen zu folgen.

»Scott, weiter so!«, rief Maddie begeistert.

»Ahhh!« Ein Aufruf ging durch die Menge, als Scott im hohen Bogen von dem Bullen fiel und auf dem weichen Untergrund landete. Page schrie laut auf. Ihre Hand schnellte zum Mund. Mit angehaltenem Atem starrte sie auf die Stelle, wo Scott lag.

»Oh Gott, es ist ihm doch hoffentlich nichts passiert«, rief Maddie in die Stille hinein.

Im selben Augenblick schüttelte sich Scott und riss die Arme in Siegerpose nach oben. Tosender Applaus entbrannte. Lachend stand er auf. Seine Haare lagen wirr um seinen Kopf, aber seine Augen leuchteten.

»Ladys und Gentlemen!« Goldie hatte den Scheinwerfer auf Scott gerichtet. »Einen kräftigen Applaus für unseren Champion – Scott Henderson!«

Scott machte eine elegante Verbeugung. Als er wieder hochkam, trafen sich ihre Augen. Pages Herz schlug wie ein Pressluft-hammer gegen ihre Brust.

»Scott, ich will ein Kind von dir!«, kreischte eine Frau im Publikum, was die Menge mit lautem Johlen quittierte.

Lachend kletterte Scott aus dem Ring.

»Das war großartig«, empfing Maddie ihn begeistert. Vergessen war der Mann an der Bar, mit dem sie sich so angeregt unterhalten hatte.

»Danke!« Scott grinste schief. »Ist schon ’ne Ewigkeit her, dass ich auf einem mechanischen Bullen geritten bin.«

»Dafür bist du ganz schön lange oben geblieben. Ich wäre schon nach einer Minute runtergerutscht.« Page reichte ihm seinen Hut.

»Das glaube ich nicht!«

Goldie tauchte hinter ihnen auf.

»Bravo!«, beglückwünschte sie ihn und klopfte ihm auf die Schulter. »Die Runde geht aufs Haus!« Sie reichte jedem von ihnen einen Tumbler, in dem eine goldbraune Flüssigkeit zwischen den Eiswürfeln schwamm.

Page schnupperte misstrauisch daran. *Whiskey! Puh.*

»Ein Trinkspruch!«, forderte Maddie.

»Auf Liebe, Lust und Leidenschaft!« Page hob ihr Glas. Ihr Blick kreuzte Scotts.

»Das kann ja interessant werden.« Scotts Augenbraue schnellte nach oben, seine Mundwinkel kräuselten sich.

»Lass dich überraschen«, flüsterte sie zweideutig.

»Darauf trinke ich gern! Hauptsache, es hilft.« Maddie stieß ihr Glas klirrend gegen das von Page.

»Auf Liebe, Lust und Leidenschaft«, wiederholte Scott, ohne sie aus den Augen zu lassen.

Page setzte das Glas an den Mund und kippte den Whiskey in einem Schluck runter. *Verdammt!* Das Zeug brannte höllisch im Hals und raubte ihr fast die Luft. Sie hustete.

»Noch ’ne Runde!« Scott gab Goldie ein Zeichen.

»Bloß nicht!«, wehrte Page hüstelnd ab.

»Keine Widerrede! Auf einem Bein kann man nicht stehen«, beharrte Scott.

Keine zwei Minuten später standen wieder volle Gläser vor ihnen auf dem Tresen. Diesmal war sie vorsichtiger und behielt die bernsteinfarbene Flüssigkeit im Mund, um sie portionsweise zu schlucken. Eine behagliche Wärme bereitete sich in ihrem Bauch aus, und sie fühlte sich angenehm leicht.

»Lecker!« Sie leckte sich mit der Zungenspitze über die Lippen.

»Und weiter geht es mit dem Bullenreiten«, schrie Goldie durch das Mikrofon. Page hätte fast ihr Glas fallen gelassen. »Wer möchte? Wer hat noch nicht?«

»Meine Freundin Page möchte!«, kreischte Maddie und deutete mit der Hand auf sie.

Page verschluckte sich und fing erneut heftig an zu husten.

»Die stirbt schon vorher«, rief einer der Männer.

Page hob die Hand. »Danke, ich habe nicht vor zu sterben!«

Einige der Gäste lachten.

»Los, Page!«, forderte Scott sie auf.

»Nein, nein! Auf keinen Fall!«, wehrte sie ab.

Zu spät! Scott hatte sich bereits ihre Hand geschnappt und zog sie zum Ring.

»Maddie, hilf mir«, flehte Page. »Ich kann das nicht.« Sie würde sich entsetzlich blamieren.

»Du schaffst das schon!« Maddie prostete ihr grinsend zu.

Schlange. Wenn sie das überlebte, würde sie ein Hühnchen mit ihr rupfen.

»Ladys und Gentlemen, als Nächstes steigt eine Lady auf den Bullen. Page. Sie stammt aus New York und ist hier bei uns im schönen Montana zu Besuch. Bitte einen kräftigen Applaus für die mutige kleine Lady.«

Begeisterte Zurufe ertönten. Viele der Männer drängten nach vorn.

Ihre Beine fühlten sich an wie aus Pudding, als sie in den Ring stieg. Ihr Mund war staubtrocken und sie schluckte. Scott war mit ihr gekommen. Etwas unschlüssig blieb sie vor dem mechanischen Bullen stehen. Aus der Nähe betrachtet, kam er ihr viel größer vor. Sie stellte den Fuß in den Steigbügel. Sofort war Scott zur Stelle und half ihr aufzusteigen.

»Du musst dich gut am Sattelhorn festhalten«, sagte er mit gesenkter Stimme, sodass nur sie ihn hören konnte. Page nickte. Ihre Lippen fest aufeinandergepresst, folgte sie seinen Anweisungen. »Du darfst dich nur mit einer Hand festhalten. Deshalb nimm den linken Arm hoch. Das hilft dir, das Gleichgewicht besser zu halten, wenn die Bewegungen schneller werden. Versuch locker zu bleiben, ohne die Körperspannung zu verlieren«, gab Scott ihr letzte Tipps.

»Scheiße«, flüsterte sie. Ein hysterisches Lachen entwich ihrer Kehle.

»Gut so. Nimm es mit Humor. Es kann dir nichts passieren. Außerdem bin ich da, um dich aufzufangen.« Scott grinste.

»Das nenne ich mal Motivation.«

»Los, Page! Zeig den Kerlen, was du draufhast«, schrie Maddie quer durch den Raum.

»Viel Glück.« Scott blieb am Rand stehen. Jetzt war sie ganz auf sich gestellt.

»Fertig?«, hallte es durch die Lautsprecher.

Atme. Atme.

Der Bulle setzte sich langsam in Bewegung. Sie versuchte sich den schaukelnden Bewegungen anzupassen. Vor und zurück.

Das ist doch gar nicht so schwer.

Jede ihrer Regungen wurde durch laute Rufe begleitet. Die Abfolgen des Bullen wurden schneller. Ihre Finger umklammerten das Sattelhorn so fest, dass das Weiße ihrer Knöchel hervortrat. *Wie lange bin ich schon hier oben?*

Der Bulle neigte sich abrupte nach vorn. Pages Oberkörper kippte in Richtung Bullenkopf. Fast wäre sie vom Sattel geglitten, konnte sich jedoch in letzter Sekunde fangen.

»Bravo! Wie es aussieht, haben wir eine kleine Kämpferin im Sattel«, kommentierte Goldie. Applaus ertönte.

Page schwitzte vor Anstrengung. Schweiß lief ihr kitzelnd zwischen den Brüsten hinunter. Aus dem Augenwinkel sah sie die begeisterten Gesichter der Zuschauer. Goldies Stimme hallte in ihren Ohren. Adrenalin rauschte durch ihre Adern. Ihre anfängliche Angst war verflogen und machte einer geradezu überschwänglichen Begeisterung Platz.

»Yeee-Haaaa!« Sie stieß einen Schrei aus und wedelte mit der freien Hand in der Luft. Pfiffe ertönten.

Eine Drehung folgte. Sie wurde von rechts nach links geworfen.

»Page! Page! Page!«, feuerten die Zuschauer sie enthusiastisch an.

Wie aus dem Nichts kam eine zweite schnellere Drehung. Für den Bruchteil einer Sekunde verlor sie den Halt und kippte mit dem Gewicht zur Seite. Sie versuchte sich zu halten, doch es war bereits zu spät. Mit einem lauten Schrei wurde Page aus dem Sattel geschleudert und landete mit dem Po auf dem weichen Untergrund. Sie schnappte nach Luft. Blinzelnd sah sie hoch und blickte geradewegs in Scotts besorgtes Gesicht. Er war zu ihr geeilt und reichte ihr die Hand.

»Alles okay?«

»Ich habe es geschafft!« Sie sprang auf und hüpfte wie ein wild gewordenes Eichhörnchen auf und ab.

Um sie herum klatschten die Zuschauer begeistert Beifall. Männer klopften ihr anerkennend auf die Schulter. Sie wurde von einem unbändigen Glücksgefühl erfasst.

»Ladys and Gentlemen, das war Page mit einer sensationellen Leistung«, drang Goldies Stimme wie durch einen Nebel zu ihr.

»Für eine New Yorkerin nicht schlecht.« Scott grinste, als sie aus dem Ring stieg. Sein Blick klebte auf ihr.

»Wir New Yorkinnen können eben mehr als nur shoppen.« Sie zwinkerte ihm zu.

»Page!!!« Maddie kam kreischend auf sie zu und nahm sie in den Arm. »Ich wusste, dass du es schaffst!« Page lachte glücklich. In ihrem Kopf schien sich alles zu drehen. »Du bist mein Held!«

Maddie drückte Page eine Bierflasche in die Hand. Gierig nahm sie einen Schluck. Sie fühlte sich nach der Anstrengung wie ausgetrocknet.

»Ich sag ja, du bist ein richtiges Naturtalent.« Scott prostete ihr zu.

»Wo bleibt mein Siegerkuss?« Keck hielt sie ihm ihre Wange entgegen.

»Mit Freuden.«

Anstatt sie auf die Wange zu küssen, nahm er ihren Kopf zwischen seine Hände und küsste sie auf den Mund. Sein herrlicher Duft nach Zedernholz und Leder hüllte sie ein. Ihre Hormone wirbelten durch ihren Körper, und sie wünschte sich, sie wären allein. Mutig durch den Alkohol presste sie ihren Körper gegen seinen und schlang die Arme um seinen Hals. Die Geräusche und Stimmen um sie herum verblassten. Seine Zungenspitze berührte ihre Lippen. Sie wollte gerade den Weg freigeben, als sie sich wieder zurückzog. Alles drehte sich. Obwohl es nur eine kurze Berührung ihrer Lippen war, zitterte sie am ganzen Körper, als er sich von ihr löste.

»Wooohooooooo!« Maddies Stimme schepperte an ihr Ohr.

Ein breites Lächeln stahl sich auf Scotts Gesicht. »Hast du es dir so vorgestellt?«

»Ungefähr so.« Page warf lachend den Kopf in den Nacken. »Was für ein Abend! Ich fühle mich wie auf Drogen.«

»Vielleicht solltest du besser keinen Alkohol mehr trinken«, sagte Scott.

»Ganz im Gegenteil.« Sie hob die Hand und gab Goldie das Zeichen, noch mehr Drinks zu bringen. »Jetzt wird gefeiert.«

10. Kapitel

»Kaffee?«

Page stöhnte. In ihrem Kopf hatte ein Bergwerk unter Hämmern seine Arbeit aufgenommen. Jeder Knochen ihres Körpers tat ihr weh und sie fühlte sich völlig erschlagen. Die zarte Haut an der Innenseite ihrer Oberschenkel war wund gescheuert. Sogar ihr Po schmerzte. Wahrscheinlich würde sie nie wieder normal sitzen können. *Verflucht.*

Ächzend warf sie sich auf die andere Seite. Ihr Magen hatte die Drehung ebenfalls vollzogen. Eine Welle der Übelkeit stieg in ihr hoch. Sie stöhnte laut. *Bitte, lieber Gott, lass es vorbeigehen.*

»Page!«, rief die Stimme diesmal energischer.

Blinzelnd öffnete sie die Augen einen Spaltbreit. *Autsch. Keine gute Idee.* Gleißendes Sonnenlicht traf auf ihre Augäpfel. Sofort klappten ihre Lider nach unten und sie befand sich erneut in Dunkelheit eingehüllt.

»Lass mich alleine sterben«, nuschelte sie.

»Hier wird nicht gestorben«, sagte die Stimme bestimmt.

Scheppernd trafen die Worte gegen ihr Ohr. Sie zwang sich dazu, erneut die Augen zu öffnen. Sie sah Maddie, die in Jogginghose und Shirt auf der Bettkante saß und sie besorgt musterte.

»Du lebst. Das ist doch schon mal was.«

»Nein, tue ich nicht. Bitte lass mich in Ruhe«, flehte sie.

»Das hättest du wohl gern.« Eine neue Welle der Übelkeit erfasste sie. Sie würgte. »Hier!«

Ein Eimer tauchte in ihrem eingeschränkten Sichtfeld auf. Gerade noch in letzter Sekunde! Pages Magen entleerte sich explosionsartig, wie eine Sprudelflasche, die man zuvor geschüttelt hatte.

Tränen und Rotz liefen ihr über das Gesicht, als die erste Welle vorbei war. Völlig fertig ließ sie sich zurück auf das Kopfkissen fallen.

Maddie nahm den Eimer mit angewiderter Miene und stellte ihn vor die Tür.

»So, nachdem wir das erledigt haben.« Maddie reichte ihr einen feuchten Waschlappen. »An was erinnerst du noch von gestern Nacht?«

Page schloss für einen Moment die Augen. Bilder der Bar tauchten in ihrem Kopf auf. Scotts lachendes Gesicht. Scott, der sie küsste. Goldies Stimme schallte in ihren Ohren. Der Ritt auf dem mechanischen Bullen. Sie zusammen auf der Bar mit Goldie – laut singend. Scott, der sie voller Begierde anstarrte. Jede Menge Alkohol. Shots. Und dann legte sich ein Nebel über alles.

Page schreckte hoch.

»Dachte ich es mir«, sagte Maddie trocken.

»Was ist passiert?« Die Kopfschmerzen waren für einen Moment vergessen.

Maddie grinste breit. »Du hast es ordentlich krachen lassen.«

Sie schien sichtlich Spaß daran zu haben, Page zu quälen.

»Oh Gott. Bitte sag mir, dass nichts passiert ist.« Page richtete sich mit einem Ruck auf. Sofort wurde sie von starkem Schwindel erfasst. Stöhnend sank sie wieder auf die weiche Unterlage.

»Du erinnerst dich wirklich an gar nichts?« Maddies Grinsen wurde noch breiter.

»Doch. Ja. Nein. Ich weiß, dass ich auf dem Tresen getanzt habe …« Ihr schwante Übles. Scotts Gesicht wirbelte durch den Nebel in ihrem Kopf.

»Sagen wir so …«, Maddie machte eine bedeutungsvolle Pause, »über deinen Auftritt wird man in Melville noch lange reden.«

»Ich bin erledigt!« Page war den Tränen nahe. Noch nie in ihrem ganzen Leben hatte sie die Kontrolle über sich verloren.

Maddie brach in schallendes Gelächter aus. »Du solltest dein Gesicht mal sehen!«

»Das ist nicht witzig!«, jammerte Page.

»Hast du eine Ahnung, *wie* witzig das ist!«, wieherte Maddie.

»Bitte sag mir, was passiert ist!«, flehte Page.

»Sag doch noch mal ›bitte‹.«

»Du scheinst ja richtig Spaß zu haben.«

»Ehrlich gesagt, ja. Ich dachte, das gibt es nur in Filmen, dass die Hauptdarstellerin nicht mehr weiß, was passiert ist. Aber du bist der lebende Beweis, dass es Blackouts tatsächlich gibt.«

»Danke, jetzt fühle ich mich gleich viel besser.«

»Meine Mom sagt immer: ›Kleine Sünden bestraft der liebe Gott sofort.‹«

»Maddie! Sag mir endlich, was passiert ist!«

»Nichts.«

»Nichts?« Page schüttelte den Kopf. Sofort setzte der Schwindel wieder ein und der Raum um das Bett begann sich zu drehen.

»Nichts Schlimmes, außer dass du dich an Scott geklammert hast, als wäre er dein siamesischer Zwilling, und dabei laut gesungen hast: ›Reite mich, Cowboy! Reite mich, Cowboy!‹«

Page zog sich stöhnend die Decke über den Kopf. *Wie grauenvoll.* Erinnerungsfetzen tauchten hinter den geschlossenen Lidern auf. Laute Musik, Lachen und irisierende Grün von Scotts Augen, die sie ansahen. Goldie, die sie breit anlachte.

»Ich kann Scott nie wieder in die Augen sehen«, jammerte sie. Maddies vergnügtes Glucksen drang durch die Bettdecke. »Könntest du deiner Freude bitte etwas leiser Ausdruck verleihen?«

»Saufen wie die Großen, vertragen wie die Kleinen«, sang Maddie.

»Du nervst.« Sie zog die Decke vom Kopf und funkelte ihre Freundin wütend an. »Und überhaupt: Wieso bist du so gut drauf? Warum liegst du nicht im Bett wie ich und leidest?«

»Weil ich einen großen Bruder habe, der mir beigebracht hat, wie man säuft, ohne am nächsten Tag völlig hinüber zu sein.«

»Und das Geheimnis hast du sicherheitshalber für dich behalten.«

»Du warst derart außer Rand und Band, nur eine Spezialeinheit der *Avengers* hätte dich noch aufhalten können.« Page stöhnte. »Ich wusste gar nicht, dass du so gut singen kannst.«

»Ich kann singen? Oh nein! Ich habe gesungen! Bitte sag mir, dass das nicht wahr ist.«

»Lautstark und mit voller Inbrunst auf dem Tresen. Du warst so begeistert, dass du Goldie gefragt hast, ob sie dich unter Vertrag nimmt.«

»Es wird immer schlimmer.« Page verzog leidend das Gesicht. »Ich glaube, ich will den Rest gar nicht wissen.«

»Ich fand es komisch.«

»Und wie bin ich nach Hause gekommen?«

»Scott hat dich über die Schulter geworfen und zum Auto getragen.«

»Scheiße!« Page sackte immer tiefer unter die Bettdecke. Was würde Scott nur von ihr denken? Was würden die Leute von ihr denken?

»So, und nun raus aus den Federn.« Mit einem Ruck zog Maddie ihr die Decke weg.

»Hey, lass das! Mir ist immer noch schlecht. Ich glaube, ich versuche noch mal 'ne Runde zu schlafen.«

»Dann gehe ich mit Ned und Jack reiten«, sagte Maddie. »Soll ich dir etwas zu essen bringen?«

Bei dem Gedanken an feste Nahrung machte ihr Magen einen nervösen Hüpfer.

»Lieber nicht.« Sie schluckte hart gegen die aufsteigende Übelkeit an.

»Ich komme nachher mal vorbei und schaue nach dem Rechten.« Sie starrte auf Pages Mund. »Ich glaube, du solltest dir wenigstens das Gesicht waschen.«

»Warum?«, fragte Page schwach.

»Weil an deinem Kinn ein Stück Kotze hängt.« Maddie deutete auf besagte Stelle.

»Iiieeeh!« Sie verzog das Gesicht. »Raus jetzt!«

»Ich geh ja schon.« Maddie stand auf. »Du siehst scheiße aus.«

»Danke, ich habe dich auch lieb.« Mit einem leisen Stöhnen sank Page zurück aufs Bett und war keine zwei Minuten später wieder eingeschlafen.

Sie verbrachte den ganzen Morgen im Bett. Erst gegen Mittag kroch sie hinaus und schlich sich ins Badezimmer. Das Haus war wie ausgestorben. Alle Besucher schienen unterwegs zu sein.

Nachdem sie geduscht und ihr Gesicht so weit wiederhergestellt hatte, dass sie unter Menschen konnte, ging sie nach unten, in der Hoffnung, einen Kaffee abstauben zu können, um ihre Lebensgeister zu wecken. Als sie in die Küche kam, fand sie zu ihrer Überraschung nicht Betty, sondern Tess vor.

»Guten Tag, oder sollte ich lieber guten Morgen sagen?« Tess lächelte spöttisch.

»Guten Tag ist okay«, murmelte Page.

»War wohl ’ne lange Nacht?«

Page nickte. »Könnte man so sagen.«

Sie warf einen sehnsüchtigen Blick auf die Kaffeekanne, die auf dem Tisch stand. Hoffentlich war noch etwas Kaffee darin, um die schrecklichen Kopfschmerzen zu vertreiben, die sie quälten.

»Scott hat mir erzählt, dass ihr ’ne Menge Spaß hattet.« Tess musterte sie. »Ich habe ihn lange nicht mehr so lachen gehört.«

»Mhm. Für meine Verhältnisse fast ein bisschen *zu viel* Spaß. Mir brummt der Schädel.«

»Setz dich hin. Ich mache dir einen frischen Kaffee«, schlug Tess vor. »Der hier stammt noch vom Frühstück.« Sie deutete auf die Kanne.

»Das wäre großartig.« Page ließ sich auf dem Stuhl nieder. »Wo sind eigentlich alle?«

»Maddie ist zusammen mit Ned und Jack reiten. Bill und Pat sind angeln. Betty ist mit Scott nach Big Timber gefahren, um ein paar Einkäufe zu erledigen.« Tess füllte Wasser in den Kessel und stellte ihn auf den Herd.

»Aha«, sagte Page trüb. Anscheinend hatte außer ihr niemand Probleme.

»Sag mal«, Tess setzte sich zu ihr, »was hältst du von Scott?«

»Scott? Wieso?« Sie sah Tess ins Gesicht.

»Na ja, normalerweise bin ich nicht so direkt«, Tess machte eine kurze Pause, »aber Scott ist ein guter Freund, und ich möchte nicht, dass er verletzt wird.«

»Eigentlich habe ich gedacht, dass du und Scott …«

»Was?« Jetzt war es Tess, die sie fragend ansah.

»Na ja, dass ihr ein Paar seid«, druckste sie herum.

Tess sah sie verdutzt an, dann fing sie an zu lachen. Page verspürte Erleichterung. Ihre Sorge war also unbegründet gewesen.

Der Wasserkessel pfiff leise. Tess stand auf und stellte die Herdplatte ab. Sie drehte sich zu Page.

»Was Scott und mich verbindet, ist reine Freundschaft. Ich war dabei, als er Ashley kennengelernt hat.« Das Lächeln war aus ihrem Gesicht verschwunden.

»Ashley?« Page schüttelte verwirrt den Kopf. »Wer ist Ashley?«

»Scotts Ex-Frau.« Tess füllte das heiße Wasser in den Kaffeefilter.

»Scott war verheiratet?«, fragte sie ungläubig.

»Ja, und ich war ihre beste Freundin.« Sie reichte Page den dampfenden Becher. »Milch?«

»Gern.«

»Zucker?«

»Nein.«

Tess blieb gegen den Herd gelehnt stehen und musterte sie mit zusammengekniffenen Augen. Für einen Moment sagte keine von ihnen ein Wort. In Pages Kopf wirbelten die Gedanken. Scott war verheiratet gewesen. Was war passiert? Warum hatten er und seine Frau sich getrennt?

»Und was ist zwischen den beiden vorgefallen?«, fragte sie schließlich.

Tess machte einen Schritt zur Seite. »Ich denke, das solltest du Scott und nicht mich fragen. Ich habe schon viel zu viel erzählt.« Page spielte nachdenklich mit dem Becher in ihrer Hand. »Auf jeden Fall brauchst du dir meinetwegen keine Gedanken zu machen«, sagte Tess und ging in Richtung Tür. »Das letzte Mal, dass ich Scott so lachen gesehen habe wie heute Morgen, ist verdammt lange her. Ich bin einfach nur froh. Der Mann hat es verdient, glücklich zu sein. Bis später.«

Page nickte. »Bis später.«

Sie hörte, wie sich Tess' Schritte langsam entfernten. Tess und Scott waren kein Liebespaar. Gleichzeitig drängte sich ihr die Frage auf, warum er ihr gegenüber solche Stimmungsschwankungen hatte. Mal küsste er sie, als gäbe es kein Morgen, und im nächsten Augenblick verschwand er und hielt sich fern von ihr.

Was hatte das alles zu bedeuten? Was war zwischen Scott und seiner Frau passiert? Weshalb tat Tess so geheimnisvoll? Es wäre ein Leichtes gewesen, ihr zu sagen, dass die beiden sich zerstritten hatten – warum hatte sie es also nicht getan?

Sie verbrachte den restlichen Tag allein im Garten. Als die verschiedenen Gruppen gegen Abend von ihren Ausflügen zurückkamen, waren alle bestens gelaunt. Maddie hatte sich nicht gescheut, den gestrigen Abend in blumigen Farben auszuschmücken, was zur Folge hatte, dass Page die Zielscheibe kleiner Bemerkungen war. Ned und Jack betonten mehr als einmal, wie sehr sie bedauerten, nicht dabei gewesen zu sein.

Scott blieb wie vom Erdboden verschluckt. Beim Essen erwischte sie sich, wie sie mehrfach zur Tür schielte, in der Hoffnung, er würde darin auftauchen. Tess war ebenfalls nicht gekommen. Wahrscheinlich war sie bei Scott. Enttäuschung machte sich in ihr breit. Sie hatte gehofft, ein paar ungestörte Worte mit ihm reden und sich bei ihm für ihr Verhalten entschuldigen zu können. Es war ihr noch immer peinlich, dass er sie nach Hause gebracht hatte.

Page fragte sich, was Scotts Abwesenheit zu bedeuten hatte. Ging er ihr aus dem Weg? War es ihm unangenehm, dass er sie geküsst hatte? War sie ihm unangenehm?

Nach dem Abendessen verabschiedete sie sich frühzeitig. Tatsächlich war sie ziemlich erschöpft und fiel in einen unruhigen Schlaf.

Sie träumte von Scott. Immer wieder tauchte er vor ihr auf und streckte lächelnd die Hand nach ihr aus. Sie konnte seinen herrlich männlichen Duft riechen, spürte die Wärme, die von seinem Körper ausging. Doch wenn sie nach ihm greifen wollte, verschwand er plötzlich, um kurz darauf an einer anderen Stelle wieder aufzutauchen. Dieses Spiel wiederholte sich in einer Art Endlosschleife, bis sie schließlich schweißgebadet und mit klopfendem Herzen aufwachte.

Verdammt, was war nur los mit ihr?

11. Kapitel

Für den heutigen Tag hatte Maddie einen Ausflug nach Big Timber vorbereitet. Ned, Jack und das Anwaltspärchen wollten sie begleiten. Während die Männer ihre Angelausrüstungen ergänzen wollten, hatten die Frauen einen gemütlichen Shoppingtrip geplant.

Page hatte beschlossen, lieber auf der Ranch zu bleiben. Seit sie hier angekommen waren, war sie stets von Menschen umgeben gewesen. Ein bisschen Ruhe und Einsamkeit würden ihr guttun, um sich über ihre Gefühle klarzuwerden.

»Und du bist sicher, dass du nicht mitwillst?« Maddie streckte den Kopf durch das Autofenster.

Sie nickte. »Zu hundert Prozent. Du weißt, ich hasse es einzukaufen, und noch mehr hasse ich Autofahren. Also hab kein schlechtes Gewissen. Es ist ja nicht so, als ob ich allein wäre. Betty und die anderen sind schließlich auch noch da.«

»Na gut. Ganz wie du willst.« Maddie warf ihr einen Luftkuss zu. »Dann sehen wir uns heute Abend zum Essen. Sollte ich unterwegs meinen Traummann treffen und entführt werden, dann such bitte nicht nach mir.« Maddie grinste.

»Du verrückte Nudel.« Sie winkte dem Pärchen zu, das vorne Platz genommen hatten. Jack und Ned saßen hinten bei Maddie.

»Alles klar, bis später.«

»Viel Spaß.«

Der Rover setzte sich langsam in Bewegung. Zögerlich blieb sie stehen, bis der Wagen um die Ecke bog und nur noch eine Staubwolke zu sehen war. Sie ging ins Haus, um Betty zu suchen.

»Hi«, begrüßte sie die Haushälterin. Betty stand im Foyer und studierte das Gästebuch.

»Hallo. Wie ich sehe, bist du nicht mit den anderen in die Stadt gefahren«, sagte Betty mit einem Hauch von Verwunderung in der Stimme.

»Nein, Stadtleben habe ich schließlich das ganze Jahr genug. Ich würde lieber einen Ausflug zum See machen. Meinst du, ich kann mir eines der Pferde nehmen?«

»Aber natürlich. Du hast bewiesen, dass du reiten kannst. Ich sehe also keinen Grund, warum nicht.«

»Na ja, ich dachte nur, weil ich allein bin und keine«, sie stockte, »… Begleitung dabei ist.« Das letzte Mal war Scott an ihrer Seite gewesen.

»Der See befindet sich nicht weit von hier auf dem Gelände der Ranch. Die ganze Gegend ist durch Zäune gesichert. Scott hat die letzten zwei Tage alles kontrolliert …« *Das hat ihn also abgehalten.* Sie hatte sich schon gefragt, wohin er verschwunden war. »Du brauchst also keine Angst davor zu haben, einem Grizzly oder Ähnlichem zu begegnen.«

»Gut, dann mache ich mich gleich auf den Weg zum Stall.«

Betty nickte. »Vergiss nicht, dir einen Hut aufzusetzen und dich einzucremen.«

Fast wäre ihr ein ›*Ja, Mom*‹ herausgerutscht.

»Mache ich«, meinte sie stattdessen lächelnd.

»Ich packe dir so lange ein kleines Lunchpaket«, sagte Betty und kam hinter dem Tresen hervor.

»Nein, das wird nicht nötig sein.«

»Papperlapapp. Keine Widerrede! Du bist auch so schon dünn genug.«

Page schmunzelte über den kleinen Seitenhieb. »Einverstanden. Ich bin gleich wieder da.«

»Mhm.« Die Haushälterin nickte und setzte sich in Richtung Küche in Bewegung.

Gut gelaunt ging Page die Treppe hoch und holte den Hut aus dem Zimmer. Dabei fiel ihr Blick auf Scotts Pullover, der neben ihrem Kopfkissen lag. Eigentlich hatte sie ihn schon längst zurückbringen wollen, aber dann hatte sie ihn doch behalten. Der Duft, der von ihm ausging, hatte etwas Tröstliches, wenn sie des Nachts nicht schlafen konnte.

Sie schnappte sich den Hut und setzte ihn auf, dann zog sie die Stiefel an und ging nach unten. Betty erwartete sie bereits im Foyer.

»So, ich haben dir ein paar Brote gemacht und etwas von dem Nudelsalat, den es gestern Abend gab, dazu gepackt. Kaffee und Wasser sind auch drin.« Die ältere Frau reichte ihr eine vollbepackte Satteltasche.

»Das ist doch viel zu viel.« Page fragte sich, woher sie die so schnell gezaubert hatte. Aber wahrscheinlich war das Teil des Betreuungsprogramms für die Gäste.

»Und wenn schon. Den Rest bringst du einfach wieder mit.«

Sie bedankte sich artig, warf sich die Satteltasche über die Schulter und ging nach draußen.

Es war herrlich warm und die Sonne schien mit ungebremster Kraft von oben herab. Überall in den Büschen, die auf dem Gelände wuchsen, war das Zwitschern der Vögel zu hören. Sie ging den schmalen Weg entlang bis zum Stall. Einer von Scotts Männern war gerade dabei, eines der Pferde nach draußen zu führen.

»Guten Morgen, Miss.« Larry zog seinen Hut vom Kopf.

Er hatte dichtes braunes Haar und ein freundliches Gesicht, durch das sich Falten, so tief wie Gräben, zogen. Seine Haut war sonnengebräunt. Er musterte sie mit zusammengekniffenen Augen.

»Guten Morgen. Ich würde gern einen Ausflug machen und wollte dich bitten, mir eines der Pferde zu geben.« Sie machte eine kurze Pause. »Am liebsten Brownie.«

»Du bist die junge Lady, die mit Scott zusammen zum Fluss geritten ist.«

»Jup!« Sie nickte.

»Dann sehe ich kein Problem.« Sein Blick fiel auf die prallgefüllte Satteltasche über ihrer Schulter. »Betty hatte wohl Angst, dass du verhungern könntest.«

»Sieht ganz danach aus.« Page grinste.

Er spuckte eine Ladung Kautabak auf den Boden. »Wo soll es denn hingehen?«

»Ich wollte zum See.«

»Guter Tag dafür. Kennst du den Weg?« Sie verneinte. »Kein Problem. Ich erkläre es dir.« Sie gingen zur Weide, die gleich hinter dem Stall anfing.

Auf der Wiese standen mehrere Pferde und grasten friedlich. Brownie war auch unter ihnen. Larry stieß einen Pfiff aus. Die Stute kam wiehernd auf Page zugetrabt.

»Hallo, Brownie.« Sie streckte der Stute die Hand entgegen, so wie Scott es ihr gezeigt hatte. Die braunen Augen des Tieres musterten sie aufmerksam. »Na, hast du mich erkannt?«

Sie ging einen Schritt auf Brownie zu. Sofort drehte diese den Kopf und presste die Nüstern gegen Pages Brust.

»Das ist wohl ein Ja.« Page lächelte glücklich.

»Hast ein gutes Händchen für Pferde«, sagte der Vorarbeiter zufrieden.

»Na ja, vielleicht für eine Stadtpflanze, aber ich muss noch viel lernen. Würdest du mir zeigen, wie ich Brownie sattele?«

»Nichts leichter als das.«

Larry nahm Brownie am Zügel und deutete Page an, ihm zu folgen. Sie gingen zum Stall, wo die Sättel sorgfältig nebeneinander auf einer Art Balken hingen.

Page folgte Larrys Anweisungen, und er überwachte ihre Bewegungen. Brownie blieb die ganze Zeit geduldig stehen.

»Nun noch eine kurze Kontrolle, dass das Pad richtig unter dem Sattel liegt.« Larry fuhr mit geübten Bewegungen den Sattel entlang. »Und dann nur noch den Bauchgurt befestigen und die Steigbügel auf die richtige Größe einstellen.«

Keine fünf Minuten später war Brownie fertig gesattelt. Larry hatte ihr auf einem Blatt Papier mit wenigen verständlichen Strichen aufgezeichnet, wo sich der See befand und wie sie am besten dorthin reiten konnte.

»Vielen Dank für deine Hilfe, Larry.«

»Für hübsche Cowgirls immer.« Er lächelte schief. »Und denk daran: Immer hübsch langsam.«

»Yes, Sir!« Page tippte sich gegen den Cowboyhut.

»Wenn du bis fünf nicht zurück bist, schicke ich einen Suchtrupp los«, rief er ihr hinterher. »Und immer schön dem Verlauf des Flusses folgen.«

Sie war seit knapp einer halben Stunde unterwegs. Es gab nur sie und die Natur. Keine Menschenseele weit und breit. Mit jedem Meter, den sie vorwärtskam, wuchs die Zufriedenheit in ihr. In der Stadt fühlte sie sich immer wie eine Getriebene und hetzte meist von einem Termin zum nächsten. Es kam nur selten vor, dass sie gemütlich durch die Straßen von Brooklyn schlenderte oder sich in eines der unzähligen Cafés setzte, die es dort gab. Das hier war Erholung pur.

Sie dachte an ihre Eltern. Ihr Vater war ein begeisterter Wanderer gewesen. Einmal im Jahr war er mit seinem besten Freund in eines der Naturschutzgebiete gefahren und dort wandern gegangen. Immer wenn sie gebettelt hatte, mitkommen zu dürfen, hatte er sie auf später vertröstet. Dazu war es leider nie gekommen. Der Unfall hatte ihre Eltern brutal aus dem Leben gerissen und Page ihre Wurzeln genommen. Granny war eher ein Freund des Meeres gewesen. Die wenigen Male, die sie zusammen für ein paar Tage verreist waren, hatten sie stets nach Long Island geführt.

Rechts und links des schmalen Weges waren große Weideflächen mit Rindern darauf, die gemütlich grasten und sich dabei die Sonne auf das Fell scheinen ließen. Als Page an ihnen vorbeiritt, hoben sie die Köpfe und sahen gelangweilt zu ihr. Einige Tiere muhten, um sich dann wieder dem Gras zuzuwenden.

»Na, Jungs, alles klar?«, fragte Page lachend.

Die Luft war klar und warm. Zwei Vögel flogen über ihren Kopf hinweg. Page folgte ihnen mit den Augen. Todesmutig, gleich einem Kamikazebomber, stürzte sich einer der Vögel auf der Suche nach Beute in die Tiefe, um sich kurz vor dem Boden mit einer eleganten Bewegung wieder zu seinem Artgenossen aufzuschwingen. Sekunden später waren die beiden nur noch winzige Punkte am Horizont.

Gemächlich ritt sie weiter.

»Gefällt es dir auch?«, fragte sie die Stute. Brownie schnaubte leise und wedelte gut gelaunt mit den Ohren.

»Ich wünschte, New York wäre nicht so weit weg«, setzte sie ihr Selbstgespräch fort. »Dann würde ich zum Reiten kommen, so oft es geht.« Ein Ast knackte unter Brownies Hufen. »Oder ich würde die Kinder mitbringen«, kam ihr plötzlich der Gedanke. »Die Kleinen würden es hier lieben.«

Sie dachte an ihre Schützlinge daheim, von denen die meisten Kühe nur aus Comics oder aus der Werbung kannten. Noch nie hatten sie ein echtes Pferd aus der Nähe gesehen. Viele der Kinder verbrachten ihre Nachmittage vor dem Fernseher. Deshalb waren sie und Maddie auch so froh, den großen Garten hinterm Haus zu haben, wo sie mit den Kindern ungestört spielen konnten. Die *Henderson Ranch* wäre für die Kleinen ein absolutes Spielparadies.

Sie folgte dem Weg, der durch ein kleines Mischwäldchen führte. Wenn Larrys Angaben stimmten, musste sich der See direkt dahinter befinden. Die Luft roch herrlich würzig nach dem Harz der Bäume und der feuchten Erde. Auf ihrer Haut hatte sich ein feiner Schweißfilm gebildet, und sie genoss die angenehme Kühle, die hier herrschte. Sonnenflecken tanzten auf den Blättern. Libellen und andere Insekten flogen summend an ihr vorbei. Der feste Sandboden knirschte unter Brownies Hufen. In einiger Entfernung war das Rauschen eines Baches zu hören. Sie kam sich vor wie in einem Märchenwald. *Fehlt nur noch der Prinz*, dachte sie schwermütig.

Der Weg vollzog eine leichte Kurve. Als sie am Ende ankamen, tat sich der Wald vor ihnen auf und sie blickte geradewegs auf einen kleinen See.

»Mein Gott, ist das schön«, murmelte sie.

Der Himmel und die Bäume spiegelten sich auf der glatten Oberfläche des Sees. Das Wasser war tiefblau, als hätte jemand Tinte hineingeschüttet. Am Ufer lagen Felsbrocken, deren blanker Stein in der Sonne silbern schimmerte. Auf der rechten Seite wuchsen Bäume direkt am Ufer des Sees. Dicke Äste ragten bis in den See hinein. Das war genau der richtige Platz, um im Schatten ein wenig zu entspannen. Bunte Wildblumen leuchteten überall rund um den See. Im Schritttempo lenkte sie Brownie zu der Baumgruppe.

»Hier ist es doch prima!«, rief sie gut gelaunt und rutschte vom Sattel. Mit einem Satz kam sie sicher auf dem weichen Boden zum Stehen.

Sie holte die Decke, die Larry ihr vorsorglich mitgegeben hatte, und breitete sie auf dem Untergrund aus. Es war angenehm warm und die Sonne schien senkrecht von oben herab.

Nachdem sie Brownie die Gelegenheit gegeben hatte, ihren Durst am See zu stillen, band sie die Stute lose an einem der Äste fest, sodass sie sich im Schatten ausruhen konnte. Als Nächstes packte sie die Satteltasche aus, die Betty für sie vorbereitet hatte. Page schmunzelte, als sie die eiskalte Bierdose herausbeförderte. Die Haushälterin hatte wirklich an alles gedacht. Sie legte die Dose beiseite und zog stattdessen die Wasserflasche hervor. Der Ritt in der Sonne hatte sie durstig gemacht. Gierig nahm sie ein paar Schlucke. Das Wasser lief ihr kühl die Kehle hinunter.

Sie streckte sich, um ihre Muskeln zu lockern, die vom Reiten ganz steif geworden waren. Dabei fiel ihr Blick auf den See. Libellen tanzten auf der Oberfläche des Wassers wie kleine Feen. Ihre Flügel schimmerten in schillerndem Grün und Blau. Dort, wo ihre Beinchen die Oberfläche berührten, bildeten sich winzige Kreise, die immer größer wurden.

Vielleicht könnte sie eine Runde schwimmen? Warm genug war es. Mist! Sie hatte vergessen, ihren Bikini mitzunehmen. Sie ließ ihren Blick prüfend über das Ufer gleiten. Außer ihr war weit und breit niemand zu sehen. Kurzentschlossen zog sie erst ihre Stiefel und dann ihre Kleider bis auf die Unterwäsche aus und hängte sie sorgfältig über einen Ast. Es knackte.

Page hielt inne. Mit wachsamem Blick sah sie sich um. Brownie stand friedlich am Baum und knabberte an einem Büschel Gras. Sie seufzte befreit, dann zog sie ihren BH und den Slip aus und hängte sie zu den anderen Sachen. Auf Zehenspitzen tapste sie durch das Gras bis zum Ufer.

Wasser umspülte ihre Zehen. Zu ihrer Überraschung war nicht so kühl, wie sie vermutet hatte, sondern angenehm warm. Sie watete über den schlammigen Untergrund. Etwas berührte ihre Waden. Page stieß einen erschrockenen Laut aus.

Ein Ast, den sie nicht gesehen hatte, trieb an ihr vorbei. Erleichtert atmete sie aus und tastete sich weiter nach vorn, bis sie bis zu den Hüften im Wasser stand. Page blieb stehen. *Jetzt oder nie!*

Mit einem Satz sprang sie in den See. Tropfen spritzten zu allen Seiten, als ihr nackter Körper eintauchte. Für den Bruchteil einer Sekunde war alles still. Sie blinzelte. Um sie herum war es grün. Alles, was sie hörte, war ihr eigener Herzschlag. Mit einem kräftigen Schwimmzug durchbrach sie die Oberfläche und tauchte auf. Als sie nach oben kam, schien ihr die Sonne direkt in die Augen. Eine Libelle flitzte an ihr vorbei. Lachend fing sie an zu schwimmen. Sie war schon immer eine gute Schwimmerin gewesen. Ihre Mutter hatte es ihr früh beigebracht und war mit ihr regelmäßig ins Schwimmbad gegangen. In den letzten Jahren hatten ihr schlicht die Zeit und auch die Energie gefehlt, sich am Wochenende in eines der öffentlichen und meist überfüllten Bäder aufzuraffen.

Sie drehte sich auf den Rücken und ließ sich mit geschlossenen Augen treiben. Hinter ihren Lidern tanzten goldene Punkte. Sie fühlte sich herrlich entspannt. *Kann es nicht jeden Tag so sein?* Die Sonne streichelte ihre nackte Haut. So musste sich das Paradies anfühlen.

Ein lautes Knacken ließ sie hochschrecken. Hastig drehte sie sich auf den Bauch und spähte zum Ufer. Wasser lief ihr über das

Gesicht und in die Augen. Blinzelnd sah sie sich um. Brownie stand ruhig im Schatten des Baumes und graste. Keinen Meter entfernt stand ein zweites Pferd mit auffällig dunklem Fell, das in ein feuriges Kastanienbraun überging. Pages Herz machte einen nervösen Hüpfer. Ihr Blick wanderte hektisch das Seeufer entlang.

Da war er – *Scott*.

Er stand lässig an einen Baum gelehnt. Page schluckte trocken. Hatte er sie gesehen? Mit einem Mal war sie sich ihrer Nacktheit bewusst und tauchte, soweit es ihr möglich war, unter. Gerade so, dass ihr Kopf rausschaute. In dem Moment sah er in ihre Richtung.

»Page.« Er winkte ihr zu. Ein Lächeln spielte um seinen Mund. *Verdammt!*

So langsam wurde ihr kalt. Sie konnte unmöglich warten, bis er weiterritt. Entschlossen schwamm sie zum Ufer. Als sie kurz vorm Ziel war, hielt sie an.

»Scott, was machst du denn hier?« Sie ruderte mit den Armen auf der Stelle. Buddy tauchte neben seinem Herrchen auf und wedelte freudig mit dem Schwanz, als er ihre Stimme hörte.

»Das Gleiche wollte ich dich fragen«, gab er zurück. Sein Blick ruhte auf ihr. »Ich dachte, du fährst mit den anderen in die Stadt.«

Er hat sich also nach mir erkundigt, stellte sie mit Genugtuung fest.

»Ich hatte Sehnsucht nach etwas Ruhe.« Sie zitterte leicht.

»Dann geht es dir wie mir.« Seine Mundwinkel zuckten. »Ist dir kalt?« Ihre Klamotten baumelten keine zwei Meter von ihm entfernt an dem Ast.

»Ein wenig. Würdest du dich bitte umdrehen?«

»Was?«

Hat der Mann Tomaten auf den Ohren?

»Umdrehen!« Sie machte mit der Hand das entsprechende Zeichen.

Diesmal hatte er verstanden und kehrte ihr den Rücken zu. Mit wenigen Schritten hatte sie das Ufer erreicht. Zitternd vor Kälte tapste sie zum Baum, den Blick auf Scott gerichtet. Der Ast, an dem ihre Sachen hingen, war keinen Meter entfernt. Sie machte einen Schritt nach vorn.

»Autsch!« Sie sackte zusammen. Ein scharfer, stechender Schmerz fuhr durch ihren Fuß, als sie auftrat. Sie geriet ins Schwanken.

»Page!« Scott hatte sich zu ihr gedreht und starrte sie an. Sein Mund war leicht geöffnet und seine Augen weiteten sich beim Anblick ihres nackten Körpers.

Ein Prickeln lief über ihre Haut, und für einen Wimpernschlag war der Schmerz vergessen. Ihre Brustwarzen richteten sich auf. Sie stöhnte schmerzerfüllt auf. Wasser tropfte von ihren Haaren auf ihre Schultern und lief ihr über die nackte Brust.

Mit wenigen Schritten war er bei ihr. Seine Arme umfingen sie. Page schnappte nach Luft.

»Was ist passiert?« Er sah sie sorgenvoll an.

»Ich bin auf etwas Spitzes getreten.«

Sie hob zum Beweis den Fuß. Lediglich ein kleiner roter Punkt war zu sehen. Der Schmerz war wie weggeblasen. Alles, woran sie denken konnte, war, dass sie splitterfasernackt in den Armen des attraktivsten Mannes lag, dem sie jemals begegnet war. Noch dazu war es derselbe Mann, der ihr den besten Kuss ihres Lebens gegeben hatte. Zwei Argumente, die genügten, um ihren Verstand abzuschalten.

»Geht es wieder?«

Sie nickte, unfähig zu sprechen. Ihre Blicke trafen sich. Sie spürte seinen Herzschlag gegen ihre Brust hämmern. Seine Hände lagen glühend heiß auf ihrer nackten Haut. Sein Duft umgab sie und sickerte durch ihre Poren. Wenn es einen Himmel gab, müsste er so riechen.

»Page.« Seine Stimme war rau. Seine Augen zogen sich zusammen wie bei einer Raubkatze.

Sie sehnte sich nach seinem Kuss. In ihrem Kopf drehte sich alles. Seine Nähe brachte sie um den Verstand. Sie wollte ihn jetzt und hier.

Dann küsste er sie und erlöste sie von ihren Qualen. Seine Lippen berührten ihren Mund wie die Flügel eines Schmetterlings. Page schauderte. Seine Hände glitten über ihre kühle Haut und entfachten einen Flächenbrand, dort, wo sie sie berührten. Seine Zunge teilte ihre Lippen, und sie streckte sich ihm nur allzu willig entgegen. Vergessen waren ihre Bedenken und ihre Ängste. Sie wollte nur noch ihn. Ihre Zungen neckten sich. Ihr ganzer Körper kribbelte bis in die Zehenspitzen. Seine Lippen waren herrlich weich und warm. Pures Verlangen ergriff Besitz von ihr. Sie vergaß, dass sie nackt und schutzlos in seinen Armen lag. Ein Feuerwerk an Gefühlen tobte in ihr. Dieser Kuss war eine Sensation. Sie wollte nicht, dass er aufhörte.

Langsam lösten sie sich voneinander. Bedauernd sah sie zu ihm hoch. Sie wollte mehr.

Er strich ihr zärtlich eine Strähne hinter das Ohr. »Du siehst aus wie eine Nixe.«

Seine Augen streichelten über ihr Gesicht, ohne dabei ihrem nackten Körper Beachtung zu schenken.

Sie starrten sich wortlos an. Die Luft zwischen ihnen brannte förmlich vor Lust und Begierde. Vorsichtig trug er sie zur Decke, ohne den Blick von ihr zu nehmen. Der Sand knirschte leise unter seinen Cowboyboots. Behutsam setzte er sie mit den Füßen auf dem weichen Untergrund ab. Wasser tropfte von ihren Haaren und lief kühl über ihre Haut. Mit einem Mal fühlte sie sich schutzlos und nackt. Instinktiv bedeckte sie ihre Brüste und ihre Scham mit den Händen. Fast trotzig sah sie zu ihm auf. Ein Blick in seine Augen genügte, um ihr die Angst zu nehmen, die sie plötzlich befallen hatte.

Sanft nahm er ihre Hand, und sein Blick fragte sie um Erlaubnis.

»Ich möchte dich sehen«, sagte er mit rauer Stimme.

Sie nickte stumm und nahm die Arme zur Seite. Sie hörte, wie Scott bei dem Anblick ihres nackten Körpers leise stöhnte. Er scannte jeden Millimeter ihrer Haut. Es hätte sie nicht gewundert, wenn kleine Rauchwölkchen aufgestiegen wären, dort, wo er sie mit seinem Blick berührte.

»Mein Gott, du bist perfekt.« Er beugte sich zu ihr.

Sein Mund war keine Handbreit mehr entfernt. Sein warmer Atem streifte ihre Haut.

Page streckte die Hand aus und fuhr mit den Fingerspitzen über seine Bartstoppeln. Diesmal würde er ihr nicht entwischen, so wie in ihrem Traum.

Sie küssten sich erneut – leidenschaftlich, wild. Ihre Hand wanderte unter den Saum seines Hemdes. Mit einem Ruck hatte sie es aus der Jeans gezogen. Scott stöhnte, als sie anfing, sein Hemd aufzuknöpfen, bis er mit freiem Oberkörper vor ihr stand.

Er löste seine Lippen von ihren und liebkoste ihren Hals, hinunter zu den Brüsten. Als sein Mund ihre Brustwarze umschloss, stöhnte sie. Vorsichtig knabberte er an den rosa Knospen, neckte sie. Sie bäumte sich ihm entgegen und keuchte vor Lust, als er zu saugen begann. Ein lustvolles Ziehen ging durch ihren Körper.

Mit Ben war Sex eher eine liebgewonnene Routine gewesen, bei der sie seine körperliche Nähe genossen hatte. Das mit Scott war Sex pur.

Sie schlang ein Bein um seine Hüfte und rieb sich an ihm. Seine Hand wanderte die empfindsame Innenseite ihres Oberschenkels hoch. Als seine Finger in ihre samtige Enge tauchten, entlockte er ihr ein tiefes Stöhnen. Sie biss in ihre Unterlippe und warf genießerisch den Kopf in den Nacken. Die Augen geschlossen, genoss sie die rhythmischen Bewegungen seiner Finger. Mit jedem Eintauchen stieg ihr Verlangen weiter ins Unermessliche. Sie war so feucht wie noch nie. Ihre Beine drohten nachzugeben, und sie krallte sich fest an seine Schultern. Sie hörte seinen Atem stoßweise. Sein Brustkorb hob und senkte sich, während er ihr eine nicht gekannte Lust verschaffte.

»Scott«, stöhnte sie, als die erste Welle über sie hinwegrollte.

Ihr Unterleib zog sich zusammen und ließ sie alles um sich herum vergessen.

Zitternd verharrte sie in seinen Armen. Sie hob den Kopf und sah geradewegs in sein Gesicht. Seine Augen schimmerten mit dem Grün der Blätter um die Wette. Seine Wangen waren leicht gerötet, sein Atem ging schwer. Die sonnengebräunte Haut seines Oberkörpers war von einem feuchten Film überzogen.

Sie streckte sich ihm entgegen, bis sich ihre Lippen fanden. Er schmeckte nach Lust und Verlangen. Ihre Hand wanderte nach unten, dorthin, wo der dunkle Flaum in seiner Hose verschwand. Mit geübtem Griff öffnete sie den Verschluss seines Gürtels. Mit einem Ruck zog sie die Jeans von seiner Hüfte, gefolgt von seinen Boxershorts.

Endlich stand auch er nackt vor ihr. Sie küssten sich. Fiebrig ertasteten ihre Hände den Körper des anderen. Sie senkte den Mund auf seine Haut. Er schmeckte leicht salzig vom Schweiß. Ihre Zunge fuhr winzige Kreise um seine Brustwarze, während ihre Hände über seine glatte Haut glitten. Scott stöhnte lustvoll. Unvermittelt packte er sie an der Taille und hob sie hoch, bis sie auf seiner Hüfte zum Sitzen kam.

Sie war bereit für ihn. Scott stöhnte laut, als sein steifer Schwanz in ihre feuchte Mitte eindrang. Seine starken Arme hielten sie fest. Ihre Hände krallten sich in seine Haare. Sie keuchte laut, als er sich in ihr zu bewegen begann.

»Sieh mich an«, forderte er.

Page öffnete die Lider. Ihre Blicke verhakten sich ineinander, voller Lust. Langsam, als hätte er alle Zeit der Welt, fing Scott an, mit den Hüften zu kreisen, sodass sie ihn tief in sich spürte. Die Intimität des Moments drohte ihr den Atem zu nehmen.

Ihre Finger glitten über sein Gesicht. Sie küsste seine Augen, seine Nase, seinen Mund, während ihre Körper sich im selben Rhythmus zu einer unbekannten Musik bewegten, die nur sie hören konnten. Ein Zittern lief durch ihren ganzen Körper. Als die zweite Welle über sie hinwegrollte, löste sich die Welt um sie herum in winzige Bestandteile auf. Alles, was blieb, war das Grün seiner Augen, die sie ansahen.

Pages Kopf ruhte auf Scotts Brust. Sie lauschte seinem regelmäßigen Atem. Ihre Beine waren ineinander verschlungen. In ihrem Kopf herrschte ein völliges Durcheinander. Das, was sie eben mit ihm erlebt hatte, überstieg alles bisher Dagewesene. Noch nie zuvor hatte sie einen derart intensiven Orgasmus gehabt.

Seine Finger strichen sanft ihre Wirbelsäule entlang bis zu ihrem Po.

»Wow«, hörte sie ihn seufzen. Sie sah zu ihm hoch. »Alles an dir ist wunderschön«, murmelte er weiter.

Der liebevolle Blick, den er ihr schenkte, brachte ihr Herz zum Schmelzen. Niemals hätte sie hinter seiner ruppigen Fassade einen so zärtlichen und rücksichtsvollen Liebhaber vermutet.

Sie küsste die glatte Haut seines Oberkörpers. »Du bist aber auch nicht von schlechten Eltern.«

Ihre Blicke trafen sich.

»Geht es dir gut?« Besorgnis sprach aus seinem Gesicht.

»Es ging mir noch nie besser.« Sie rekelte sich genüsslich wie ein Kätzchen.

Er nickte zufrieden. »Gut.«

Eine warme Brise strich über ihre Körper. Das Gras raschelte im Hintergrund.

»Vielleicht ist es besser, wenn die anderen nicht wissen, dass wir …« Er stockte.

»… miteinander Sex hatten?« Ihre Muskeln versteiften sich augenblicklich. Er nickte stumm. »Ganz wie du möchtest.« Sie richtete sich auf.

»Page.« Er packte sie am Arm. »So war es nicht gemeint. Es ist nur … Ich bin der Boss der Ranch und damit dein Gastgeber. Es könnte einen schlechten Eindruck auf die anderen machen, wenn der Boss mit den weiblichen Gästen schläft. Verstehst du das?« Er sah sie flehend an.

»Kommt das öfter vor?«

»Was meinst du?«

»Dass du mit den weiblichen Gästen schläfst?«

Er sah ihr tief in die Augen. »Das war das erste Mal.«

»Okay.« Sie nickte versöhnlich und schmiegte sich an seinen nackten Körper.

Auch wenn sie es ungern tat, musste sie sich eingestehen, dass er recht hatte. Die Nachricht, dass der Boss mit einer weiblichen Besucherin schlief, würde sich rumsprechen wie ein Lauffeuer.

»Danke.« Er gab ihr einen Kuss auf die Nasenspitze. Buddy stand plötzlich hechelnd vor ihnen und musterte sie. »Hey, alter Junge«, begrüßte Scott ihn.

Sofort kam Buddy zu ihnen und kuschelte sich wie selbstverständlich auf die Decke.

»Ich glaube, das wird mir jetzt zu viel«, gestand sie schmunzelnd. »Zwei Männer, die mir auf den Busen starren, bin ich nicht gewohnt.«

Scott lachte laut. »Buddy ist ein Hund.«

»Ja, aber mit ziemlich menschlichen Augen.« Sie stand auf. »Außerdem wird mir kalt.«

Sie ging zum Baum, wo ihre Sachen hingen. Scott blieb auf der Decke liegen. Die Arme hinter seinem Kopf verschränkt, beobachtete er sie.

»Das ist besser als jede Peepshow!« Er grinste breit und seine Zähne blitzten im Sonnenlicht.

»Na warte!« Sie warf ihm ihre Jeans an den Kopf. »Kaum war man mit euch Kerlen im Bett, werdet ihr frech.«

»Pass auf, sonst –«

»Was sonst?«, unterbrach sie ihn lachend.

»… werfe ich dich ins Wasser!« Er sprang auf die Füße.

Kreischend lief Page davon. Mit wenigen Schritten hatte er sie eingeholt und schlang seine Arme um sie. Sie spürte die Hitze, die von seinem nackten Körper ausging. Augenblicklich erwachte ihr Lustzentrum zu neuem Leben.

»Und was sagst du jetzt?«, flüsterte er ihr ins Ohr.

»Eigentlich möchte ich gar nicht reden«, sie drehte sich zu ihm, »sondern lieber mit dem Boss schlafen.« Ihre Wangen glühten.

Er grinste. »Du bist ja unersättlich.«

»Mehr, als du dir vorstellen kannst.« Ihr Blick glitt begehrlich über seinen nackten, wohlgeformten Körper.

»Als Chef der Ranch liegt mir viel daran, die Gäste zufriedenzustellen.« Seine Hand legte sich auf ihre pralle Brust. Sein männlicher Duft hüllte sie ein.

»Ich denke, du bist auf dem richtigen Weg«, flüsterte sie.

»Wie ist das?« Scott fing an, ihre Brust zu kneten. »Gefällt dir das?«

»Jaaa«, keuchte sie vor Verlangen.

»Dann schätze ich, findest du auch das schön.« Er fing an, an ihrem Ohrläppchen zu saugen.

Page stöhnte. »Bitte mach weiter.«

»Genau das war der Plan!«, war das Letzte, was er sagte, bevor er sich ein zweites Mal an diesem Tag voll und ganz ihrem Körper widmete.

12. Kapitel

Sie ritten stumm nebeneinander. Die Sonne hatte ihren höchsten Punkt überschritten, und die Bäume warfen ihre langen Schatten auf die Umgebung.

Sie hatten sich ein zweites Mal geliebt, und wieder hatte sich ihr eine völlig neue Welt eröffnet. Sie hatten ihre Körper erkundet wie unbekanntes Land. Trotzdem hatte sie das Gefühl, ihn schon ewig zu kennen. Es war wunderschön gewesen, und Pages Herz drohte vor lauter Glück überzulaufen. Nachdem sie sich mit den Leckereien gestärkt hatten, die Betty ihr eingepackt hatte, hatten sie sich langsam auf den Weg gemacht. Wenn es nach Page gegangen wäre, hätten sie noch ewig dort bleiben können.

Die Umrisse der Ranch tauchten wie ein Scherenschnitt vor ihnen auf.

»Sehen wir uns heute Abend?« Sie warf Scott einen Seitenblick zu.

»Nur wenn du es möchtest.« Er drehte den Kopf zu ihr. Seine Augen leuchteten intensiv grün. Sie nickte stumm. »Gut. Ich muss allerdings noch mal nach Rosie sehen.«

»Rosie?«

»Die trächtige Stute. Es geht ihr nicht so gut, und ich möchte sichergehen, dass sie ihr Fohlen nicht wie das letzte Mal verliert.«

»Scott?« Die Frage, wie es mit ihnen weitergehen sollte, lag ihr auf der Zunge.

»Ja?« Er runzelte die Stirn.

Sie winkte ab. »Ach nichts.«

Sie wollte die schöne Stimmung zwischen ihnen nicht zerstören. Sie würde ihn später fragen, wenn der richtige Zeitpunkt dafür war. Jetzt wollte sie einfach nur das Gefühl genießen, dass dieser wunderbare Mann an ihrer Seite nur ihr gehörte.

»Bekomme ich noch einen Kuss?« Scott stoppte sein Pferd.

»Den musst du dir schon holen!« Sie lachte übermütig und gab Brownie das Zeichen loszugaloppieren.

Ihre langen Haare flatterten im Wind. Sie beugte sich vor und passte ihre Bewegungen dem Rhythmus der Stute an. Es war das erste Mal, dass sie im Galopp ritt. Brownies Hufe flogen über den Boden. Ein berauschendes Gefühl. Page genoss jede Sekunde davon. Buddy gefiel das Rennen wohl auch. Laut bellend begleitete er sie den kleinen Pfad entlang.

Scott tauchte auf Thunder neben ihr auf. Auch er schien ihr Rennen zu genießen. Seine Augen leuchteten und seine Gesichtszüge waren entspannt. Als er sie eingeholt hatte, blieb sie stehen.

»Ich hätte gern meinen Preis«, forderte er grinsend.

»Nichts lieber als das.« Atemlos beugte sie sich zu ihm und gab ihm seinen verdienten Kuss.

Als er seine Lippen von ihren löste, suchten sich ihre Blicke.

»Ich kann nicht genug von dir bekommen«, sagte er leise, als hätte er Angst, der Wind könnte ihm seine Worte entreißen.

»Ja, geht mir auch so.« Sie strich ihm sanft über die Wange.

Er ließ sie nicht aus den Augen.

Plötzlich fing Buddy an zu bellen. Ertappt fuhren sie auseinander. Ein Reiter tauchte aus dem Unterholz auf. Es war Larry, der mit sorgenvoller Miene auf sie zugeritten kam.

»Ach du je«, stieß sie aus. Sie hatte total die Zeit vergessen.

»Was ist?«, fragte Scott.

»Ich denke, Larry ist wegen mir hier. Ich habe gesagt, dass ich um fünf wieder zurück bin.«

Scott nickte.

»Hi, Larry«, begrüßte er seinen Vorarbeiter.

»Hi, Boss.« Larry stoppte sein Pferd. »Wollte nur mal nach der kleinen Lady schauen.« Er machte eine Kopfbewegung in Richtung Page. »Wollte schon lange zurück sein.«

»Oh Gott, Larry, es tut mir schrecklich leid. Ich habe total die Zeit vergessen«, stotterte sie unbeholfen. Sie war noch nie eine besonders gute Lügnerin gewesen. »Ich war am See, und es war so schön. Ich muss eingeschlafen sein.«

Larry musterte sie skeptisch.

»Ich habe Page durch Zufall getroffen und dachte mir, ich bringe sie nach Hause«, kam Scott ihr zu Hilfe. »Danke, Larry, für deine Hilfe.«

»Alles klar, Boss.« Larry tippte sich gegen die Hutkrempe.

»Danke, Larry! Das war wirklich lieb von dir.« Sie schenkte dem Vorarbeiter ihr strahlendstes Lächeln. »Die Karte war übrigens klasse. Ich habe den See sofort gefunden.«

»Gut. Wusste doch, dass an dir ein echtes Cowgirl verloren gegangen ist.« Ein Lächeln huschte über Larrys wettergegerbtes Gesicht. »Freut mich zu hören.«

Er gab seinem Pferd das Zeichen zu wenden. Gemeinsam ritten sie zurück zum Stall. Larry erzählte Scott dabei, was im Laufe des Tages auf der Ranch passiert war. Page hörte nur mit halbem Ohr zu. Sie dachte an Scott und daran, was er zu ihr gesagt hatte, bevor Larry gekommen war.

Ich kann nicht genug von dir bekommen.

Ihr ging es genauso. Obwohl sie ihn erst ein paar Tage kannte, fühlte sie sich ihm auf eigenartige Weise vertraut. Wie zwei Seelen, die sich gefunden hatten.

Die bange Frage, wie es mit ihnen weitergehen sollte, drängte sich ihr auf. Sie lebte in New York, und Scott hatte seinen Lebensmittelpunkt hier. Eine fast ausweglose Situation.

Sie schüttelte sich, als könnte sie den Gedanken so verscheuchen. Ohne Erfolg. Die Angst hatte sich wie ein giftiger Stachel in ihr Herz gebohrt.

»Wir sehen uns später«, verabschiedete sich Scott. Er zwinkerte ihr zu, als wollte er ihr eine geheime Botschaft übersenden.

Page schmunzelte. »Ja, bis später.«

Mit beschwingten Schritten ging sie zurück zum Haus, wo Betty auf der Veranda saß und in einem Buch las. »Wie war der Tag?«

»Wunderschön«, sagte Page wahrheitsgemäß.

Bettys Blick wanderte zu ihren Haaren, die unordentlich auf ihre Schultern fielen. »Warst du schwimmen?«

»Ja!« Sie lachte. »Es war absolut herrlich. Das Wasser war ein Traum.«

»Meine Güte, wenn man sieht, wie du strahlst, könnte man meinen, du wärst auf dem Weg deinem Traummann begegnet.«

Page zuckte bei ihren Worten kaum merklich zusammen. War es so offensichtlich, dass sie gerade den besten Sex ihres Lebens gehabt hatte? Nicht nur einmal, sondern sogar zweimal?

»Wo sind die anderen?«, versuchte sie, das Gespräch auf ein unverfängliches Thema zu lenken.

»Maddie hat angerufen, dass sie in der Stadt zu Abend essen.« Ein Lächeln huschte über das Gesicht der Haushälterin. »Ehrlich gesagt, klang sie so, als hätten sie schon das eine oder andere Gläschen genossen.«

»Oje. Dann wird es ja ein ziemlich ruhiges Essen«, stellte Page fest.

Sie war froh, den anderen zu entkommen.

»Sieht ganz danach aus.« Betty legte das Buch beiseite.

»Apropos Essen: Das, was du mir eingepackt hast, war vorzüglich.« Sie reichte Betty die leere Satteltasche.

»Oh, da hatte aber jemand Hunger!«, stellte die Haushälterin überrascht fest.

»Ja«, log sie. Gleichzeitig hasste sie sich dafür. Sie mochte es nicht, anderen Menschen die Unwahrheit zu erzählen. Aber nachdem Scott sie extra gebeten hatte, Stillschweigen zu bewahren, hielt sie ihr Wort. »Das liegt bestimmt an der frischen Luft«, stotterte Page. Ihre Wangen brannten.

»Aha.« Es war offensichtlich, dass Betty ihr nicht glaubte. Sie hätte niemals solche enormen Mengen alleine verspeisen können – und das wusste die Haushälterin.

»Tja, ich geh dann mal nach oben, mich duschen.« Page deutete auf die Treppe. »Bis später.«

Sie eilte hoch, froh, Bettys strengem Blick entkommen zu sein.

Nachdem sie sich geduscht und umgezogen hatte, machte sich Page auf den Weg nach unten. Von Maddie und den anderen gab es noch immer keine Spur. Page war froh, dass ihre Freundin so netten Anschluss gefunden hatte. Somit war sie freier, und es würde nicht auffallen, wenn sie Zeit mit Scott verbrachte.

Als sie nach draußen kam, zog ihr der Geruch von Grillkohle in die Nase. Scott, Tess, Pat und Bill saßen auf der Veranda und tranken Bier. Der Grill stand keine fünf Meter entfernt. Weiße Rauchschwaden stiegen in den Himmel auf, und es roch nach verbranntem Holz. Anscheinend hatte man spontan beschlossen, ein Barbecue zu veranstalten.

Betty war nirgends zu sehen. Wahrscheinlich war sie in der Küche und bereitete alles vor.

»Da bist du ja!« Scott winkte sie freudig zu sich.

»Hi. Wie ich sehe, bin ich nicht allein.« Page hob die Hand.

Sie hatte sich eine frische Jeans und ein langärmliges Hemd angezogen. Für kühlere Stunden hatte sie sich einen Pullover über die Schultern geworfen. Der Rest der Gruppe war ebenfalls rustikal gekleidet. Pat und Bill saßen aneinandergekuschelt auf der Bank. Scott hatte es sich auf dem Geländer gemütlich gemacht. Tess saß auf einem der Stühle, die Beine wie eine Meerjungfrau nach oben geklappt. Page spürte, wie sie sie musterte.

»Bier?« Scott hüpfte mit einem Satz vom Geländer.

»Klar, warum nicht.« Beim Anblick seiner Augen bekam sie sofort weiche Knie. Am liebsten wäre sie ihm um den Hals gefallen und hätte ihn geküsst. Stattdessen setzte sie sich auf den einzigen freien Platz neben Tess.

»Scott hat uns erzählt, dass du ganz allein am See warst.« Pat schenkte ihr ein strahlendes Lächeln. Sie sah wie immer perfekt geschminkt aus.

»Das stimmt.« Sie schielte zu Scott, der ihr eine Flasche Bier aus der Kühlbox gleich neben dem Eingang holte.

»So wie du strahlst, muss es ein ganz besonderer Tag gewesen sein«, stellte Pat fest.

»Ähm, ja, es war wirklich toll.« Ihre Wangen fühlten sich an, als hätte jemand einen Bunsenbrenner darauf gerichtet.

»Du hast ja sogar einen kleinen Sonnenbrand.« Pat deutete auf ihr Gesicht.

»Ja, ich habe vergessen mich einzucremen.« Sie vermied es, Scott dabei anzusehen. »Wie war denn euer Tag?«, lenkte sie, das Gespräch auf ein weniger verfängliches Thema.

»Absolut traumhaft schön.« Pat warf Bill einen verliebten Blick zu. »Wir waren spazieren und anschließend fischen. Leider ohne Erfolg, aber dafür hatten wir eine Begegnung mit einem Elch.« Pat kicherte. »Ich habe mich so erschreckt, dass ich gestolpert und ins Wasser gefallen bin.«

»Ja, ihr hättet ihr entsetztes Gesicht sehen sollen.« Bill grinste. »Zum Anbeißen süß.«

Er gab Pat einen Kuss. Für einen winzigen Moment beneidete sie die beiden. Während Pat und Bill offen ihre Zärtlichkeiten austauschen durften, war sie dazu verdammt, in Scotts Nähe zu sitzen, ohne ihn berühren zu dürfen.

»Und was hast du heute gemacht?« Page sah zu Tess.

»Ich war erst mit Scott unterwegs, die Zäune kontrollieren, und dann hat mir der gute Larry ein paar Tricks gezeigt. Er hat sich übrigens ziemliche Sorgen um dich gemacht.«

Alle Augen waren auf Page gerichtet.

»Ja, ich habe total die Zeit vergessen«, murmelte sie. »Daheim trage ich immer eine Uhr, aber hier …« Sie schüttelte den Kopf.

»Geht mir genauso«, kam Pat ihr zu Hilfe.

Betty kam schwerbeladen um die Ecke geschossen. Ihr Blick wanderte zu Page. »Wie ich sehe, sind alle da. Gut, dann können wir ja anfangen.« Sie stellte das Tablett auf den Tisch. »Scott, ist der Grill schon heiß genug?«

»Jep.« Scott nickte.

Für einen Wimpernschlag trafen sich ihre Blicke. Page wurde ganz warm ums Herz, und sie widerstand nur mit Mühe dem Drang, die Hand nach ihm auszustrecken.

»Schaut nur!« Tess deutete in Richtung Berge, wo die Sonne gerade glutrot hinter den Gipfeln verschwand. Der Himmel sah aus, als würde er in Flammen stehen.

»Wahnsinn.« Pat kuschelte sich an Bills Schulter.

Schweigend betrachteten sie, wie die letzten Zipfel der Sonne untergingen, bis sie ganz verschwunden war. Einmal mehr wünschte sich Page, dass dieser Tag niemals zu Ende gehen würde. New York schien ihr mit einem Mal weit weg zu sein. Nur noch fünf Tage, dann müsste sie zurück. Weg von Scott. Bei dem Gedanken verkrampfte sich ihr Herz.

Verstohlen musterte sie ihn hinter halb geschlossenen Lidern. Er hatte sein Gesicht den Bergen zugewandt. Rotes Licht rahmte sein Profil ein und ließ ihn wie den Feuergott persönlich aussehen. Sie dachte daran, wie er sie liebkost hatte. Wie sie lustvoll in seinen Armen gelegen und sich fallengelassen hatte. Sofort fing ihr Magen an zu blubbern. Mit einem Mal wurde ihr klar, was ihr Herz längst wusste – sie hatte sich verliebt.

Das Essen war vorzüglich gewesen, und alle hatten Betty für ihre gute Arbeit gelobt. Nachdem sie den Tisch abgeräumt hatten, hatte Scott eine Feuerschale aufgebaut und ein kleines Lagerfeuer entfacht. Tess hatte Rotwein geholt. Bill hatte erzählt, wie er als junger Mann seine Firma gegründet hatte und zu seinem Vermögen gekommen war. Page war beeindruckt gewesen, was dieser unscheinbare, liebevolle Mann sich aus dem Nichts aufgebaut hatte.

»Und was machst du beruflich?«, fragte sie Tess, die bisher schweigend neben ihnen gesessen hatte.

»Ich arbeite als Streetworkerin mit Jugendlichen, die auf die falsche Bahn geraten sind. Drogen, Alkohol, falsche Freunde – es gibt so unendlich viele Möglichkeiten.«

»Wow«, sagte sie sichtlich beeindruckt. Niemals hätte sie hinter der Fassade dieser hübschen Frau einen Beruf wie diesen vermutet. »Das stelle ich mir ziemlich hart vor. Ich schätze, du musst gute Nerven haben.«

»Na ja, fast so wie du. Als Kindergärtnerin hast du schließlich auch eine ziemliche Verantwortung.«

»Das stimmt, aber bei Kindern fliegen dir die Herzen zu. Ich denke, das dürfte bei dir nicht immer der Fall sein.« Sie spielte nachdenklich mit dem Glas in ihrer Hand.

Tess nickte. »Wir haben immer wieder Fälle dabei, wo es Wochen dauert, bis wir endlich einen Zugang finden. Aber die Geduld lohnt sich. Viele von unseren Jugendlichen schaffen den Weg zurück in die Gesellschaft.«

»Ja, nicht jedes Kind hat einen leichten Start ins Leben. Wir haben oft Kinder aus sozial schwachen Familien bei uns, deren Mütter mit der Situation völlig überfordert sind.«

Page sah zu Scott, der auffällig ruhig neben ihr saß. Irgendetwas schien ihn zu beschäftigen. Sein Blick war starr ins Feuer gerichtet, und er sah aus, als hätte er einen Geist gesehen. Sie wollte gerade fragen, ob alles okay mit ihm war, als es hupte. Gelächter ertönte.

»Wie es sich anhört, hatte jemand Spaß.« Pat lächelte.

»Juhuuuu!« Maddie kam sichtlich angetrunken um die Ecke gestakst. Am rechten Arm baumelten mehrere Einkaufstüten. Ned hatte seinen Arm um Maddies Taille gelegt.

»Hallöchen!« Maddie stellte sich breitbeinig auf die Veranda. »Das sieht ja gemütlich aus.« Sie deutete auf das Feuer.

»Möchtet ihr euch dazusetzen?«, lud Tess sie ein.

Sie warf einen Blick zu Ned, der an Maddie hing, als hätte man ihn an ihr festgeklebt. »Ich glaube, heute nicht.« Sie zwinkerte in Pages Richtung. »Mach dir bitte keine Sorgen um mich! Du weißt schon ...«

Page nickte, darum bemüht, nicht in lautes Gelächter auszubrechen.

»Ich denke, für uns wird es langsam Zeit«, sagte Bill und stand auf. »Wollen wir, Liebes?«

»Mit Vergnügen«, zwitscherte Pat. »Ihr Lieben, vielen Dank für den wunderschönen Abend.« Sie warf einen Kuss in die Runde.

»Ich komme mit.« Tess stand ebenfalls auf. »Bis morgen.« Ihr Blick fiel auf Page. »Es war schön, sich mit dir zu unterhalten. Vielleicht können wir unser Gespräch morgen fortsetzen. Ich fände es spannend, sich ein bisschen auszutauschen.«

»Ja, gern«, sagte Page.

„Bis morgen", verabschiedete sich Betty ebenfalls.

Im Geiste entschuldigte sie sich bei der hübschen schlanken Frau. Sie hatte Tess völlig falsch eingeschätzt und sie voreilig in eine Schublade getan, in die sie nicht hineingehörte. Tatsächlich war Tess ihr sympathisch, jetzt, wo sie sie näher kennenlernte. Nachdenklich sah sie ihr hinterher.

»Bleiben nur noch wir zwei«, holte Scotts Stimme sie aus ihren Gedanken.

Ihre Blicke trafen sich. Sein Gesicht lag im Halbschatten, sodass sie seine Augen nicht sehen konnte, aber sie wusste, dass in ihm das gleiche Verlangen brannte wie in ihr. Sie hatte den ganzen Abend an nichts anderes denken können als an ihn. Sie wollte seine Nähe spüren, wollte ihn riechen und schmecken.

»Komm!« Er streckte seine Hand aus. Nur allzu gern schlug sie ein.

Er führte sie in den hinteren Teil des Gartens, weitab vom Haus.

»Das ist mein geheimer Ort«, erklärte er leise. »Als Kind bin ich immer hierhergekommen.«

Er deutete auf ein kleines Wäldchen, das an den Garten grenzte. Bis auf das Licht des Mondes war es stockdunkel. In der Ferne war der einsame Ruf einer Eule zu hören. Bei jedem Schritt knackte es unter ihren Füßen. Wäre sie allein gewesen, wäre sie vor Angst gestorben. Aber zusammen mit Scott fühlte sie sich sicher.

Ihre Augen streiften wahllos durch die Dunkelheit, aber bis auf schemenhafte Umrisse konnte sie nichts erkennen. Er führte sie zwischen zwei Tannen hindurch. Plötzlich standen sie auf einer winzigen Lichtung, zu deren Seiten sich riesige Bäume in den nachtschwarzen Himmel erhoben. Scott holte ein Feuerzeug aus seiner Hosentasche. Es blitzte leicht, als er das Feuer entzündete.

Die winzige Flamme warf ihr flackerndes Licht in die Umgebung.

»Oh, was ist denn das?« In der Mitte der Lichtung war eine Hängematte gespannt.

»Wie gefällt es dir?« Scott machte einen Schritt nach vorn. »Wenn du dich hier reinlegst, kannst du die Sterne sehen.« Er deutete nach oben. »Ich habe diesen Ort als kleiner Junge durch Zufall entdeckt. Meine Brüder und ich haben Verstecken gespielt, und irgendwie bin ich hier gelandet.« Ein Lächeln huschte über sein Gesicht. »Seitdem ist dies meine Zuflucht, wenn ich allein sein will.«

»Danke, dass du das mit mir teilst«, flüsterte sie.

»Aber sieh es dir selbst an.« Er führte sie zur Hängematte. Das Feuerzeug ging aus. Sofort waren sie eingehüllt in Dunkelheit. »Wenn ich bitten darf.«

Scott kletterte als Erster in die Hängematte und deutete ihr an, ihm zu folgen.

»Hält die uns denn zu zweit aus?«, fragte sie ein wenig ängstlich.

»Vertrau mir.« Er reichte ihr die Hand.

Vorsichtig schlüpfte sie zu ihm und schmiegte sich an ihn. Von seinem Körper ging eine unglaubliche Hitze aus. Ihren Kopf auf seinem Arm ruhend, sah sie nach oben. Dabei wiegte die Hängematte sanft hin und her, begleitet durch das Rauschen der Blätter im Wind.

Über ihnen spannte sich der tiefschwarze Himmel wie ein Dach. Der Mond hing wie eine silberne Scheibe hinter den Baumwipfeln, und die Sterne waren zum Greifen nah. Es glitzerte und funkelte – wie Diamanten, die wahllos dort oben verstreut worden waren. Es war unglaublich.

Unfähig zu sprechen, kuschelte sie sich an ihn. Sie spürte, wie sich sein Brustkorb hob und senkte. Glücklich sog sie seinen Duft ein. Sie wünschte sich, sie könnte genau diesen Moment für immer in einer Flasche konservieren und mit sich tragen.

Seine Finger strichen zart über ihre Stirn und fuhren die Konturen ihres Gesichts nach. Page hielt ganz still und genoss jede seiner Berührungen. Sie hatte Angst, dass der Moment vorbei sein könnte, wenn sie sich bewegte. Genüsslich schloss sie die Augen. In Scotts Nähe fühlte sie sich geborgen. Nichts und niemand konnte ihr etwas anhaben, wenn er bei ihr war.

»Meine kleine Nixe«, murmelte er an ihrem Ohr. »Du hast ausgesehen wie eine Vision, als du im See geschwommen bist.«

»Mhm.« Eine träge Schläfrigkeit breitete sich in ihr aus. Ihre Augenlider waren schwer, und sie hatte Mühe, sich wach zu halten. »Du hast mich beobachtet.«

»Ja. Eigentlich wollte ich dir hinterherreiten, um zu sehen, ob du okay bist. Aber als du plötzlich im Wasser aufgetaucht bist, konnte ich nicht anders, als dich anzustarren.«

»Du bist ein Spanner«, witzelte sie.

»Ich hätte mich eher als Bewunderer bezeichnet.«

»Scott.« Sie drehte den Kopf in seine Richtung. »Ich muss mich bei dir entschuldigen.«

»Was? Warum?«

»Für den Abend im *Crazy Dog*. Ich war außer Rand und Band. Das bin ich eigentlich gar nicht.«

»Du hattest Spaß.«

»Ja, aber laut Maddie habe ich mich ganz schön zum Affen gemacht.«

In seinen Augen spiegelten sich die Sterne. Er gab ihr einen Kuss auf die Nasenspitze. »Als ich dich da oben auf dem Tresen gesehen habe, wie du mit voller Inbrunst gesungen hast und dein Gesicht dabei mit den Lampen um die Wette gestrahlt hat, dachte ich nur: *Was für eine tolle Frau!*«

»Wirklich?«

Er nickte. »Ja, wirklich.«

»Aber warum bist du mir dann aus dem Weg gegangen?« Sie sah ihn mit großen Augen an. Um sie herum war es mucksmäuschenstill. Alles, was sie hörte, war ihr eigener Herzschlag.

Scott nahm ihren Kopf in seine Hände und küsste sie zärtlich. »Deshalb.«

»Weil du mich küssen wolltest?«

»Nein, weil ich dich wollte. Dich, so wie du bist.«

»Oh.« Sein Geständnis nahm ihr den Atem.

»Seit ich dich am Flughafen gesehen habe, wollte ich nichts anderes, als dich in den Arm zu nehmen. Du hast so verletzlich ausgesehen und so wunderschön zugleich.«

»Und ich dachte bei unserer ersten Begegnung, dass du mich nicht leiden kannst«, gestand sie ihm.

»Was meinst du, warum ich dich am Fluss geküsst habe?«

»Keine Ahnung.« Sie zuckte mit den Schultern. »Ich dachte, ein Mann wie du hat bestimmt viele Affären.«

»Page.« Er sah sie mit ernster Miene an. »Ich bin kein Mönch, aber das bedeutet nicht, dass ich meine weiblichen Gäste verführe. Nach dem Motto: ›Es bietet sich an.‹« Er holte tief Luft. »Das war ja der Grund, warum ich dir aus dem Weg gegangen bin.«

Ihr Herz schlug Kapriolen bei seinen Worten. »Dann geht es dir wie mir. Ich bin eigentlich nicht der Typ Frau, der mit einem Mann gleich beim ersten Date ins Bett geht.«

»Wir hatten noch nicht einmal ein Date«, witzelte er.

Sie stupste ihm mit der Nase gegen die Wange. »Werd ja nicht frech.«

»Niemals.« Er küsste sie. »Du hast mir erzählt, dass du mit deinem Freund Schluss gemacht hast.«

Sie seufzte. »Ich bin manchmal eine alte Plappertasche.«

»Dann stimmt es nicht?« Sie spürte, wie sich seine Muskeln versteiften.

»Doch. Aber das ist eine lange Geschichte.«

»Wir haben Zeit.«

»Na gut, du hast es so gewollt.«

Sie holte tief Luft und fing an zu erzählen, wie sie Ben kennengelernt hatte und er bei ihr eingezogen war. Wie sich ihre Beziehung nach und nach verändert hatte, bis zu dem Tag, an dem sie ihn mit dem Groupie im Bett erwischt hatte. Scott hörte die ganze Zeit schweigend zu und stellte nur ab und zu eine kleine Zwischenfrage.

»Dann habe ich es einer Horde Läuse zu verdanken, dass du hier bist.« Seine Mundwinkel kräuselten sich.

»So könnte man es wohl sagen.« Sie lächelte traurig.

»Schlecht für deinen Ex, und gut für mich.«

»Von dieser Warte aus habe ich es noch gar nicht gesehen.« Sie strich ihm mit der Hand durch die Haare.

»Am liebsten würde ich nach New York fliegen, dem Kerl meine Meinung über ihn sagen und ihm eine ordentliche Tracht Prügel verpassen. Aber ich schätze, dass er den Aufwand nicht lohnt.«

»Womit du recht haben könntest.«

»Ich bin jedenfalls froh, dass du hier bist.« Er küsste sie.

Sie lächelte glücklich. »Ich auch.«

»Ist dir kalt?«

»Nein, warum fragst du?«

»Weil ich vorhabe dich auszuziehen, um deinen wunderbaren Körper im Mondlicht zu bewundern.« Seine Augen blitzten vor Begierde und Lust.

»Worauf wartest du noch?«, lockte sie ihn.

Scott stieß ein heiseres Lachen aus. »Du hast es so gewollt.«

Kurz darauf lag sie nackt in der Hängematte. Der Mond schien auf ihren Körper und hüllte sie in sein silbernes Licht ein. Über ihr funkelten die Sterne.

Kann das Leben noch schöner sein?, war Pages letzter Gedanke, bevor sie sich ein drittes Mal an diesem Tag in seinen Armen verlor.

13. Kapitel

»Wann sehe ich dich wieder?«, fragte Page.

Es war kurz vor Morgengrauen. Die Berge der Crazy Mountains schimmerten in einem bläulich-silbernen Licht, und es würde nicht mehr lange dauern, bis die Sonne aufging. Die Vögel waren aus ihrem Schlaf erwacht und zwitscherten laut, um den Tag zu begrüßen. Es war kühl, und über dem Rasen lag eine feine Dunstschicht. Page fröstelte leicht.

Sie hatten die ganze Nacht dicht aneinandergekuschelt in der Hängematte gelegen, während der Wind sie in einen sanften Schlaf gewiegt hatte. Der Ruf einer Eule hatte sie geweckt.

»Zum Frühstück?« Scott gab ihr einen Kuss auf die Stirn. »Länger würde ich es ohnehin nicht ohne dich aushalten.« Page nickte selig. »Geht es dir gut?«

Sein Blick suchte ihr Gesicht. Eine Falte lief quer über seine Wange, und unter seinen Augen lagen dunkle Schatten vom fehlenden Schlaf. Seine Haare waren verwuschelt und hingen ihm in die Stirn. Trotzdem fand sie, dass er unglaublich sexy aussah.

»Es ging mir nie besser«, versicherte sie.

Buddy trottete verschlafen neben ihnen her.

»Ich kann es jetzt schon kaum noch erwarten, dich wieder in meinen Armen zu halten«, flüsterte er.

Sie waren keine zweihundert Meter mehr vom Haus entfernt.

»Küss mich noch einmal.« Sie schloss die Augen und streckte ihm ihren Mund entgegen.

Page schlang ihre Arme um seinen Hals und schmiegte sich ein letztes Mal an seinen warmen Körper, bevor sie allein zurück ins Zimmer gehen würde.

»Wenn du so weitermachst, falle ich auf der Stelle über dich her.« Scott grinste, als sie sich voneinander lösten.

»Trau dich«, neckte sie ihn.

»Das holen wir nach, sobald wir allein sind«, versprach er ihr.

»Gut.« Sie war noch leicht atemlos von seinem Kuss. Scott ließ ihre Hand los und blieb stehen. Sie hob verwundert den Kopf. »Kommst du nicht mit?«

»Nein, ich mache noch einen kurzen Spaziergang.« Eine tiefe Falte hatte sich zwischen seinen Augenbrauen gebildet.

Sie runzelte die Stirn. »Um diese Uhrzeit?«

»Ja.« Er pfiff Buddy zu sich. »Bis später.«

Verwundert sah sie seiner hochgewachsenen Gestalt hinterher, bis sie in der Dämmerung verschwunden war.

Im Haus war es noch still. Selbst die unermüdliche Betty schien noch zu schlafen. Auf Zehenspitzen ging sie die Treppe hoch. Vorsichtig drückte sie die Türklinke hinunter und schlich ins dunkle Zimmer.

Sie bückte sich, um die Schuhe auszuziehen. Im gleichen Moment ging das Licht an.

»Wo hast du gesteckt?« Maddie saß im Bett und blinzelte verschlafen.

»Ähm, ich war draußen.« Sie deutete zum Fenster.

»Page.« Maddie musterte sie mit ihrem berüchtigten Röntgenblick, der selbst Jack the Ripper zum Sprechen gebracht hätte. »Ich bin deine beste Freundin. Ich kenne dich besser, als du dich selbst kennst. Und wenn du um diese Zeit«, sie drehte den Kopf zum Wecker auf dem Nachttisch, »mit diesem Gesicht vor mir stehst, weiß ich, dass du nicht nur die halbe Nacht spazieren warst.«

»Wieso, was ist denn mit meinem Gesicht?« Page ließ sich müde auf ihr Bett fallen.

»Deine Lippen sind so dick, dass man meinen könnte, du hättest sie dir aufspritzen lassen. Was angesichts der Tatsache, dass wir uns mitten in Montana befinden, eher unwahrscheinlich ist«, sagte

Maddie. »Na und deine Haare sehen aus, als hättest du in eine Steckdose gefasst, und was am schlimmsten ist: Du hast dieses dämliche Dauergrinsen im Gesicht, wie eine Frau es nur hat, wenn sie megageilen, die Hirnzellen wegschießenden Sex hatte.« Maddie faltete zufrieden die Hände.

»Manchmal bist du mir mit deinen hellseherischen Fähigkeiten direkt unheimlich«, entgegnete Page und grinste. »Ist es wirklich so offensichtlich?«

»Oh mein Gott!« Maddie sprang vom Bett. »Wusste ich es doch! Wie ist der Cowboy? Ist er heiß? Kann er Tricks?«

»Was meinst du mit Tricks?«

»Na ja, besondere Lasso-Fesselspiele … was Cowboys eben so können. Ich will ALLES wissen!«

»Bevor ich etwas erzähle, musst du mir versprechen, dass du den anderen gegenüber kein Wort erwähnst.«

»Was?« Maddie machte eine Schippe. »Es ist doch das Beste an Sexgeschichten, wenn man sie mit anderen teilt.«

Page sah ihre Freundin mit ernster Miene an. »Es ist wirklich wichtig, dass du die Klappe hältst.«

Maddie seufzte theatralisch. »Okay, okay, okay. Ich verspreche es.« Sie hob die Hand in die Luft, wie vor einem Schwurgericht. »Allerdings verstehe ich nicht, was diese Heimlichtuerei soll.«

Sie erklärte Maddie, welche Beweggründe Scott ihr gegenüber vorgebracht hatte.

»Mhm. Das kann ich nachvollziehen«, sagte Maddie, als Page mit ihren Ausführungen fertig war. »So, und nachdem wir die rechtliche Seite geklärt haben«, sie machte eine hoheitsvolle Pause und spitzte den Mund, »wüsste ich jetzt gern die Details.«

»Du bist echt schrecklich«, sagte Page.

»Schrecklich lieb, oder?« Maddie tätschelte die freie Stelle neben sich im Bett. »Los, komm hierher.« Page schlüpfte lachend zu ihrer Freundin unter die Decke. »Meine Güte, du hast ja eiskalte Füße!«, kreischte Maddie.

Page grinste. »Ich war ja auch die ganze Nacht draußen.«

»Wenn ich die ganze Nacht mit einem Cowboy wilden Sex gehabt hätte, würde ich glühen.«

»Hast du eine Ahnung, wie es in mir aussieht«, witzelte Page. Sie fühlte sich herrlich geschunden, und ihre Mitte pochte noch immer.

»So, genug gewitzelt. Wie war es?« Maddie drehte sich zur Seite, sodass sie Page ins Gesicht sehen konnte.

»Unglaublich!« Page strahlte. »Das war der absolut beste Sex meines Lebens. Heute Mittag dachte ich schon, dass es keine Steigerung mehr geben könnte, aber als wir uns in der Hängematte geliebt haben … das war unbeschreiblich schön.«

»Moment. Moment!« Maddie hob gebieterisch die Hand in die Luft. »Du hattest mehr als einmal Sex?!« Sie schüttelte ungläubig den Kopf.

Page kicherte. »Dreimal, wenn du es genau wissen willst!«

Maddie pfiff anerkennend. »Dreimal! Mann, der Kerl hat 'ne echt gute Ausdauer. Ich kann mich nicht erinnern, wann ich das letzte Mal dreimal hintereinander Sex mit demselben Mann hatte.«

Sie erzählte Maddie, wie sie sich am See getroffen und das erste Mal geliebt hatten. »Es war so schön. In meinem Kopf dreht sich immer noch alles. Ich könnte platzen vor Glück. Ich meine, wer hätte das gedacht?« Sie sah Maddie begeistert an. »Da fliege ich nach Montana, um über meinen bescheuerten Ex-Freund hinwegzukommen, und dann treffe ich Scott.«

Maddie nickte zustimmend. »Der perfekte *Rebound Guy.*«

»*Rebound Guy*? du willst also behaupten, dass Scott mein Lückenbüßer ist?«

»Ist er nicht?« Die Freude, die sie eben noch gespürt hatte, war mit einem Schlag verschwunden. »Du hast nicht ernsthaft darüber nachgedacht, mit einem Cowboy etwas anzufangen, oder?«

»Wäre das wirklich so schlimm?« Sie spielte traurig mit einer Haarsträhne. Sie war von ihren Gefühlen so überwältigt gewesen, dass sie den Gedanken, was danach werden sollte, total verdrängt hatte.

»Schlimm nicht. Aber unser Urlaub neigt sich dem Ende entgegen, und dein Leben in New York wartet auf dich.«

»Was, schon die Hälfte?!« Sämtliches Blut war aus ihrem Gesicht gewichen. Um ihr Herz schloss sich eine eiserne Faust. Nur noch vier Tage!

»Ja«, sagte Maddie. »Ehrlich gesagt, freue ich mich auf zu Hause. Meine kleine Wohnung, der Kindergarten, unsere Freunde, der Trubel … New York ist eben etwas ganz Besonderes.«

Page nickte stumm. Die Freude war verflogen. Sie konnte nur noch daran denken, dass Scott und ihr nur noch ein paar Tage blieben, bis sie ihm den Rücken kehren und wieder nach Hause fliegen würde.

Ihr Leben daheim kam ihr ewig weit weg vor. Seit sie in Sweet Grass County angekommen war, hatte sie jeden Augenblick aus vollem Herzen genossen. Die Sonnenaufgänge, die frische Luft, die Berge, die Freiheit, und allem voran Scott.

»Mach nicht so ein Gesicht.« Maddie nahm sie in den Arm. »Schließlich ist das nicht das Ende der Welt. Sieh es so: Scott hat dir geholfen, über Ben hinwegzukommen, und noch dazu scheint der Mann ein echter Sexgott zu sein. Was willst du mehr?«

Ja, was wollte sie eigentlich? Bis zum heutigen Tag hatte sie sich darüber keine Gedanken gemacht. Nun hatte sich das Blatt gewendet und die Situation war eine völlig neue.

Page gähnte laut. Der fehlende Schlaf machte sich bemerkbar.

»Was hältst du davon, wenn wir noch 'ne Runde schlafen?«, schlug Maddie vor.

»Gute Idee«, murmelte Page und krabbelte in ihr Bett.

Bereits kurze Zeit später waren aus Maddies Ecke regelmäßige Atemgeräusche zu hören. Page lag noch wach, obwohl sie hundemüde war. Sie war zu aufgewühlt, um zu schlafen. In ihrem Kopf kreisten die Gedanken. Sie musste die ganze Zeit daran denken, was Maddie gesagt hatte. Hatte eine Beziehung zwischen ihr und Scott überhaupt Sinn? Oder war Scott wirklich nur ihr *Rebound Guy* – der Lückenbüßer?

14. Kapitel

In den nächsten zwei Tagen waren Scott und sie unzertrennlich. Tagsüber unternahmen sie zusammen mit den anderen Gästen aus dem Camp Reitausflüge, die Scott begleitete. Page hatte viel dazugelernt und fühlte sich mittlerweile schon deutlich sicherer auf dem Pferd.

Am ersten Tag führte Scott sie entlang des Gallatin Forrests bis zum Fuße der Crazy Mountains, wo sie ein Picknick im Schatten der Bäume abhielten. Das Setting war einfach traumhaft schön, und es herrschte eine ausgelassene Stimmung. Als Scott nach dem Essen vorschlug, in den Stromschnellen des Flusses ein Bad zu nehmen, erntete er zunächst verständnislose Blicke.

»Das ist eine natürliche Wasserrutsche«, erklärte er und deutete nach oben zu einer Felsformation, die tatsächlich wie eine Rinne geformt war, durch die das Wasser nach unten in die Tiefe stürzte. »Ihr müsst euch dort oben ins Wasser setzen, die Arme über der Brust gekreuzt, und dann los. Wer traut sich?« Page war die Erste, deren Hand in die Höhe schnellte. »Eine Freiwillige, wie schön.«

»Seit wann bist du denn Superwoman?«, witzelte Maddie.

»Seit ich gelernt habe, dass das Leben viele Überraschungen zu bieten hat, wenn man sich nur traut«, lautete ihre Antwort.

Mit klopfendem Herzen folgte sie Scott den schmalen Weg nach oben, während die anderen unten auf sie warteten.

»Du musst das nicht tun«, sagte er.

Sie lachte. »Ich will es aber!«

Seit sie Scott kennengelernt hatte, fühlte sie sich unverwundbar.

Kurz bevor es losging, gab Scott ihr einen Kuss. »Meine kleine Nixe.«

Die Rutschpartie nach unten war berauschend und beängstigend zugleich. Kurz vor dem Ufer verschluckte die Stromschnelle sie, um sie Sekunden später ein paar Meter weiter wieder auszuspucken. Es war ein verrücktes Gefühl, plötzlich unter die Oberfläche gezogen zu werden, um kurz darauf wie ein Korken schwimmend wieder oben zu treiben. Page hatte noch nie etwas Derartiges erlebt. Als sie mit wackligen Beinen ans Ufer krabbelte und aus dem Wasser stieg, klatschten alle und bewunderten sie für ihren Mut. Normalerweise war es immer Maddie, die mit ihrer extrovertierten Art im Mittelpunkt stand. Für Page war es ein ganz neues Gefühl, sich im Zentrum des Interesses zu befinden.

Sie genoss es, den Tag ungezwungen in Scotts Nähe zu verbringen. Mehrfach widerstand sie der Versuchung, ihn zu küssen und in den Arm zu nehmen.

Abends nach dem Essen verabschiedete sich Scott, um seinen täglichen Kontrollgang zum Stall zu machen. Sie begleitete ihn.

Im Stall angekommen, fielen sie übereinander her, als gäbe es kein Morgen. Sie erkundeten gegenseitig ihre Körper, und mit jedem Mal, dass sie sich liebten, erklommen sie eine neue Stufe der Intimität und Vertrautheit. Scott bedeckte ihre Haut mit winzigen Küssen und versicherte ihr, wie schön sie war. Wenn sie dann atemlos und mit erhitzten Gesichtern nebeneinanderlagen, lauschten sie der Stimme des anderen.

Sie erfuhr, dass er Forstwirtschaft studiert hatte, um den väterlichen Betrieb zu übernehmen. Im Gegenzug erzählte sie ihm von ihrer Ausbildung als Erzieherin. Eingehüllt in den Geruch nach Pferd und frischem Heu, verbrachten sie die Nacht im Stall.

Als Page mitten in der Nacht aufwachte, war Scott plötzlich verschwunden. Sie fand ihn draußen vor dem Stall, wie er nach oben zu den Sternen schaute. Dieselbe Traurigkeit, die sie schon zuvor beobachtet hatte, lag auf seinem Gesicht. Als sie ihn darauf ansprach, wich er ihr aus.

Maddie hatte Wort gehalten und den anderen Gästen gegenüber nichts von ihrer Affäre mit Scott erwähnt, wobei Page sich sicher war, dass zumindest Tess, Pat und Bill etwas ahnten. Die Blicke, die sie ihr und Scott beim Essen zugeworfen hatten, waren ziemlich eindeutig gewesen.

Am nächsten Tag führte Scott die Gruppe zum Angelausflug zum nahegelegenen Yellow Stone River. Wie schon die Tage zuvor, hatte Betty ein Picknick mit unzähligen Leckereien vorbereitet.

Sie befestigten die Pferde an den Bäumen direkt in der Nähe des Ufers, und Scott erklärte ihnen zusammen mit Larry das Fliegenfischen. Nach einigen Fehlversuchen schaffte Page es tatsächlich, die Schnur so in der Luft zu bewegen, dass der Köder wie eine Fliege über der Wasseroberfläche tanzte.

Bill war der Erste, der einen Fisch fing. Kurze Zeit später hatte Page den ersten Biss. Sie wäre vor Schreck fast ins Wasser gefallen, als sie einen kräftigen Ruck an der Angel verspürte und die Rute sich bedenklich nach unten bog. Scott eilte ihr zu Hilfe, und mit gemeinsamen Kräften zogen sie einen beachtlichen Lachs an Land.

Gut gelaunt kehrten sie am späten Nachmittag zur Ranch zurück und präsentierten Betty ihre Beute. Die Haushälterin war begeistert vom Fang und schlug vor, den Lachs auf dem Grill zuzubereiten.

Jetzt saßen alle um das Lagerfeuer und tranken Bier. Tess hatte eine Gitarre mitgebracht und fing leise an zu singen. Wie schon in den Nächten zuvor, spannte sich ein sternenklarer Himmel über ihre Köpfe. Die Luft war angenehm warm. Scott saß neben ihr. Am liebsten hätte sie ihren Kopf an seine Schulter gekuschelt.

»Was würdest du von einem Ausflug halten?«, flüsterte er ihr zu, sodass die anderen sie nicht hören konnten. Das Holz knisterte, während die Flammen an ihm nagten.

»Du meinst, nur du und ich?« Sie drehte sich um, um ihm in die Augen zu schauen. Er nickte. Ein Lächeln spielte um seinen Mund. »Das wäre herrlich«, seufzte sie. »Aber was sollen die anderen denken?«

»Mach dir darüber keine Gedanken«, sagte er sanft. »Die meisten ahnen ohnehin schon, dass was zwischen uns läuft.« Er machte eine unauffällige Kopfbewegung zu Pat und Bill, die dicht aneinandergekuschelt dasaßen und zu ihnen herübersahen. Demonstrativ legte Scott seinen Arm um sie und zog sie zu sich heran. »So«, er grinste, »und damit wäre es jetzt offiziell.«

Er beugte sich zu ihr und hauchte ihr einen zärtlichen Kuss auf den Mund. Pages Wangen brannten vor Aufregung und Glück.

Maddie grinste sie breit an, als Page die Augen wieder öffnete.

»Schätze, jetzt wissen es alle«, kommentierte sie trocken.

Page nickte, selig über Scotts Sinneswandel.

»Also, hast du Lust, mit mir einen Ausflug zu machen?«, fragte Scott sie erneut.

»Ich wüsste nicht, was ich lieber täte!«

»Gut, dann habe ich eine kleine Überraschung für dich.«

»Eine Überraschung?«

»Jup. Ich dachte, wir reiten morgen zu der Sommerhütte. Der Ritt hin ist nicht schwierig, sodass du es problemlos schaffen solltest. Larry weiß schon Bescheid und hat bereits alles vorbereitet.«

»Oh Scott.« Sie gab ihm einen Kuss.

Tess hatte aufgehört zu spielen. Alle applaudierten.

»Scott, jetzt bist du dran.« Tess reichte ihm die Gitarre.

»Ich wusste ja gar nicht, dass du singen kannst.« Sie rutschte ein Stückchen zur Seite, damit er Platz hatte.

»Nicht so gut wie du«, spielte er auf den Abend im *Crazy Dog* an.

Page errötete auf der Stelle. Scott räusperte sich. Alle Augen waren auf ihn gerichtet. Page wartete gespannt.

Schon bei den ersten Akkorden wusste sie, um welchen Song es sich handelte. Van Morrison hatte das Lied bei einem seiner Konzerte im Madison Square Garden zum Besten gegeben.

I've been searching a long time

Ihre Augen trafen sich und Page wurde ganz warm ums Herz, als sie die Liebe darin sah.

For someone exactly like you

Für einen winzigen Augenblick fragte sie sich, ob er sie damit meinte, was natürlich albern war – schließlich kannten sie sich gerade mal ein paar Tage. Trotzdem hatte sie das Gefühl, einen Seelenverwandten in ihm gefunden zu haben. Konnte es sein, dass es Scott ähnlich ging? War er genauso in sie verliebt wie sie in ihn? Bisher hatten sie kein Wort darüber verloren. Dafür war noch alles zu neu.

I've been travelin' a hard road

Eine Traurigkeit hatte sich wie eine dunkle Wolke über Scotts Gesicht gelegt.

Baby, lookin' for someone exactly like you

Was war passiert? Warum verschwand er jeden Morgen immer um die gleiche Zeit? Und weshalb sah er so traurig aus? Sie hatte ihn ein paarmal erwischt, in Augenblicken, in denen er glaubte, unbeobachtet zu sein. In diesen Momenten hatte er den gleichen traurigen Gesichtsausdruck wie jetzt.

I've been carryin' my heavy load
Waiting for the light come shining through

Etwas war in seinem Leben passiert, und sie würde es herausfinden, bevor sie zurück nach New York flog.

15. Kapitel

Sie brachen noch im Morgengrauen auf. Maddie und Page hatten sich schon am Vorabend voneinander verabschiedet. Page wollte ihre Freundin nicht unnötig früh aus dem Bett holen. Sie wusste, wie heilig Maddie ihr Schönheitsschlaf war.

Ihre Satteltaschen waren prall gefüllt. Betty hatte ihnen reichlich Proviant für den Trip eingepackt. Page war sich sicher, dass sie mit den Vorräten locker eine Woche in der Wildnis überleben könnten.

Page und Scott standen zusammen mit Larry im Stall. Die Sonne war noch nicht aufgegangen. Im Hintergrund waren bereits die ersten Vögel zu hören. Ein sicheres Zeichen dafür, dass der Sonnenaufgang unmittelbar bevorstand, auch wenn der Horizont noch dunkel war. Larry hatte Page geholfen, ihr Pferd zu satteln, und überprüfte zum letzten Mal den Sitz des Sattels und der Taschen. Brownie schien zu spüren, dass ein besonderer Ritt vor ihnen lag. Die Stute schnaubte leise und wackelte mit den Ohren. Scott würde wie schon beim letzten Mal auf Thunder reiten.

Die Hütte war einen halben Tagesritt von der Ranch entfernt. Wenn alles gut lief, würden sie ihr Ziel um die Mittagszeit erreichen.

Page zog den Gürtel, an dem die ledernen Überhosen befestigt waren, etwas enger. Gegen die morgendliche Kälte hatte sie ein langes Hemd und darüber einer Daunenweste angezogen, die sie in ihrer Bewegungsfreiheit nicht einengen würde. Ihre Haare waren zu einem lockeren Pferdeschwanz zusammengebunden. Zum Schutz gegen die Sonne hatte sie den Cowboyhut aufgesetzt, den Scott ihr bei ihrem ersten Ausflug geschenkt hatte.

»Sieht gut aus«, lautete Larrys abschließendes Urteil.

»Wen meinst du?«, scherzte Scott. »Page oder Brownie?«

Beide Männer lachten.

»Danke für deine Hilfe.« Page nahm Brownies Zügel in die Hand.

»Kommt schließlich nicht jeden Tag vor, dass der Boss eine hübsche Frau mit in die Berge nimmt.« Larry warf Scott einen bedeutungsvollen Blick zu. Dessen Mundwinkel kräuselten sich belustigt. »Pass mir gut auf unsere Kleine auf.« Larry sah seinem Boss direkt ins Gesicht.

»Worauf du dich verlassen kannst«, gab Scott grinsend zurück.

Larry spuckte eine Ladung Kautabak auf den Boden.

»Du bist der Beste, Larry.« Page gab ihm zum Abschied einen Kuss auf die Wange. Der Duft nach Old Spice umgab den alten Cowboy. Ihr Vater hatte das gleiche Rasierwasser benutzt. Sofort überkamen Page warme Gefühle, und das Bild ihres Vaters tanzte vor ihren Augen.

»Immer gern«, brummte Larry.

Page hätte schwören können, dass er unter seiner Bräune rot geworden war. In den letzten Tagen hatten sie und Larry sich angefreundet. Sie mochte den rauen Cowboy, der ihrer Ansicht nach ein Herz aus Gold hatte.

»Ohne deine Hilfe hätte ich das nie gekonnt«, sagte Page.

Larry hatte ihr einige nützlich Tipps gegeben, wofür Page ihm äußerst dankbar war.

»Wir sollten los«, drängte Scott.

Die ersten Rosatöne waren am Horizont zu erkennen. In wenigen Minuten würde die Sonne über den Bergkamm gekrochen kommen.

»Brownie, jetzt bist du dran.« Page schnalzte mit der Zunge. Sofort setzte sich die Stute in Bewegung und verfiel in einen gemütlichen Trab.

Buddy, der natürlich nicht fehlen durfte, lief freudig neben ihnen her. Scott hatte dem Collie ein rotes Halstuch umgebunden, sodass er selbst im hohen Gras gut zu erkennen war.

Page liebte die frühen Morgenstunden. Alles war so friedlich und in sanftes Licht getaucht. In wenigen Stunden würde sich die Luft erhitzen und die Wärme würde ihnen den Schweiß auf die Stirn treiben. Jetzt war es angenehm kühl. Ihr Herz machte einen freudigen Hüpfer, als sie den kleinen Trampelpfad entlangritten, der in Richtung Berge führte.

Sie warf heimlich einen Blick zur Seite. Scott saß locker im Sattel, wie es Menschen zu eigen war, die mit Pferden groß geworden waren. Seine rechte Hand hielt die Zügel, die linke lag entspannt auf dem Sattelhorn. Er hatte die Augen geradeaus gerichtet. Um seinen Mund spielte ein Lächeln. Seine dunklen Haare lugten unter dem Stetson hervor.

»Sieh nur!« Er deutete nach vorn.

Die Sonne stieg wie ein Feuerball über die Berge und brachte die Gipfel zum Glühen. Es sah einfach unglaublich aus. Hätte sie ihre Eindrücke auf einer Leinwand festgehalten, würde der Betrachter es sicher für kitschig halten. Hier in der freien Natur war es nur unvergleichlich schön. Sie streckte die Hand nach Scott aus, um ihm ganz nah zu sein. Als er ihre Hand nahm, war alles, was sie fühlte, eine tiefe Verbundenheit und Liebe. Sie wünschte sich, dass dieser Moment nie zu Ende gehen würde.

»Gleich hinter dem nächsten Hügel liegt die Hütte.« Scott deutete geradeaus.

Sie waren seit knapp vier Stunden unterwegs. Pages Po tat vom langen Sitzen weh und die Innenseiten ihrer Oberschenkel waren wund gescheuert. Trotzdem hatte sie jede Minute bis hierher genossen. Die Natur, die sie umgab, war atemberaubend schön.

Zu ihrer Rechten überzogen die saftig grünen Wiesen den Boden wie ein Teppich. Ein kleiner Wildbach wand sich den Berg hinunter wie eine graue Schlange. Dazwischen wuchsen Wildblumen in einer solchen Fülle, wie Page es noch nie gesehen hatte. Blaue, weiße, gelbe und lila Blüten stachen aus dem satten Grün hervor. Obwohl sie schon ein gutes Stück den Berg nach oben geritten waren, wurden sie noch immer von weit höheren Bergen überschattet. Über allem strahlte ein blauer Himmel.

Trotz der Höhe war es angenehm warm. Page hatte längst ihre Daunenweste ausgezogen und die Ärmel ihres Hemdes hochgekrempelt.

Auf dem Weg nach oben waren sie einer Gruppe Weißwedelhirsche begegnet, die friedlich am Rande eines Nadelholzwäldchens graste. Page war von der imposanten Erscheinung der Tiere beeindruckt gewesen.

Später hatten sie einen Elch beobachtet, der einsam auf einer Wiese gestanden hatte. Scott wurde nicht müde, ihr die Pflanzen und Tiere, die ihnen auf ihrem Weg begegneten, zu erklären. Er schien ein Quell des Wissens zu sein.

Als Page ihn darauf angesprochen hatte, hatte er nur mit den Schultern gezuckt und geantwortet: »Das ist meine Heimat. Ich bin hier aufgewachsen. Das ist so wie bei dir. Du kennst auch jede Straße und jedes Café in New York.«

Page hatte über diesen Vergleich lachen müssen.

Sie hatten den Bergkamm erreicht. Page stieß einen Schrei aus. »Ist das die Hütte?«

Scott nickte. »Jup.«

Unter ihnen, in die Berge eingegraben, lag ein Plateau, auf dem eine kleine Blockhütte umgeben von Bäumen stand. Ein Bach lief daran vorbei.

»Das ist ja unglaublich! Wer immer es war, der an dieser Stelle die Blockhütte gebaut hat, muss ein Genie gewesen sein.« Page schüttelte fassungslos den Kopf.

»Wenn du mich als Genie bezeichnen möchtest, freut mich das sehr, wobei mir Sexgott genügt hätte.«

»Blödmann.« Page zog eine Grimasse.

»Eben war ich noch ein Genie.« Er grinste sie breit an.

»Die Hütte ist dein Werk?« Sie wischte sich mit dem Halstuch den Schweiß von der Stirn. Scott nickte. »Wie bist du auf die Idee gekommen, hier eine Hütte zu bauen?«

»Auf einer meiner Erkundungstouren bin ich hier vorbeigekommen, und da dachte ich mir, dass dies ein guter Platz wäre, wenn einem der Sinn nach Einsamkeit steht.«

»Womit du absolut recht hast«, sagte sie.

»Du hast die Hütte ja noch nicht von innen gesehen. Ich bin gespannt, wie sie dir gefällt.« Scott schnalzte mit der Zunge, und Thunder setzte sich in Bewegung.

»Ich bin mir sicher, genauso gut wie von außen.« Sie schenkte ihm einen liebevollen Blick.

Es dauerte knapp zehn Minuten, bis sie das Plateau erreicht hatten.

»Das ist es: *Henderson's Keep*!«, präsentierte Scott die Blockhütte.

»Wow!«, war alles, was sie sagen konnte, überwältigt von dem Anblick, der sich ihr bot.

Der Bach, den sie von oben gesehen hatte, lief seitlich an der Hütte vorbei, um sich kurz darauf gurgelnd ins Tal zu stürzen. Die Berge der Crazy Mountains umrandeten das Plateau wie ein Festungswall. Im Rücken der Hütte lag ein Wäldchen, das den nötigen Schatten spendete. Davor befand sich eine kleine Wiese, auf der Wildblumen in allen Farben wuchsen. Neben der Hütte befand sich ein zweiter Anbau, der gerade so groß war, dass zwei Pferde bequem Platz darin fanden.

Das Häuschen war aus rustikalem Holz gebaut. Lediglich das Dach war mit Schieferplatten gedeckt. Eine Treppe führte hoch zur Veranda, wo zwei Stühle und ein Tisch aufgebaut waren. Page stellte es sich einfach himmlisch vor, dort zu sitzen und den Blick auf die traumhafte Kulisse zu genießen.

»Ich würde vorschlagen, dass wir zuerst die Pferde versorgen«, sagte Scott.

»Gute Idee. Nicht wahr, Brownie?« Sie strich der Stute über die Stelle zwischen den Augen. Brownie wieherte freudig. »Weißt du, manchmal habe ich das Gefühl, dass Brownie jedes meiner Worte versteht.«

»Ich bin sogar davon überzeugt«, sagte Scott ernst. »Ich denke oft, dass die Tiere weit mehr verstehen, als wir Menschen glauben.«

Er führte sie zu dem Anbau, wo sich gleich neben der Tränke ein Gatter befand, auf das man die Sättel und Decken zum Auslüften ablegen konnte. Page war froh, endlich wieder festen Boden unter den Füßen zu haben und ihre steifen Gliedmaßen lockern zu können.

Nachdem sie die schweren Satteltaschen abgenommen hatten, machten sie sich daran, die braven Tiere vom Zaumzeug zu befreien. Thunder und Brownie hatten sich ihren Feierabend redlich verdient. Der Aufstieg zum Plateau hatte viel von Reiter und Pferd gefordert. Page war ein paarmal an ihre Grenzen gekommen. Ohne die Hilfe von Scott hätte sie es mit Sicherheit nicht geschafft.

Scott öffnete den Stall mit einem Ruck. Staub wirbelte auf.

»Hatschi!« Page rieb sich lachend die Nase. Neugierig spähte sie in den Anbau.

In der einen Ecke des Raumes lagen mehrere Heuballen sorgfältig übereinandergestapelt. Daneben befand sich ein einfaches Regal, auf dem die Gerätschaften gelagert wurden. Auf der gegenüberliegenden Seite hatten zwei Pferdeboxen ihren Platz. Alles wirkte ordentlich und sauber.

»Du hast wirklich an alles gedacht.« Page deutete auf die Werkzeuge.

»Wenn man hier draußen allein ist, kann es überlebenswichtig sein, das richtige Werkzeug dabeizuhaben« erklärte Scott. »Ich bin schon ein paarmal vom Wetter überrascht worden und war tagelang eingeschneit.«

»Im Winter muss es hier oben herrlich sein.« Sie verdrehte schwärmerisch die Augen.

»Ist es auch, aber nur, wenn man vorbereitet ist«, erklärte Scott mit ernster Miene. »Deshalb habe ich immer Vorräte hier.«

»Machst du auch Ausflüge mit Gästen zur Hütte?« Sie gingen an den Pferdeboxen vorbei, wo Thunder und Brownie es sich gemütlich gemacht hatten und zufrieden ihr wohlverdientes Essen kauten.

Scott schüttelte den Kopf. »Nein, niemals. Das hier ist meine Hütte. Die einzige Person, die jemals mit mir hier war, ist Tess.«

Page sah ihn nachdenklich an. Welche Verbindung bestand zwischen Tess und Scott, abgesehen von der Tatsache, dass sie die beste Freundin von seiner Ex-Frau gewesen war?

»Tess hat mir in einer Zeit geholfen, als es mir nicht sonderlich gut ging«, beantwortete er ihre stille Frage.

Sie legte den Kopf leicht schräg. »Sie hat so etwas angedeutet.«

Scott fuhr herum. »Was hat sie noch alles erzählt?«

»Hm. Nichts Besonderes«, stotterte sie überrascht über seinen harten Tonfall. »Nur dass sie die beste Freundin deiner Ex-Frau war.«

»Verdammt.« Scott schlug mit der geballten Faust gegen den Holzbalken.

»Was ist los?« Page sah ihn verwirrt an. »Ich verstehe nicht, warum du sauer bist. Tess hat mir nur erzählt, dass du verheiratet warst.«

»Das ist verdammt noch mal nicht ihre Aufgabe. Das geht ganz allein mich etwas an«, brummte Scott.

Es war eindeutig, dass er keine Lust hatte, mit ihr darüber zu reden.

»Lass uns nicht streiten«, bat sie ihn. »Ich habe mich so auf diesen Ausflug mit dir gefreut. Es wäre schade, wenn er durch so eine alberne Sache leiden würde.«

Sie legte besänftigend die Hand auf seine Schulter. In ihr tobten die unterschiedlichsten Gefühle. Verwirrung. Verunsicherung. Warum reagierte er derart ungehalten darüber, dass Tess ihr erzählt hatte, dass er verheiratet gewesen war?

Scott nickte. »Du hast recht.« Er führte ihre Hand zum Mund und hauchte einen Kuss darauf. »Hast du Lust, dir das Haus von innen anzuschauen?«

»Ich wüsste nichts, was ich lieber täte«, sagte sie erleichtert.

»Gut, dann lass uns rübergehen. Bitte erwarte nicht zu viel. Ich war das letzte Mal vor zwei Monaten hier.«

»Halt. Mir ist doch etwas eingefallen, was ich lieber täte …« Sie lächelte ihn mit verschmitztem Gesichtsausdruck an.

»Page Stone, du bist wirklich eine schlimme Frau!« Er wedelte mit dem Zeigefinger in der Luft. »Aber genau das liebe ich an dir.«

Page schnappte überrascht nach Luft. Hatte er gerade gesagt, er würde sie lieben?

»Ich meine natürlich …«, versuchte er sich hastig zu verbessern, als er ihren verwunderten Blick bemerkte.

Sie winkte ab. »Ich weiß, was du sagen wolltest.«

Scott nahm ihre Hand und zog sie nach draußen. Buddy hatte es sich mittlerweile auf der Veranda gemütlich gemacht und döste in der Sonne. Als er sie kommen hörte, hob er kurz den Kopf.

»Na, ist es nicht schön hier?« Sie streichelte Buddy über den Kopf. Der Collie sah sie mit seinen feuchtbraunen Hundeaugen an und wedelte mit dem Schwanz.

Scott hob die Fußmatte hoch. Gerade als sie ihn fragen wollte, was er dort machte, zog er triumphierend einen Schlüssel hervor.

»Wie originell«, kommentierte Page.

»Ich weiß.« Scott zuckte mit den Schultern. »Aber ehrlich gesagt, mache ich mir wegen Einbrechern nicht allzu große Sorgen.«

Gespannt, was sie erwartete, trat Page ein. In der Hütte herrschte absolute Dunkelheit. Lediglich durch die Eingangstür drang Licht nach innen. Page blinzelte. Es dauerte einen Moment, bis sich ihre Augen an die Finsternis gewöhnt hatten.

»Warte. Ich will schnell die Fensterläden öffnen.« Sie sah, wie Scotts schemenhafte Gestalt die Läden öffnete und nach außen wegklappte. Gleißend helles Licht fiel durch das Fenster.

»Ahh. Ich zerfalle!« Sie lachte und hielt sich schützend die Hand vor die Augen.

»Das erklärt, warum deine Haut im Sonnenlicht wie Marmor schimmert«, sagte er mit rauer Stimme. Er gab ihr einen Kuss. »Und ich Trottel habe dich für eine Nixe gehalten.«

»Ich glaube, ich möchte lieber eine Nixe sein«, entgegnete sie schmunzelnd. »Ein Vampir hat so etwas Kaltes.«

»Einverstanden. Im Gegensatz zum Vampir hast du als Nixe deutlich weniger an.«

»Du Schuft!« Sie gab ihm einen Stoß. »Ihr Männer denkt doch nur an das Eine.«

»Das sagt genau die Richtige!« Er schnappte sich ihre Hand und zog sie in seine Arme. »Meinst du, du hältst es eine Nacht mit mir hier aus?«

»Das kann ich dir erst sagen, wenn ich mir die Hütte in Ruhe angesehen habe!« Sie wand sich aus seiner Umarmung.

Der Dielenboden knarrte leise bei jedem ihrer Schritte. Der Raum war deutlich kleiner als das Gästehaus von Pat und Bill. Den Mittelpunkt des Wohnzimmers bildete der steinerne Kamin, vor dem ein Sofa und zwei Sessel aufgebaut waren. Die Möbel waren aus dunklem Holz zusammengezimmert und mit hellen Polstern bedeckt. Auf dem Dielenboden lag ein einfacher Teppich mit indianischen Motiven darauf. Die Wände waren komplett aus Holz, wie alles in der Hütte. Windlichter standen auf dem Kamin und dem Tisch. Ihr Blick tastete den Raum nach Steckdosen oder Lichtschaltern ab, aber sie konnte nichts entdecken. Bis zu diesem Moment hatte sie sich darüber keine Gedanken gemacht, aber so wie es aussah, gab es weder Strom noch fließend Wasser hier oben.

»Wie hast du die Möbel hochgeschafft?« Page deutete auf das ausladende Sofa und die Sessel.

Der Weg hoch war beschwerlich gewesen, und sie konnte sich nicht vorstellen, wie die Einrichtung hierher gebracht worden war – außer mit dem Flugzeug vielleicht.

»Bis auf die Polster habe ich alles selbst gebaut«, erklärte Scott. »Jedes Möbelstück ist handgemacht.« Der Stolz in seiner Stimme war nicht zu überhören. »Die Windlichter und das Geschirr stammen aus einem Geschäft. Den Rest habe ich nach und nach gebaut, immer wenn ich hier oben war.«

»Du musst viel hier gewesen sein.« Sie strich mit den Fingern über das glatte Holz des Sofas. Einmal mehr wurde ihr bewusst, wie wenig sie von dem Leben des anderen wussten.

»Ja, es gab eine Zeit, da war ich oft hier.« Seine Miene verdunkelte sich.

Wieder einmal drängte sich ihr die Frage auf, was genau damals passiert war.

Scott machte sich an dem zweiten Fenster zu schaffen. Bei dem Anblick des Hundekorbs neben dem Kamin huschte ein Lächeln über Pages Gesicht. Von der Decke hing ein einfacher Kerzenleuchter, der aus Geweihstücken geformt war. Wie vermutet, gab es weder einen Fernseher noch andere elektronische Geräte.

Die Küche ging direkt vom Wohnzimmer ab. Der Raum war gerade groß genug, dass man darin kochen und essen konnte. Gegenüber vom Herd stand ein Tisch aus massivem dunklen Holz mit zwei Stühlen.

»Ist alles ziemlich einfach, aber für meine Zwecke reicht es«, sagte Scott fast entschuldigend.

»Einfach?!« Page sah ihn begeistert an. »Es ist toll! Genau so habe ich mir eine Hütte in den Bergen vorgestellt: kein Luxus, kein unnötiger Firlefanz. Ich glaube, ich bin schockverliebt! Wenn ich nicht schon mit dir geschlafen hätte, würde ich es jetzt tun, nur um hier eine Nacht bleiben zu dürfen.« Sie grinste breit.

»So eine bist du also! Na, dann werde ich gleich mal von deinem Angebot Gebrauch machen, bevor du es dir noch anders überlegst.« Ehe sie etwas sagen konnte, war er bei ihr.

Seine kräftigen Arme umschlangen ihre Hüfte und hoben sie hoch. Seine Augen funkelten vergnügt.

»Hey, was soll das?« Sie trommelte ihm mit der flachen Hand gegen die Brust.

»Das wirst du schon sehen.« Mit einem Ruck warf er sie über seine Schulter, sodass sie mit dem Kopf nach unten hing, und trug sie zu einer Treppe, die unter das Dach führte. Der Hut rutschte von ihrem Kopf und fiel zu Boden, wo er achtlos liegen blieb.

Scheinbar mühelos trug er sie nach oben, um sie dann mit Schwung rücklings auf das Bett zu werfen.

Mit einem Satz lag er auf ihr.

»Ich kann schon den ganzen Tag an nichts anderes mehr denken als daran, dich zu küssen«, hauchte er ihr ins Ohr.

»Aber ich bin völlig verschwitzt«, protestierte sie schwach.

»Das ist mir egal.« Er schnupperte an ihrem Haar. »Du riechst wie ein ganzes Blumenfeld.«

Ein entspanntes Lächeln kroch über seine Lippen und seine Augen leuchteten tiefgrün wie die Mitte eines Sees. Sie verzichtete darauf, ihm zu sagen, dass es ihr Shampoo war, mit dem sie heute Morgen noch schnell in weiser Voraussicht die Haare gewaschen hatte. Er knabberte an ihren Ohrläppchen. Page stöhnte leise auf. Seine Zungenspitze fuhr feucht ihren Hals entlang bis zu der kleinen Kuhle zwischen Hals und Schulter. Sein Daumen streichelte ihren Nacken.

Sie fuhr ihm durch das dichte Haar, fühlte die leichte Feuchtigkeit, dort, wo der Cowboyhut gesessen hatte. Sein Mund bedeckte ihren Hals mit winzigen Küssen, bis er endlich ihren Mund fand. Der Kuss war köstlich. In Pages Kopf begann sich alles zu drehen. Sie schlang die Arme um ihn und zog ihn näher zu sich. Der Kuss war derart sinnlich, dass ein brennendes Verlangen durch ihren Unterleib schoss. Seine Hände machten sich an ihrem Shirt zu schaffen.

Sie spürte die Wärme seiner feuchten Lippen, die sich langsam zu ihren Brüsten vorarbeiteten. Page stöhnte. Ein Zittern lief durch ihren Körper, als er die Hand in ihren Rücken schob, sie von ihrem BH befreite und ihre Brüste freilegte. Ihre Brustwarzen richteten sich auf, als er mit seinen Fingern daran zupfte.

Für einen Augenblick trafen sich ihre Blicke. Die Lust, die sich in seinen Augen spiegelte, nahm ihr die Luft. Sie bäumte sich ihm entgegen und warf dabei den Kopf in den Nacken. Alles, was sie spürte, war pures Verlangen. Noch nie zuvor hatte sie einen Mann so begehrt, wie sie ihn begehrte. Er küsste sie erneut, leckte mit der

Zunge über ihre Unterlippe und fachte ihre Lust an. Seine Bartstoppeln rieben über ihre zarte Haut. Sie zog ihm das Hemd über den Kopf. Ihr Blick glitt über seinen Prachtkörper. Groß, die Muskeln wie gemalt und sonnengebräunt. Sie strich mit dem Kinn seine Wange entlang bis zum Ohr.

»Ich will dich«, flüsterte sie.

Er stöhnte auf und machte sich an ihrer Hose zu schaffen. Sie saugte an seinen Ohrläppchen, während er ihre Jeans nach unten schob. Langsam wanderte seine Hand über die Innenseite ihrer Schenkel nach oben. Page schauderte unter seinen Berührungen. Jede Nervenfaser ihres Körpers war aufs Äußerste angespannt.

Sie öffnete seine Hose, und er kam ihr zu Hilfe. Fiebrig entledigte er sich seiner Kleidung. Seine Blicke klebten auf ihr – wie ein Jäger, der seine Beute ins Visier nahm. Behutsam schob er ihre Beine auseinander. Ihre Blicke kreuzten sich im stummen Einverständnis. Ohne Hast drang er in sie ein. Mit langsamen, kräftigen Bewegungen brachte er sie fast um den Verstand. Als sie dachte, es nicht mehr auszuhalten, steigerte er das Tempo. Ihre Arme schlangen sich um seinen Hals, und als endlich die Erlösung kam, waren sie eins geworden.

»Wann hast du die Hütte eigentlich gebaut?« Page lag nackt auf dem Bauch. Die Hände aufgestützt, betrachtete sie Scott, der neben ihr mit geschlossenen Augen auf dem Rücken lag.

Es war angenehm warm in dem kleinen Raum. Die Sonne schien schräg durch das Fenster. Im Hintergrund konnte sie die Berge sehen.

»Mhm. Kurz nachdem ich die Ranch übernommen habe«, murmelte er schläfrig.

»Gehört dir das Land, auf dem die Hütte steht?«

Scott öffnete die Augen. »Nein, das Land gehört den Crows.«

»Ureinwohnern?«

»Ja, das ist uraltes Crowgebiet. Unweit der Hütte gibt es ein paar Felsformationen und eine kleine Höhle. An den Wänden kannst du die Zeichen des Stammes sehen.« Sie spielte mit einer Haarlocke. »Mein Vater hat schon immer Wert auf ein gutes Verhältnis mit den Ureinwohnern gelegt. Er und der alte Häuptling sind zusammen zur Schule gegangen.«

Page giggelte. »Das hört sich an wie in einem Film.«

»Ja, die beiden haben sinnbildlich schon die Friedenspfeife miteinander geraucht.« Er strich ihr mit der Hand über den Unterarm.

»Lebt dein Vater auf der Ranch?«

Scott seufzte. »Ich komme mir langsam vor wie bei einer Befragung. Ja. Im Moment besucht er aber meinen Bruder in Nashville.«

»Wie sind deine Brüder?« Sie streichelte seine Wange.

»Wie Brüder so sind«, sagte er verschlossen. »Warum willst du das alles wissen?«

Für einen Moment herrschte ein unbehagliches Schweigen zwischen ihnen.

»Ist es denn so schwierig zu verstehen, dass ich mehr über den Mann wissen möchte, mit dem ich gerade herrlichen Sex hatte?« Sie sah ihm direkt in die Augen.

»Du weißt alles, was du über mich wissen musst.« Seine Miene war verschlossen.

»Nein. Ich möchte alles über dich wissen.« Sie gab ihm einen Kuss. »Alles, hörst du?«

»Ich glaube nicht, dass das eine gute Idee ist.« Er fuhr sich durch die Haare. »Man muss nicht immer über alles reden. Manchmal ist es besser, Dinge auf sich beruhen zu lassen.«

Page war den Tränen nahe. Was war nur los mit ihm? Sobald sie ihm persönliche Fragen stellte, wich er ihr aus.

»Was hältst du von einer Dusche?« Scott richtete sich im Bett auf. Sie nickte stumm. »Hey, sieh mich nicht so traurig an.« Er strich ihr mit dem Daumen über die Unterlippe. »Wir haben eine gute Zeit miteinander. Das ist alles, was zählt.«

»Ja, du hast recht.« Sie gab sich einen Ruck. Sie wollte die kurze Zeit, die ihnen noch blieb, nicht damit verbringen zu streiten.

»Wo ist das Badezimmer?« Sie konnte keine Tür entdecken.

Scott deutete zum Fenster. »Die Dusche ist draußen.«

»Draußen?« Sie sah ihn mit großen Augen an. »Und das Klo?«

»Auch.« Seine Mundwinkel kräuselten sich verdächtig.

»Scheiße.«

»Auch das!« Sie streckte ihm die Zunge raus. »Komm, ich zeige es dir.«

»Warte, ich muss mir noch etwas überziehen.«

»Wozu? Hier draußen ist niemand. Außer du hast Angst, dass Brownie, Buddy, Thunder und vielleicht einige Bergziegen dich nackt sehen könnten.«

»Blödmann!« Sie warf ihm das Kissen an den Kopf.

»Nicht frech werden, sonst muss ich dich zum Abkühlen in die Regentonne stecken.«

»Wage es nicht.« Sie schnappte sich die Decke und wickelte sie um ihre Brust.

»Feigling!« Scott stand auf. Nackt, wie Gott ihn geschaffen hatte, ging er zur Treppe.

Page folgte ihm nach draußen.

»Die Spüle in der Küche dient gleichzeitig als Waschbecken«, erklärte Scott auf dem Weg nach draußen. Er hatte sich zwei Handtücher unter den Arm geklemmt. In der Hand trug er ein Stück Seife. Sie gingen zum hinteren Teil des Hauses.

»Wenn du mal auf Toilette musst«, er zwinkerte ihr zu, »ist das der Platz, wo du hingehen solltest.« Er deutete auf ein winziges Häuschen, das nur wenige Schritte von der Hütte entfernt versteckt zwischen zwei Bäumen gebaut war. »Hier kann man sein Geschäft verrichten, ohne im Winter zu erfrieren oder im Sommer von Mücken aufgefressen zu werden.«

»Na, das sind ja tolle Aussichten.« Sie beschloss, bis morgen nicht mehr auf die Toilette zu müssen.

»Und das ist unsere Dusche.« Er lenkte ihre Aufmerksamkeit auf einen Duschkopf, der an der Hauswand befestigt war. Daneben befand sich eine Wasserpumpe. »Danach bist du garantiert wach!«

»Und was ist im Winter?«, fragte sie mit großen Augen.

»Daran arbeite ich noch.«

»Oh.«

»Jep. Jetzt weißt du, warum ich immer allein herkomme.« Er deutete auf den Duschkopf. »Los, stell dich drunter. Ich pumpe.«

»Ich glaube, ich muss nicht duschen«, sagte sie zögerlich.

»Blödsinn. Los, runter da!«, befahl er.

»Hey, ich bin dein Gast, also sei nett zu mir.« Kichernd legte sie die Decke auf das Verandageländer.

Über Scotts Gesicht huschte ein diabolisches Lächeln. Sie bewunderte das Spiel seiner Muskeln, als er anfing, den Hebel der Pumpe zu bewegen. Es quietschte, und Page hielt sich die Ohren zu. Ein Schwall eiskaltes Wasser ergoss sich über ihren Kopf. Kreischend sprang sie zur Seite.

»Willst du mich umbringen?!« Obwohl es noch warm war, hatte sie eine Gänsehaut. Lachend warf er ihr die Seife zu. »Das habe ich mir in meinem Kopf deutlich romantischer vorgestellt«, murrte sie und fing an sich einzuseifen.

Ohne ihren Worten Beachtung zu schenken, pumpte Scott erneut. Diesmal war sie gewarnt und streckte erst das rechte und dann das linke Bein unter den dicken Strahl, gefolgt von den Armen.

Als sie endlich fertig war, sprang sie mit einem Satz unter der Dusche hervor. Die Sonne schien warm auf sie herab. Scott kam herbeigeeilt und legte ihr das Handtuch über die Schultern. Mit kreisenden Bewegungen rubbelte er sie ab.

Genießerisch schloss Page die Augen, während er sie wie eine Puppe abtrocknete. »Daran könnte ich mich gewöhnen.«

»Ich mich auch.« Sein warmer Atem streifte ihre Wange. Pages Herz schlug freudig einen Takt schneller. Sie war ihm also doch nicht egal. »Gott, du bist so schön.«

Seine Hände glitten über ihre kühle Haut. Ihre Blicke fanden sich, und für einen Moment hatte sie das Gefühl, bis tief auf den Grund seiner Seele zu schauen.

16. Kapitel

Page streckte sich genüsslich wie ein Kätzchen und drehte den Kopf zur Seite. Das Kopfkissen neben ihr war leer. Blinzelnd sah sie sich im Zimmer um. Ein Lächeln huschte über ihr Gesicht beim Anblick der Klamotten, die überall verstreut auf dem Boden lagen. Durch das Fenster schien die Sonne, und gelbe Lichtflecken tanzten an der Wand wie Ballerinas.

Im Haus war es absolut still. Kein Laut drang zu ihr nach oben. Das Schlafzimmer unter dem Dach war gemütlich. Das Bett war so groß, dass es fast den ganzen Raum einnahm. Gleich neben der Tür befand sich ein kleiner Ofen, mit dem man im Winter heizen konnte. Ansonsten gab es nur eine Kommode, die gegenüber vom Bett stand. Gestern hatte sie keine Zeit mehr gehabt, sich alles in Ruhe anzuschauen.

Nach dem Abendessen hatten sie bis spät in die Nacht draußen gesessen und den Sternenhimmel bewundert. Scott hatte ihr die verschiedenen Sternbilder erklärt. Irgendwann waren ihr vor Müdigkeit die Augen zugefallen. Sie war wach geworden, als Scott sie wie ein kleines Kind auf seinen Armen nach oben getragen hatte.

Zufrieden war sie an ihn gekuschelt sofort fest eingeschlafen. Sie hatte keine Ahnung, wie spät es war. Noch leicht verschlafen schlug sie die Bettdecke zurück und setzte die Füße auf den Boden. Ihre Zehen gruben sich in das Fell, das Scott davor ausgelegt hatte.

Jeder Knochen tat ihr weh. Ihre Muskeln schmerzten von der ungewohnten Anstrengung. Bei dem Gedanken, dass sie heute wieder zurückkehren mussten, verzog sie das Gesicht. Sie hätte noch ewig an diesem magischen Ort bleiben können. Scott hatte vorgeschlagen, dass sie gegen Mittag aufbrachen, um noch vor Anbruch der Dunkelheit zurück auf der Ranch zu sein.

Ein dumpfes Geräusch, als ob jemand Holz schlagen würde, drang von draußen zu ihr. Sie eilte zum Fenster. Das Erste, was sie sah, war Buddy, der aufgeregt um sein Herrchen herumlief. Das Zweite waren Brownie und Thunder, die es sich im Schatten der Bäume gemütlich gemacht hatten. Anscheinend hatte Scott die Tiere bereits mit Nahrung versorgt. Er selbst stand breitbeinig vor einem großen Holzblock und spaltete Äste mit der Axt zu Brennholz.

Er trug lediglich eine Jeans und sah aus wie ein junger Gott. Die sonnengebräunte Haut schimmerte golden im Sonnenlicht. Unwillkürlich musste sie an den ersten Tag auf der Ranch denken. Niemals hätte sie gedacht, dass sie sich derart in diesen wunderbaren Mann verlieben würde. Ein Cowboy aus Montana. Ungläubig schüttelte sie den Kopf.

Aber wie sollte es weitergehen? Scotts Leben war fest mit der Ranch verankert. Für ihn gab es keinen Platz in New York. Auf der anderen Seite hatte sie ihre Arbeit im Kindergarten. Hier draußen gab es keine Arbeit für sie. Ihr Herz krampfte sich zusammen. Gab es für sie und Scott überhaupt einen Weg?

Ihr Blick wanderte zu der Kommode, auf der mehrere Bilder in kleinen Rahmen standen. Neugierig ging sie die paar Schritte, um sich die Fotos genauer anzuschauen. Eines der Bilder zeigte Scott mit seinen Brüdern. Er hatte noch keine Falten um die Augen und sein Gesicht wirkte deutlich jünger. Sie schätzte ihn auf Anfang zwanzig. Die Ähnlichkeit zwischen den Geschwistern war nicht zu übersehen. Scott war der größte der drei. Alle hatten das gleiche unbekümmerte Lachen auf dem Gesicht, wie es der Jugend vorbehalten war, wenn das ganze Leben noch vor einem lag und man sich für unverwundbar hielt.

Das Foto daneben zeigte Scott auf Thunder. Er hatte den Oberkörper leicht nach vorne gebeugt. Mit der linken Hand hielt er die

Zügel und mit der Rechten schwang er ein Lasso in der Luft. Dabei blitzten seine Augen draufgängerisch in die Kamera. Pferd und Reiter schienen über den Boden zu fliegen. Thunders Hufe berührten den Boden kaum. Die Mähne flatterte im Wind. Es war nicht mehr als ein Schnappschuss, aber die Dynamik auf dem Bild zog den Betrachter in den Bann.

Das nächste Foto war ein Schwarzweißbild und zeigte Scott an der Hand einer schlanken Frau mit dunklen lockigen Haaren. Ohne Zweifel seine Mutter. Die gleichen leuchtenden Augen, das gleiche Lächeln, die gerade Nase und die kantige Gesichtsform.

Page nahm das Bild in die Hand, um es näher zu betrachten. Einmal mehr fragte sie sich was zwischen Scotts Vater und seiner Mutter passiert sein musste, dass sie ihre Kinder zurückließ?

Unwillkürlich musste Page an ihre eigenen Eltern denken. Soweit sie zurückdenken konnte, war nie ein böses Wort zwischen ihnen gefallen. Die Ehe ihrer Eltern war stets in ruhigen Bahnen verlaufen, ohne große Höhen und Tiefen.

Sie stellte den Rahmen mit dem Foto zurück an seinen Platz. Dabei fiel ihr Blick auf Scotts Brieftasche. Er hatte sie achtlos auf die Kommode geworfen. Eine Visitenkarte war herausgerutscht. Sie zögerte einen winzigen Augenblick. Doch dann entschied sie sich die Karte an ihren ursprünglichen Platz zurückzuschieben.

Sie beugte sich nach vorne, um danach zu greifen. Im selben Moment erstarrte sie. Das blasse Gesicht einer Frau blickte ihr entgegen. Die Lippen trotzig aufeinandergepresst, hielt sie ein Kleinkind im Arm. Was sie vermeintlich für eine Visitenkarte gehalten hatte, war ein Foto. Page schätzte das kleine Mädchen auf knapp ein Jahr. Ihre Finger zitterten, als sie das Foto betrachtete.

Auf den zweiten Blick sah sie es sofort. Das Baby hatte auffällig weit auseinanderstehende, leicht schräge Augen, die Nasenwurzel war kürzer als gewöhnlich und die Zunge hing aus dem Mund. Das kleine Mädchen war behindert – Downsyndrom.

Sie hatten im Kindergarten einen Jungen, dessen Schwester ebenfalls diesen Gendefekt hatte. Ein entzückendes Mädchen, das mit seiner lieben Art sofort die Sympathien seiner Mitmenschen auf sich zog.

Schritte waren zu hören. Scott. Ihr Herz setzte vor Schreck einen Schlag aus, um dann loszurasen. Hastig steckte sie das Bild in die Brieftasche. Mit einem Satz sprang sie zurück ins Bett.

Keine Sekunde zu früh. Scott tauchte im Türrahmen auf. Er hatte ein Tablett in der Hand, auf dem ein Becher Kaffee, Marmelade und Brot und eine kleine Vase mit Wildblumen standen.

»Guten Morgen, Prinzessin.« Er stellte das Tablett auf dem Bett neben ihr ab und gab ihr einen zärtlichen Kuss auf die Nase.

Ihr Blick fiel auf die Blumen. »Sind die für mich?«, hauchte sie, noch immer um Fassung bemüht. Sie hoffte, dass er das Zittern in ihrer Stimme nicht wahrnahm. Seine Vergangenheit nagte an ihr.

»Frisch gepflückt.« Er beugte sich zu ihr und gab ihr einen Kuss. Sein Körper verströmte den Duft nach Seife und Zedernholz. Er kuschelte sich zu ihr aufs Bett.

»Ich liebe Wildblumen«, antwortete sie mechanisch.

Ihr Puls raste noch immer und sie konnte kaum einen klaren Gedanken fassen. Alles, an was sie denken konnte, war: Wer war die Frau? Und noch wichtiger – wessen Baby hielt sie in den Armen?

»Hast du gut geschlafen?« Er strich ihr eine Haarsträhne aus dem Gesicht.

»Wie ein Murmeltier.«

»Hm.« Er musterte sie. »Alles in Ordnung mit dir? Du siehst aus, als hättest du einen Geist gesehen.«

Wenn du wüsstest.

»Ja. Alles okay. Ich bin nur noch ein bisschen müde.«

»Kaffee?« Scott hielt ihr den Becher entgegen. Dankbar nahm sie einen Schluck. Der Kaffee war ungewöhnlich stark, aber gut.

»Wie spät ist es eigentlich?« Es gab keine Uhr im ganzen Haus, und sie hatte ihr Handy auf der Ranch gelassen.

»Es ist schon nach neun.« Scott lächelte. »Die frische Luft scheint dir gutzutun. Du hast geschlafen wie ein Murmeltier.«

»Sieht ganz danach aus.« Sie nahm einen Bissen vom Brot. »Sag mal, magst du Kinder?«

Er zog überrascht die Augenbraue hoch. »Ja, warum fragst du?«

Sag es ihm. Frag ihn, wer die Frau und das Baby sind. Nein. Er würde denken, dass sie in seinen Sachen rumspioniert hatte.

»Einfach nur so. Ich bin schließlich Kindergärtnerin.«

»So hat man mir gesagt.« Ohne weiter auf das Thema einzugehen, zog er sie an sich und gab ihr einen Kuss. »So, und nun iss, sonst ist alles kalt und ich habe mir die Mühe umsonst gemacht.«

Sie würde warten müssen, bis sich eine günstige Gelegenheit bot.

Sie schaffte es den ganzen Morgen nicht, ihn zu fragen. Immer wenn sie anfangen wollte, verließ sie der Mut. Als sie gegen Mittag die Pferde sattelten, stand die unausgesprochene Frage immer noch zwischen ihnen.

Schweren Herzens machte sie sich auf den Rückweg. Die Fröhlichkeit des gestrigen Tages war verschwunden. Sie musste ständig an das Foto denken. Wenn es wirklich Scotts Kind war, warum wollte er nicht darüber reden?

Der Ritt nach unten erforderte deutlich mehr Aufmerksamkeit und Geschick als der Weg nach oben. Scott hatte eine andere Route gewählt als am Vortag. Sie ritten an bizarren Felsformationen vorbei, die an jene vom Monument Valley erinnerten. Tieren begegneten sie unterwegs nicht. Erst als sie weiter unten den Fluss durchqueren mussten, sahen sie einem Bären aus der Ferne beim Fischen zu.

Obwohl sie den Ritt genossen hatte, war Page erleichtert, als am späten Nachmittag die Ranch in Sicht kam.

»Page, halt an«, bat Scott sie plötzlich. Der Tonfall verhieß nichts Gutes. Sie schluckte und zog am Zügel, damit Brownie stehen blieb. »Was ist los mit dir? Ich spüre mit jeder Faser, dass etwas nicht stimmt. Seit heute Morgen bist du irgendwie anders.« Seine Stirn lag in Falten.

»Warum möchtest du mit mir nicht über deine Vergangenheit sprechen?«, fragte sie ihn direkt ins Gesicht.

»Das hat nichts mit dir zu tun.« Er sah sie mit düsterem Ausdruck an. »Warum ist das so wichtig für dich?«

»Weil unsere Vergangenheit ein Teil von uns ist.«

»Ich würde diesen Teil gern aus meinem Leben streichen. Ein für alle Mal.« Sein Mund war kaum mehr als ein dünner Strich.

»Aber Scott, wenn das mit uns eine Zukunft haben soll, müssen wir darüber reden, wer die Frau und das Kind auf dem Foto in deiner Brieftasche sind.«

Jetzt war es raus. Eigentlich hatte sie es für sich behalten wollen, aber im Eifer des Gefechts war es ihr herausgerutscht.

»Du hast in meinen Sachen spioniert«, sagte er scharf. Sämtliche Farbe war aus seinem Gesicht gewichen.

»Nein.« Sie schüttelte den Kopf. Verdammt! »Ich habe mir die Fotos auf der Kommode angesehen, und dabei ist mir das Bild in deiner Brieftasche aufgefallen. Es muss rausgerutscht sein.«

Er richtete sich auf und zog seine Brauen zusammen. »Rausgerutscht also. Erzähl mir nichts. Ich kenne euch Frauen. Ihr seid neugierig und könnt es nicht ertragen, wenn man euch nicht gleich sein ganzes Gefühlsleben auf dem goldenen Tablett serviert.«

Page zuckte zusammen, als hätte man sie geohrfeigt. »So siehst du das also?«

»Ja, genau so sehe ich das.« Er funkelte sie wütend an. »Als ich dich kennengelernt habe, dachte ich, du wärst etwas Besonderes. Und jetzt muss ich erfahren, dass du wie die anderen bist.«

Sie hob flehend die Arme in die Luft. Tränen brannten in ihren Augen. »Scott, ich wollte doch nur –«

»Es ist mir egal, was du wolltest«, unterbrach er sie harsch. »Ich hoffe, du hast gefunden, was du gesucht hast.«

Er stieß einen scharfen Pfiff aus, und Thunder stürmte nach vorn. Page blieb wie betäubt stehen. Seine Worte schepperten noch immer in ihren Ohren. Sie war unfähig, sich zu bewegen. Was war gerade passiert? Warum hatte er derart empfindlich reagiert? Sie verstand die Welt nicht mehr. Wo war der Mann, der sie mit Zärtlichkeiten überhäuft hatte?

Tränen liefen ihr über die Wangen und tropften auf Brownies Fell. Als würde die Stute spüren, welcher Kummer sie plagte, drehte sie den Kopf zur Seite, als hoffte sie, einen Blick auf Page zu erhaschen. Page beugte sich nach vorn und streichelte die Stute.

»Du hast keine Schuld«, murmelte sie. »Es ist alles meine Schuld. Warum musste ich dumme Kuh in seinen Sachen schnüffeln?«

Sie rutschte vom Sattel. Wie eine Puppe ließ sie sich ins Gras fallen und schluchzte hemmungslos.

Sie wusste nicht, wie lange sie so dagesessen hatte. Brownie hatte die ganze Zeit neben ihr gestanden und sie mit ihren wunderschönen Pferdeaugen gemustert. Jetzt kam die Stute näher und drückte ihre Nüstern gegen Pages gesenkten Kopf, als wollte sie Page ermahnen, endlich aufzuhören.

Ein weiterer Stupser folgte. Traurig sah Page hoch.

»Du bleibst wenigstens bei mir«, schniefte sie.

Aus dem Augenwinkel sah sie, wie sich ein Reiter näherte. Mit tränenverschleiertem Blick versuchte sie zu erkennen, um wen es sich handelte. Der Mann hatte die untergehende Sonne im Nacken. Erst als er in unmittelbarer Nähe war, erkannte sie ihn – Larry. Er verlangsamte sein Tempo, bis er kurz vor ihr zum Stehen kam.

»Page.« Er reichte ihr die Hand. »Es wird gleich dunkel. Du musst nach Hause kommen.« Er sprach mit ihr wie ein Vater mit seinem Kind.

Mit Tränen in den Augen sah sie zu ihm auf. »Ich habe alles falsch gemacht.«

Larry zog sie hoch, bis sie vor ihm zum Stehen kam. »Nein, meine Kleine. So einfach ist das nicht.«

»Hat er mit dir geredet?« Hoffnungsvoll sah sie ihn an.

»Nein, aber ich kann mir denken, was der Grund ist.« Er kratzte sich am Hinterkopf. »Hat schwere Zeiten hinter sich. Ist nicht so leicht für ihn, sich Fremden gegenüber zu öffnen, und schon gar nicht einer Frau.«

Sie knabberte an ihrer Unterlippe. Heiliger Strohsack. Wusste denn jeder hier Bescheid, was passiert war, außer ihr?!

»Aber warum?«

»Hab seine Frau nie kennengelernt. Muss ein ziemlich hübsches Ding gewesen sein, so wie du. Hat von nichts anderem mehr gesprochen. Sein Dad war dagegen. ›Ist ’ne Stadtblume‹, hat er immer gesagt, ›die kannst du nicht umpflanzen‹. Also ist Scott in die Stadt gezogen.«

»Und was ist passiert?«

»Schlimme Sache damals.« Larry schüttelte den Kopf. »Hat das Kind auf der Ranch beerdigt.«

»Das Kind?« Page sah den alten Cowboy fassungslos an.

»Leilani. Seine Tochter.«

Leilani. Der Name hatte auf dem Stein gestanden. Deshalb hatte er sich so ruppig verhalten. Sie hatte auf dem Grab seiner Tochter gesessen. Sie musste sich bei ihm entschuldigen.

Langsam fügten sich die Puzzleteilchen zusammen. Das Baby auf dem Foto war Scotts Baby gewesen, die Frau allem Anschein nach Ashley.

Scott und seine Frau hatten ein behindertes Kind bekommen. Und es war gestorben. Aber wo war Ashley? Fragen über Fragen.

»Was ist mit der Mutter des Kindes passiert?«

»Keine Ahnung. Scott spricht nicht mit mir darüber.« Er hatte einen schmerzerfüllten Gesichtsausdruck. »Ich hätte ihm so gern geholfen – wir alle hätten ihm geholfen. Aber der Junge ist stur wie ein Maulesel. Ist eines Morgens losgeritten und war tagelang verschwunden. Wir dachten schon, er wäre gestorben. Danach hat sich keiner mehr getraut, ihn darauf anzusprechen.«

»Das erklärt einiges«, murmelte Page. Sie wischte sich mit dem Handrücken über das Gesicht. Sie musste unbedingt mit Scott sprechen. »Danke, Larry.« Sie zwang sich zu einem Lächeln.

»Ich wünschte, ich hätte mehr helfen können.«

»Du hast mir sehr geholfen. Wirklich.« Sie ging zu Brownie und stieg auf.

»Gut. Dann lass uns nach Hause reiten«, sagte Larry und zog seinen Stetson tiefer ins Gesicht.

Wo war ihr Zuhause? Seit sie auf der Ranch angekommen war, spielte sie mit dem Gedanken, wie es wäre, hier zu leben. Sie hatte keine Familie in New York. Bis auf Maddie und ein paar Freunde würde sie niemanden vermissen. Da war allerdings ihre Arbeit im Kindergarten, die sie jeden Tag aufs Neue mit Freude erfüllte. Und dann war da noch Scotts Vergangenheit. Würde er jemals darüber hinwegkommen?

Schweigend ritten sie der untergehenden Sonne entgegen.

17. Kapitel

Sie rannte durch den Garten zu dem kleinen Wäldchen, in der Hoffnung, Scott an seinem geheimen Ort zu finden. Sie musste mit ihm sprechen. Ihre Beziehung durfte nicht einfach so enden. Sie lief, so schnell ihre müden Füße sie trugen. Der Hut war ihr vom Kopf gerutscht, aber das war ihr egal. Alles was zählte, war, dass sie Scott fand. Sie stolperte über eine Wurzel, die aus der Erde herausragte, und landete kopfüber im feuchten Gras. Ein brennender Schmerz breitete sich auf dem Knie aus. Sie verzog das Gesicht und rappelte sich auf. Die Hose über den Knien war aufgerissen. Blut sickerte durch den Stoff. Aber zum Jammern war keine Zeit. Sie rannte weiter, bis sie das Wäldchen erreicht hatte. Hoffnungsvoll schob sie sich zwischen den dichten Bäumen hindurch. Ein Ast peitschte ihr ins Gesicht und versetzte ihr eine Ohrfeige. Sie schrie kurz auf und rieb sich die brennende Wange. Ihr Atem ging stoßweise, als sie durch die Bäume trat.

Mit klopfendem Herzen blieb sie stehen. Die Lichtung war dunkel. Die Hängematte hing schlaff herunter.

»Scott?«

Sie kniff die Augen zusammen, in der Hoffnung, etwas zu erkennen. Es knackte hinter ihr. Sie wirbelte herum. Aber außer Dunkelheit war da nichts.

Wo war Scott? Im Stall war er nicht. Thunder war auf der Weide, was bedeutete, dass er nicht weggeritten war. Larry und sie hatten den ganzen Bereich abgesucht. Auf seinem Zimmer war er auch nicht. Betty hatte netterweise nachgesehen. Auf dem Weg nach draußen war sie Tess begegnet. Sie hatte sofort gesehen, dass etwas nicht stimmte, und Page darauf angesprochen. Page hatte ihr mit knappen Worten erzählt, was vorgefallen war. Aber auch sie hatte ihr nicht helfen können.

Ihre einzige Hoffnung war es gewesen, ihn hier an seinem geheimen Ort zu finden. Sie ließ die Schultern hängen. Tränen bahnten sich ihren Weg nach oben. Sie schluckte hart. Sie durfte jetzt nicht aufgeben. Sie musste stark bleiben, bis sie Scott gefunden hatte.

Grimmig stapfte sie zurück. Ihr Knie brannte höllisch und ihre Wange pochte verdächtig. Ihre Haare hatten sich beim Lauf durch die Bäume gelöst und hingen ihr wirr ins Gesicht.

Wo konnte er sein?

Sie blieb stehen und ging im Geiste alle Plätze auf der Ranch durch, die sie zusammen besucht hatten. Sie warf einen Blick zum Haus. Gelbes Licht drang durch die Fenster nach draußen. Sie sah, dass sich mehrere Gäste im Wohnzimmer versammelt hatten, um dort ihren allabendlichen Sundowner zu sich zu nehmen. Heute war für viele der letzte Abend, deshalb war es voller als gewöhnlich. Sie erkannte Pat und Bill, die am Kamin saßen. Maddie und Tess unterhielten sich mit Ned und Jack. Das Anwaltspärchen war ebenfalls da. Sie würden noch ein paar Tage bleiben. Dazwischen huschte die füllige Gestalt von Betty umher. Nur Scott und sie fehlten in der illustren Runde.

Was sollte sie tun? Ins Haus gehen und mit den anderen Gästen den letzten Abend feiern?

Page schüttelte unbewusst den Kopf. Ihr war nicht nach Feiern zumute. Sie wusste, wenn sie dort hineinging, würde es sie ihre ganze Selbstbeherrschung kosten, nicht in Tränen auszubrechen. Sie war noch nie besonders gut darin gewesen, sich zu verstellen. Blieb nur die Option, aufs Zimmer zu gehen.

Langsam setzte sie sich in Bewegung. Sie dachte an Larrys Worte.

Leilani. Seine Tochter.

Mit einem Mal wusste sie, wo sie suchen musste. Sie machte auf den Hacken kehrt und schlug die entgegengesetzte Richtung ein. Wenn es einen Platz auf der Welt gab, wo Scott sein könnte, dann war es das Grab seiner Tochter.

Das letzte Mal, als sie den Weg gegangen war, war es hell gewesen. Jetzt, in der Dämmerung, hatte sie Mühe, den schmalen Pfad zu finden, der zum Grab führte. Sie wünschte sich, sie hätte eine Taschenlampe oder wenigstens ihr Handy mitgenommen. So stolperte sie hilflos durch das hohe Gras, bis sie das Gatter am Ende des Gartens erreicht hatte. Etwas ungelenk öffnete sie den Schieber und das Türchen sprang auf. Sie machte sich nicht die Mühe, es wieder zu verschließen, sondern lief einfach weiter.

Der Duft nach Gras und feuchter Erde lag in der Luft. Der erste Schrei einer Eule war zu hören. Nicht mehr lange und sie würde endgültig in völlige Dunkelheit eingehüllt sein. Die letzten Schimmer der Sonne hingen über den Bergen wie rote Schleierfetzen. Die Äste der Bäume sahen bedrohlich aus – wie Arme, die nach ihr zu greifen versuchten.

Mit entschlossener Miene erkämpfte sie sich weiter ihren Weg, bis sie endlich die Wiese erreicht hatte, wo sich der Steinhügel mit Leilanis Namen darauf befand. Ihr Herz setzte einen Schlag aus, als sie Scotts gebückte Gestalt erkannte. Regungslos verharrte er vor dem Steinhaufen – dem Grab seiner Tochter.

Mit langsamen Schritten näherte sie sich ihm. Er war ganz in sich und seine Gedanken versunken. Erst als sie fast unmittelbar vor ihm stand, schien er sie zu bemerken.

»Scott.« Sie legte die Hand auf seinen Arm. Er zuckte zusammen, entzog sich ihr, was ihr einen Stich versetzte.

»Es tut mir von Herzen leid«, flüsterte sie kaum hörbar.

Wie in Zeitlupe hob er den Kopf. Ihre Blicke trafen sich. Seine Augen schimmerten feucht im schwachen Licht. Es brach ihr fast das Herz, ihn so traurig zu sehen.

»Sie war gerade mal ein Jahr alt, als sie gestorben ist«, flüsterte er mit heiserer Stimme. »Leilani kam an einem sonnigen Tag auf die Welt. Bis zu ihrer Geburt wussten wir nicht, dass sie das Down-Syndrom hatte. Wir waren so aufgeregt, als die ersten Wehen einsetzten und die Fruchtblase platzte. Ich bin nicht von Ashleys Seite gewichen. Ich wollte unbedingt dabei sein, wenn unser Baby seinen ersten Atemzug tut.« Er atmete tief durch, als müsste er Kraft schöpfen. »Ich weiß noch genau, wie Leilani mit einem zornigen Schrei das Licht der Welt erblickte. Sie hatte braune Haare wie ihre Mutter und einen kleinen Kirschmund. Wir weinten vor Glück. Der Arzt, der Leilani entbunden hat, gratulierte uns zu unserer Tochter. Als ich ihr bezauberndes Gesicht das erste Mal sah, wusste ich sofort, dass Leilani ein besonderes Kind ist. Sie hatte diese leicht schräg stehenden Augen und diesen ganz speziellen Blick. In Ashleys Bekanntenkreis gab es ein Paar, das ebenfalls ein Kind mit Down-Syndrom hatte. Ashley und ich haben den kleinen Jungen ein paarmal in Begleitung seiner Eltern getroffen. Ein liebes Kind, das viele Fragen stellte und ausgesprochen gern lachte. Ashley fühlte sich immer unwohl in seiner Nähe. Sie meinte, es würde sie zu sehr belasten und dass sie nie im Leben ein Kind mit einer derartigen Behinderung bekommen hätte.«

Pages Magen zog sich zu einer Faust zusammen. Sie hatte in ihrer Zeit als Erzieherin so manches Kind mit Down-Syndrom und seine Familien erlebt. In Gesprächen hatten die meisten Eltern immer wieder betont, welche Bereicherung das Kind trotz aller Einschränkungen für sie war.

»Der Arzt hat mir Leilani mit ernstem Gesicht in den Arm gelegt. Sie hatte so ein süßes Gesicht und …«

Page musste unwillkürlich an das Foto denken. Ein kleines Mädchen mit den typischen Zeichen des Gendefekts und dem Lächeln eines Engels.

»… als ihr winziges Händchen meinen Finger umschlossen hat, wusste ich, dass wir zusammengehören und ich alles tun würde, um ihr Leben so schön wie möglich zu machen.« Er holte tief Luft. »Ashley weigerte sich, die Kleine auf den Arm zu nehmen.« Scott verzog das Gesicht. »Sie wollte das Kind nicht, hat schrecklich geweint. Ich war völlig hilflos und habe versucht, sie zu trösten, aber sie hat mich von sich weggestoßen.«

Scotts Stimme brach ab. Behutsam legte sie ihre Hand auf seine Schulter. Diesmal wehrte er sich nicht.

»Immer wieder hat sie die Frage gestellt, was sie im Leben verbrochen hätte, dass sie ein solches Kind bekommen hat. Es war schrecklich. Ich war selbst überfordert mit der ganzen Situation. Am nächsten Tag, nachdem die Untersuchungen gelaufen waren, kam die nächste Hiobsbotschaft. Der Arzt teilte uns mit, dass Leilani mit einem schweren Herzfehler geboren sei und man sie schnellstmöglich operieren müsse. In Ashleys Augen konnte ich die Hoffnung sehen, dass Leilani vielleicht sterben würde. Ich weiß nicht, was mir mehr wehtat – dass unser Kind krank war oder dass die Frau, die ich über alles liebte, unser Kind nicht wollte. Zu diesem Zeitpunkt hatte ich immer noch die Hoffnung, dass sie sich beruhigen und unsere Tochter akzeptieren würde.«

Er schüttelte den Kopf.

»Aber es wurde nur schlimmer mit jedem Tag, den Leilani auf der Welt war. Natürlich hatte auch ich Ängste, dass mein Kind später ausgelacht und beleidigt werden könnte. Dass die Umwelt sie nicht als das wahrnehmen würde, was sie wirklich war – nämlich eine seltene Blume, die vom Himmel gefallen war, um uns Liebe zu schenken.«

Scott machte eine lange Pause. Page traute sich kaum zu atmen, bis er endlich so weit war und weitererzählen konnte.

»Leilani blieb ein Jahr bei uns, bevor der liebe Gott sie wieder zu sich holte. Ashley und ich haben uns in der Zeit bis zu Leilanis Tod immer mehr voneinander entfernt. Sie fing an, sich ohne mich mit Freunden zu treffen. Am Anfang dachte ich, das wäre ein gutes Zeichen. Aber dann blieb sie nächtelang weg und kam völlig verkatert wieder nach Hause. Leilani war für sie nicht mehr als ein lästiges Ding, dessen Mutter sie war. Ich weiß nicht, wie ich es damals ohne Tess geschafft hätte. Sie hat auf Leilani aufgepasst, wenn ich in die Uni musste. Tess hat lange Gespräche mit Ashley geführt, in der Hoffnung, sie dazu zu bewegen, ihr Kind anzunehmen – ohne Erfolg.« Scott hob den Kopf und sah ihr direkt in die

Augen. »An dem Tag, als Leilani starb, hat Ashley das erste Mal wieder gelächelt und mir damit das Herz aus der Brust gerissen.«

Page schluckte. Tränen liefen ihr über das Gesicht.

»Ich wollte, dass meine Tochter an dem Platz begraben wird, der mir am meisten im Leben bedeutet.« Er deutete mit dem Kopf auf den Steinhügel. »Jeden Morgen, wenn die Sonne aufgeht, komme ich hierher, um gemeinsam mit ihr den Tag zu begrüßen.«

Minutenlang sagte keiner ein Wort. In Pages Kopf wirbelten die Gedanken durcheinander, darum bemüht, die ganze Tragweite der Situation zu erfassen. Jetzt verstand sie, warum er ihr gegenüber so abweisend reagiert hatte. Weshalb er seine Vergangenheit auf sich beruhen lassen und mit ihr nicht darüber sprechen wollte.

»Es tut mir leid, dass ich dich so bedrängt habe«, sagte sie schließlich. »Hätte ich gewusst …«

»Hör auf«, bat er sie. »Dich trifft keine Schuld. Es war nicht fair von mir, dich so zu behandeln. Ich hätte von Anfang an Abstand nehmen und keine Hoffnungen schüren sollen.«

Seine Worte trafen sie wie ein Schlag in die Magengrube.

»Aber du kannst doch nicht einfach die Gefühle, die wir füreinander haben, wegschieben«, sagte sie mit zittriger Stimme, »und so tun, als wäre nichts passiert. Ich habe mich in dich verliebt.«

Jetzt war es raus.

Scott nahm ihre Hände. Sein Blick suchte den ihren. »Page. Du bist ein wunderbarer Mensch, und die letzten Tage mit dir waren wunderschön …« Sie nickte stumm. Die Angst vor dem, was kommen würde, kroch ihr langsam den Rücken hoch wie eine kalte Schnecke. »Aber das mit uns hat keine Zukunft.« Seine Stimme hatte den Klang der Endgültigkeit. Page hatte das Gefühl, der Boden unter ihren Füßen würde schwanken. »Ich wünsche dir alles Glück der Welt.«

»Das ist alles?«

»Ja.«

»Du schmeißt das, was die letzten Tage war, einfach so weg?« Fassungslosigkeit breitete sich in ihr aus.

»Dein Lebensmittelpunkt ist in New York. Meiner hier auf der Ranch. Ich habe eine schwierige Beziehung hinter mir. Ich würde es nicht noch ein zweites Mal ertragen.« Er ließ ihre Hände abrupt los. Pages Arme fielen nach unten wie zwei leblose Schläuche. »Leb wohl, Page.«

Wie in Trance sah sie zu, wie er sich von ihr entfernte. Sie wollte schreien, ihn bitten, zu ihr zurückzukommen, aber außer heiße Luft kam nichts aus ihrem Mund.

Hilflos sah sie zu, wie die Dunkelheit ihn verschluckte.

18. Kapitel

Langsam setzte sich der alte Ford Pick-up in Bewegung. Page warf einen letzten Blick aus dem Fenster, in der Hoffnung, irgendwo da draußen Scotts hochgewachsene Gestalt zu erblicken. Ohne Erfolg. Scott blieb verschwunden.

Tränen stiegen ihr in die Augen, als das Farmhaus langsam hinter einer Staubwolke verschwand. Zehn Tage voller Glück hatten ein jähes Ende gefunden, und es drohte ihr das Herz zu zerreißen, so sehr vermisste sie ihn schon jetzt.

Sie hatte in der Nacht kaum geschlafen. Nachdem sie zurück zum Haus gelaufen war, hatte sie sich im Zimmer verkrochen und ihre Wunden geleckt wie ein verletztes Tier. Als Maddie sie fand, hatte sie zusammengerollt auf dem Bett gelegen und geweint. Page hatte nicht gewusst, dass ein Mensch so viele Tränen weinen konnte. Maddie hatte sich zu ihr gelegt, und irgendwann war sie in ihren Armen eingeschlafen.

Page spürte Bettys Blick im Rückspiegel auf sich ruhen. Hastig wischte sie sich mit den Fingerspitzen die Tränen aus dem Gesicht. Sie wollte nicht, dass Betty sah, dass sie weinte.

Das Auto holperte über die Straße und die Landschaft flog an ihr vorbei. Am liebsten hätte sie aufgeschrien, sie solle den Wagen anhalten, aber dann besann sie sich eines Besseren und schwieg.

Er war nicht gekommen. Kein Wort, kein letzter Kuss. Eine trostlose Leere breitete sich in ihr aus und drohte sie zu verschlucken. Sie spielte nervös mit dem Cowboyhut in ihrer Hand. Zum hundertsten Mal stellte sie sich die Frage: Hätte es für sie und Scott eine Chance gegeben? Sie würde es wohl nie erfahren.

»Alles okay mit dir?« Maddie drehte sich zu ihr um.

Page nickte stumm.

»Ich soll dir liebe Grüße von Larry ausrichten«, ließ Betty von vorn verlauten.

Ein trauriges Lächeln huschte über Pages Gesicht. Der gute Larry. Sie würde den alten Cowboy vermissen, wie sie alles hier vermissen würde.

»Ich weiß nicht, was in den Jungen gefahren ist«, flüsterte Betty ihr zum Abschied zu.

Sie hatten auf dem Besucherparkplatz des kleinen Flughafens geparkt. Maddie war schon ausgestiegen und kümmerte sich um das Gepäck.

»Natürlich weißt du von Scott und mir?« Es war eine Feststellung und keine Frage. Page sah zu Betty hoch.

»Ich müsste blind sein, wenn ich das nicht sehen würde. Ich habe den Jungen praktisch großgezogen.«

Page nickte. Tränen brannten in ihren Augen. Sie wusste, wenn sie jetzt nachgab, würde der Damm brechen und ein Meer von Tränen würde sich den Weg nach oben bahnen. Stattdessen schluckte sie hart.

»Scott hat in den letzten Jahren viel durchgemacht. Als er aus der Stadt zurückkam, war er nicht mehr derselbe. Er war verschlossen und hatte stets diesen traurigen Blick. Während du bei uns zu Gast warst, habe ich ihn das erste Mal wieder lächeln gesehen. Das ist dir zuzuschreiben.«

Page lächelte. »Danke, dass du das gesagt hast. Es bedeutet mir viel. Ich wünschte, wir hätten eine Chance bekommen.«

»Schätzchen, wenn ich eines in meinem Leben gelernt habe, dann, dass für die wahre Liebe kein Weg zu weit und kein Berg zu hoch ist. Kriege wurden der Liebe wegen geführt. Ganze Bauwerke wurden geschaffen, um das Herz einer Frau zu gewinnen. Gib nicht auf. Wenn ihr beide euch liebt, werden eure Herzen einen Weg zueinander finden.« Betty drückte ihr einen Kuss auf die Wange. »Gott schütze dich, mein Kind.«

»Danke«, sagte Page. Eine dicke Träne kullerte über ihre Wange. »Verdammt, jetzt fange ich schon wieder an zu weinen.«

»Alles wird gut. Ich spüre es mit jedem meiner alten Knochen.« Betty nahm Pages Hände in ihre. »Sei zuversichtlich.«

»Danke für alles. Ich werde die Zeit hier bei euch niemals vergessen.« Page gab Betty einen Kuss auf die Wange.

Die ältere Frau nickte. Maddie kam zu ihnen geeilt.

»Page, wir müssen uns beeilen. Vielen Dank, Betty.« Sie reichte der Haushälterin die Hand.

»Gern geschehen. Vielleicht sieht man sich ja mal wieder.« Sie schenkte Maddie ein warmherziges Lächeln.

»Das liegt durchaus im Bereich des Möglichen«, entgegnete Maddie. Ihr Blick blieb auf Page hängen. »Hast du geweint?«

Sie schüttelte den Kopf. »Nur ein bisschen.«

»Hey, ich bin doch da.« Maddie hakte sich bei ihr unter.

»Leb wohl.« Page drehte sich ein letztes Mal zu Betty um, die hinter der Absperrung stand und winkte. Dann trat sie durch die Sicherheitskontrolle, zurück in ihr altes Leben.

Der Flug war ihr wie eine Ewigkeit vorgekommen. Maddie war ziemlich wortkarg gewesen und kaum fähig, sich normal zu unterhalten, egal was Page zu ihr gesagt hatte.

Traurig sah Page aus dem Fenster. Unter ihnen tauchten in der Ferne die Umrisse von New York zwischen den Wolken auf. Von Weitem sah Manhattan aus wie eine Insel mit Spielzeugtürmen, die vom dunkelblauen Wasser umspült wurde. Die Boote auf dem Hudson River schaukelten in der Sonne. Die Freiheitsstatue kam unter ihr in Sicht. Selbst von hier oben war der stolz nach oben gestreckte Arm der Libertas mit der Fackel in der Hand zu erkennen. Für die meisten Besucher das ultimative Wahrzeichen der Stadt. Dahinter breitete sich Manhattan vor ihren Augen aus. Der Freedom Tower stach wie eine Nadel in den Himmel empor.

Ihr Blick wanderte zur Brooklyn Bridge, die sich über den Hudson River spannte. Die Brücke war die Nabelschnur zwischen

Brooklyn und Manhattan. Page liebte es, im Sommer ganz früh am Morgen, wenn alles noch still war, dort rüberzugehen, um sich in eines der unzähligen Cafés auf der anderen Seite zu setzen.

»Würden Sie sich bitte anschnallen?« Die freundliche Flugbegleiterin deutete auf die Anschnallzeichen über ihren Köpfen.

Page war so in Gedanken gewesen, dass sie nicht mitbekommen hatte, wie der Kapitän die Zeichen angestellt hatte. Sie zog den Gurt unter ihrem Po hervor und ließ die beiden Enden des Verschlusses ineinandergleiten, bis es leise klickte.

Das Flugzeug vollzog eine Linkskurve, und Manhattan rutschte aus ihrem Sichtfeld. Unwillkürlich musste sie an Montana denken. Sie würde die schneebedeckten Berge vermissen, die klare Luft, den freien Himmel und die schier unendliche Weite der Natur. Niemals hätte sie gedacht, dass nur zehn Tage ausreichen würden, um sich in ein Stück Land zu verlieben. Für einen winzigen Augenblick hatte sie mit dem Gedanken gespielt, wie es wäre, dorthin zu ziehen, doch dann hatte Scott die Reißleine gezogen, und sie hatte den Gedanken aus ihrem Kopf eliminiert.

New York war ihr Zuhause.

Der Pilot fuhr das Fahrwerk aus und setzte zur Landung an.

»Möchtest du, dass ich mit zu dir komme?«, fragte Maddie, als das Taxi vor Pages Wohnung hielt.

Sie schüttelte den Kopf. »Nein, das ist nicht nötig.«

»Wirklich?«

»Wirklich.« Sie zwang sich zu einem traurigen Lächeln.

»Wenn etwas ist, ruf mich an. Ich habe mein Handy immer bei mir.« Maddie sah sie besorgt an.

»Das mache ich«, versicherte Page. »Mach dir bitte keine Sorgen. Ich komme klar.«

»In Ordnung.« Maddie beugte sich zu ihr und gab ihr einen Kuss auf die Wange. »Bis morgen.«

»Ja, bis morgen.« Page zog am Türgriff und stieg aus. Der Fahrer hatte ihr Gepäck bereits aus dem Kofferraum geholt und auf dem Gehsteig abgestellt. Page bedankte sich und drückte dem Mann Trinkgeld in die Hand.

Nachdenklich sah sie nach oben. Es war deutlich kühler als die letzten Tage auf der Ranch. Der Himmel war leicht bedeckt. Mit einem Mal kam ihr alles grau und laut vor.

Das Taxi fuhr los. Page winkte, bis es um die nächste Straßenecke bog. Mit schnellem Schritt ging sie zur Haustür. Sie wollte nur noch allein sein und unter die Bettdecke kriechen.

Sie öffnete die Tür mit einem Ruck und wäre fast über einen Mann gefallen, der auf dem Boden im Flur saß.

»Ben!« Sie blieb abrupt stehen.

»Page!« Ben rief ihren Namen, als würde es sich dabei um das Codewort zum Glück handeln. »Gott sei Dank!«

Ehe sie etwas sagen konnte, schlang er seine Arme um sie. Erschrocken ließ Page die Tasche los, die krachend zu Boden ging. Ben drückte sie so fest an seine Brust, dass sie fast keine Luft mehr bekam. Sofort hatte sie seinen vertrauten Duft nach Tabak und Hölzern in der Nase.

»Du weißt ja gar nicht, wie froh ich bin, dass du wieder da bist.« Seine Stimme klang weinerlich.

»Ähm.« Sie legte ihre Hände auf seine Brust und drückte ihn sanft von sich. »Was soll das?«

Ben schüttelte den Kopf, und seine dunkelblonden Haare fielen ihm ins Gesicht. »Ich verstehe deine Frage nicht. Bist du denn nicht froh, mich zu sehen?« Er sah aus, als würde er jeden Moment in Tränen ausbrechen. »Ich sitze schon den ganzen Morgen hier und warte auf dich.«

»Ich habe dich nicht darum gebeten«, sagte sie entschieden.

»Babe, du bist immer noch sauer, oder?«

»Sag mal, in welchem Universum lebst du eigentlich?!« So langsam wurde ihr die ganze Sache zu viel. »Du betrügst mich mit dieser blonden Schlampe und haust einfach ab. Das Einzige, was ich von dir in den letzten Tagen gehört habe, war, ob ich weiß, wo dein T-Shirt ist.«

»Ich brauchte Zeit, um herauszufinden, was ich eigentlich wirklich will«, sagte er trotzig.

»Ach, und jetzt weißt du es? Hat die Blondine dir dabei geholfen?« Sie verschränkte die Arme vor der Brust.

»Ich bin hier, weil ich mit dir zusammen sein möchte. Du und ich, wir sind ein Team.«

Er kam auf sie zu. Instinktiv wich Page einen Schritt zurück.

Ihr Blick fiel auf die Tasche am Boden, aus der Dreckwäsche hervorquoll. »Vergiss es.«

»Babe. Ich liebe dich.«

Sie zuckte zusammen. In all den Jahren, die sie ein Paar gewesen waren, hatte er diesen Satz noch nie zu ihr gesagt. »Das fällt dir jetzt ein?«

»Babe, ich habe dich vermisst.« Er hob flehend die Hände in die Luft.

Erst jetzt fiel ihr der schwarze Strich an seinem Unterlid auf.

»Ist das Kajal unter deinen Augen?« Sie deutete auf die Stelle.

»Ähm. Ja. Warum fragst du?«

»Weil es absolut lächerlich aussieht.« Sie holte tief Luft. »Falls es dir noch niemand gesagt hat, dann tue ich es: Du siehst absolut scheiße damit aus. Du bist nicht Johnny Depp. Und was deine Band anbelangt: Du kannst nicht singen – sieh es endlich ein. Such dir einen Job, solange dich noch jemand nimmt, und bau dir ein Leben auf. Ohne mich. Ich habe kein Interesse mehr.«

»Aber Babe …« Er sah sie mit wässrigen Augen an.

»Und nenn mich nicht Babe, als wäre ich ein kleines Kind.« Sie bückte sich und nahm ihre Tasche in die Hand.

»So kenne ich dich gar nicht.« Er blinzelte irritiert.

»Nein, du hast dir ja auch nie sonderlich Mühe gegeben, mich wirklich kennenzulernen.« Sie atmete tief aus. »Hör zu, Ben. Ich will dir nichts Böses. Aber das zwischen uns ist aus und vorbei. Verstehst du?« Er nickte betrübt. »Ich wünsche dir alles Gute für deine Zukunft und dass deine Träume in Erfüllung gehen.« Sie gab ihm einen Kuss auf die Wange. »Leb wohl.«

Sie machte auf dem Absatz kehrt. Ohne ihn noch eines Blickes zu würdigen, stieg sie in den Fahrstuhl. Als sich die Tür schloss, stieß sie einen Seufzer aus. Noch ein Kapitel in ihrem Leben, das mit dem heutigen Tag beendet war.

19. Kapitel

»Na, wie geht es dir?« Scott strich der Stute sanft mit der Hand über die Flanke. Brownie drehte den Kopf zur Seite und musterte ihn mit ihren großen braunen Augen. »Vermisst du sie auch so wie ich?«

Die Stute wieherte leise, als würde sie jedes Wort von dem, was er sagte, verstehen.

Es war knapp fünf Wochen her, dass er Page das letzte Mal gesehen hatte. Als sie abgereist war, war ein Teil von ihm mit ihr verschwunden.

Er hatte im Schutz der Bäume gestanden und beobachtet, wie sie ins Auto gestiegen war. Sie hatte so verletzlich ausgesehen mit ihren rotgeweinten Augen und dem blassen Gesicht. Es hatte ihn seine ganze Willenskraft gekostet, nicht zu ihr zu laufen und sie in den Arm zu nehmen.

Seitdem war keine Minute vergangen, in der er nicht an sie gedacht hatte. Wieder und wieder war er seine Entscheidung im Kopf durchgegangen und zu demselben Ergebnis gekommen: Es hatte keinen Sinn zwischen ihnen.

Er hatte einmal den Fehler gemacht und aus dem Gefühl der Liebe heraus sein Leben aufgegeben. Er hatte teuer dafür bezahlt. Ein zweites Mal würde ihm dieser Fehler nicht unterlaufen. Dies hier – die Ranch, die Pferde, die Gäste – war sein Leben. Eine Frau würde alles kaputt machen.

Er hatte mit niemanden darüber gesprochen. Weder mit Betty noch mit Tess. Beide Frauen hatten einen vorsichtigen Vorstoß gewagt und ihn gefragt, was zwischen ihm und Page vorgefallen war, aber er hatte sie von sich gewiesen. Tess war einen Tag später abgereist, und Betty wechselte seitdem kaum ein Wort mit ihm. Durch die Art, wie sie über Page redete, wurde deutlich, dass sie sie ins Herz geschlossen hatte – genau wie er. Auch wenn er es sich nicht hatte eingestehen wollen, so wusste er tief in seinem Herzen, dass er sie liebte.

»Hier versteckst du dich also!«

Die vertraute Stimme ließ ihn hochschrecken.

»Josh!«, rief er erstaunt. »Was machst du hier?« Er sah seinen Bruder mit großen Augen an. »Ich dachte, du wärst in Denver.«

Seit Josh als Rodeoreiter in der Profiliga mitspielte, war er, bis auf ein paar Tage im Jahr, immer unterwegs. Es kam so gut wie nie vor, dass Josh außerhalb von Familienfeiern vorbeikam.

»Ich hatte Sehnsucht nach dir!« Josh lachte.

Sein schwarzes Hemd stand offen und gab den Blick auf seine sonnengebräunte, muskulöse Brust frei. Josh war schon immer ein kleiner Angeber gewesen, der es genoss, wenn die Frauen ihn bewundernd ansahen.

Scott breitete die Arme aus. »Du willst wohl eine Tracht Prügel wie früher.«

»Woher wusstest du das?«

Die Brüder fielen sich herzlich in die Arme. Scott klopfte Josh kräftig auf die Schulter.

»Aber mal ehrlich: Was führt dich hierher?«, fragte Scott.

»Ich habe ein Treffen mit ein paar Bossen in Timber, und da dachte ich mir, ich schaue mal, was mein großer Bruder so treibt.«

»Bleibst du über Nacht oder musst du heute noch weiter?«

Es wäre nicht das erste Mal, dass Josh nach ein paar Stunden wieder verschwunden wäre.

»Ich habe gehofft, dass ich ein paar Tage bleiben kann.«

»Absolut! Was hältst du von einem Bier?« Scott sah Josh fragend an.

»Klar. Von mir aus auch zwei.«

»Gut. Betty hat mit Sicherheit welche im Kühlschrank.« Scott strich Brownie über die Mähne. »Bis später.«

»Mein großer Bruder – immer noch der beste Freund der Tiere«, spöttelte Josh.

»Was willst du damit sagen?« Scott blieb stehen und schob den Riegel vor die Box.

»Dass du schon immer besser mit Pferden als mit Menschen umgehen konntest.«

Scott zuckte mit den Schultern. »Tiere sind ehrlich und schenken dir ihre Liebe bedingungslos.«

»Möglich.« Josh kratzte sich am Hinterkopf. »Aber sie können nicht die Nähe eines Menschen ersetzen.«

»Sagt der Mann, der Frauen wie seine Unterwäsche wechselt.«

»Ich habe einfach noch nicht die Richtige gefunden«, entgegnete Josh ohne Umschweife.

Sie gingen nach draußen. Buddy, der im Schatten der Scheune gedöst hatte, kam bellend auf sie zu.

»Hi, alter Junge!« Josh bückte sich, um den Collie zu begrüßen.

Buddy wedelte begeistert mit dem Schwanz.

»Wie geht es dir?« Scott warf Josh einen kurzen Seitenblick zu.

»Kann nicht klagen. Wenn es weiter so gut läuft, stehe ich dieses Jahr in Vegas im Finale.«

Jedes Jahr im Dezember fand in Las Vegas das große Rodeofinale statt, wo die besten Reiter der Saison in den verschiedenen Disziplinen gegeneinander antraten. Letztes Jahr war Josh verletzungsbedingt nicht angetreten.

»Vegas also«, brummte Scott.

»Jep! Diesmal kann kommen, was will. Ich werde so lange auf diesem verdammten Bullen sitzen, bis ich den Titel habe.«

Unwillkürlich musste Scott an Page denken, wie sie im *Crazy Dog* auf dem mechanischen Bullen gesessen hatte. Er würde das Leuchten in ihrem Gesicht nie vergessen, als sie es geschafft und er sie in den Arm genommen hatte.

»Betty sagte mir, dass die Ranch gut läuft«, holte ihn Josh aus seinen Gedanken.

»Du hast mit Betty gesprochen?« Scott blieb überrascht stehen.

»Hey, ich bin auch hier großgeworden. Ich kann mit Betty reden, wann ich will.« Josh verzog missbilligend den Mund.

Zwischen den Brüdern hatte immer eine unterschwellige Konkurrenz bestanden, wenn es um Bettys Gunst ging. Für einen Moment herrschte Schweigen zwischen ihnen. Unter halbgeschlossenen Lidern betrachtete er Josh. Als jüngster der Henderson Brüder konnte sich Josh am wenigsten an ihre leibliche Mutter erinnern. Er war damals gerade acht Jahre alt – ein Kind. Betty war für ihn immer mehr eine Mutter gewesen als für ihn und Josh.

Sie gingen die Stufen zur Veranda hoch.

»Nimm schon mal Platz, ich hol uns das Bier«, wies Scott seinen Bruder ganz nach alter Manier an. Als Ältester hatte er schon immer das Kommando gehabt.

Die Küche war verwaist, als er eintrat. Die letzten Gäste waren gestern abgereist. Morgen würden die neuen Besucher erwartet. Betty hatte die Gelegenheit genutzt und war ins Dorf gefahren, um eine Freundin zu besuchen. Sein Vater begleitete sie.

Blake Henderson war letzte Woche aus Nashville zurückgekehrt – sehr zu Bettys Freude. Zwar hatte sie sich nichts anmerken lassen, aber Scott hatte an der Art, wie sie seinen Vater zur Begrüßung angesehen hatte, erkannt, dass sie ihn vermisst hatte. Seitdem waren die beiden unzertrennlich. Betty flatterte den ganzen Tag um Blake herum wie ein aufgeregtes Huhn. Vielleicht war doch mehr zwischen den beiden, als Scott bisher gedacht hatte.

Er schnappte sich zwei Flaschen Bier und brachte sie nach draußen. Josh hatte es sich auf einem der Stühle gemütlich gemacht. Die Beine hatte er auf dem Geländer vor sich abgelegt. Scott reichte ihm wortlos das Bier.

»Ich habe fast vergessen, wie schön es hier ist.« Josh prostete ihm zu.

»Jep.« Scott nahm einen tiefen Schluck. Das Bier lief ihm angenehm kühl die Kehle herunter.

»Was macht die Ranch?« Josh schob seinen Cowboyhut nach hinten, sodass die Stirn frei lag.

»Wir sind die ganze Saison ausgebucht. Ich überlege sogar anzubauen, damit wir mehr Leute aufnehmen können.« Scott wusste, dass sich Josh Begeisterung, aus der *Henderson Ranch* eine Gästeranch zu machen, in Grenzen hielt.

»Du willst noch mehr Hütten bauen?« Josh runzelte missbilligend die Stirn. »Und was ist mit der Pferdezucht?«

»Wir haben mittlerweile knapp vierzig Pferde, und wenn es weiter so läuft, dann kommen bis Ende des Jahres fünf neue dazu.«

»Das ist eine beachtliche Menge. Müsste einen beachtlichen Gewinn abwerfen.«

Scott nickte. »Ja, seit zwei Jahren schreiben wir schwarze Zahlen.«

»Und was sagt Dad zu deinen Plänen?«

»Er ist skeptisch. So wie du.«

Ihr Vater war kein großer Freund von neuen Ideen. ›Warum etwas verändern, wenn es gut läuft‹, war sein Motto. Deshalb hatte Scott, als er die Ranch übernommen hatte, zur Bedingung gemacht, dass er eigenständig entscheiden konnte – auch gegen den Willen seines Vaters.

Josh nahm einen Schluck aus der Flasche. »Betty hat mir erzählt, dass es eine Frau gab.«

»Ich wüsste nicht, was dich das angeht. Ich frage dich schließlich auch nicht, was du so treibst.« Er strafte seinen Bruder mit Blicken.

»Scott, ich sehe doch, dass du leidest.« Das Lächeln war aus Josh Miene verschwunden. »Betty meinte, dass du seit Wochen nicht mehr zu gebrauchen bist. Was ist passiert?«

»Nichts.« Er presste die Lippen fest aufeinander.

»Bro‘.« Josh legte die Hand auf seine Schulter. »Wir sind Brüder. Ich merke doch, wenn es dir nicht gut geht. Ich weiß, du bist der Älteste von uns dreien, aber du musst nicht wie früher der Starke sein.«

Josh hatte recht. Nach dem Verschwinden ihrer Mutter hatte Scott die Rolle des Beschützers übernommen, während ihr Vater sich hinter seiner Arbeit auf der Ranch verschanzt hatte. Oft war er tagelang unterwegs gewesen und hatte die Jungs in Bettys Obhut alleine gelassen. Wenn ihn die Trauer überkommen hatte und der Schmerz ihn zu überwältigen drohte, war Scott an seinen geheimen Ort im Wald geflüchtet, um seinen Tränen freien Lauf zu lassen. Page war die Einzige, mit der er sein Geheimnis geteilt hatte.

Page. So sehr er sich auch bemühte, nicht an sie zu denken, immer wieder tauchte ihr Bild in seinem Kopf auf und ihre blauen Augen schienen ihm ins Herz zu blicken. Es war, als hätte sie ihn verhext.

»Page«, sagte er mit rauer Stimme. Josh sah zu ihm hoch. »Ihr Name ist Page. Sie war Gast bei uns auf der Ranch ...«, fing er leise an zu erzählen.

Josh sagte kein Wort, sondern saß einfach nur da und hörte zu. Scott konnte sich nicht erinnern, wann er das letzte Mal mit einem Menschen über seine Sorgen geredet hatte. Jetzt, wo er angefangen hatte, gab es kein Halten mehr. Irgendwann – sie hatten das Bier längst ausgetrunken – war er fertig.

»Page ist ein Stadtmensch, und ihr Lebensmittelpunkt ist in New York«, beendete er seine Erzählungen. »Es würde nicht funktionieren. Sie ist nicht der Typ, der sich damit zufrieden gibt eine Hausfrau zu sein.«

»Hast du sie denn mal gefragt?«

Scott schüttelte den Kopf. »Nicht direkt. Wozu? Es würde sich nichts an den Tatsachen ändern. Du hättest ihr Gesicht sehen sollen, als sie von ihren Kindern erzählt hat. *Das* ist ihr Ding, und nicht das Leben einer Farmersfrau.«

»Liebst du sie denn?«

Scott holte tief Luft. Pages bezauberndes Gesicht tauchte vor ihm auf. »Soweit man einen Menschen nach so kurzer Zeit lieben kann … Sie ist einfach unglaublich, hübsch, intelligent, lustig und voller Lebensfreude.«

Josh schwang die Beine auf den Boden. »Worauf wartest du dann noch? Schnapp sie dir, bevor es ein anderer tut. Diese Frau scheint ein echtes Prachtstück zu sein, und noch dazu hat sie sich in dich alten Dickschädel verliebt. Das ist eigentlich schon Grund genug. Was hast du zu verlieren?«

Scott schwieg. Tess hatte ihm die gleiche Frage gestellt. *Was hast du zu verlieren?*

»Meinen inneren Frieden«, entgegnete er barsch. »Nach Leilanis Geburt stand meine Welt Kopf. Allein die Tatsache, ein behindertes Kind zu haben, war nicht leicht ...«

Er machte eine Pause. All die schmerzlichen Gefühle von damals kamen wieder in ihm hoch. Ashleys Gesicht, als sie Leilani das erste Mal gesehen hatte. Die Ablehnung, die Verzweiflung und die Angst, die sich in Ashleys Augen widergespiegelt hatten, hatten ihm fast das Herz zerrissen.

»... aber das Wissen, dass meine eigene Frau – der Mensch, den ich über alles geliebt habe – unser Kind abgelehnt hat«, er atmete schwer unter der Last der Erinnerung, »macht es mir unmöglich, noch einmal einem Menschen so zu vertrauen, wie es nötig wäre, um eine Beziehung zu führen. Ich habe Jahre gebraucht, um meinen Frieden mit dem Schicksal zu schließen. Ich habe Ashley verziehen, dass sie unser Kind verstoßen hat. Ein zweites Mal wäre ich nicht dazu fähig.«

»Oh Mann, wenn man dich hört, könnte man glatt Depressionen bekommen«, sagte Josh.

Scott zuckte zusammen, als hätte man ihn geohrfeigt. »Machst du dich etwa lustig über mich?«

»Nein, aber trotzdem bist du ein echter Idiot. Da kommt eine Frau vorbei, die du offensichtlich gut findest, und du versaust es, indem du für sie mitdenkst, anstatt sie zu fragen. Vielleicht will sie dich ja mit deiner ganzen Vergangenheit und allem, was zu dir gehört. Bist du nie auf die Idee gekommen, dass sie dich liebt, weil du genau so bist, wie du bist?«

»Wie bin ich denn?« Scotts Augen funkelten angriffslustig.

»Ein verbitterter Cowboy, der vor lauter Selbstmitleid nicht erkennt, wenn er die Chance auf das große Glück vor sich hat. Ich weiß, Mum hat Dad einfach so verlassen – genau wie Ashley dich verlassen hat. Aber das bedeutet doch nicht, dass alle Frauen so sind«, meinte Josh schnaubend. »Auch mich hat Mum damals verlassen, trotzdem glaube ich dran, dass da draußen irgendwo eine Frau existiert, die zu mir passt. Du weißt, was Grandpa immer gesagt hat: Man darf niemals aufgeben und muss für sein Glück kämpfen.«

Mit einmal Mal war Scott klar, warum sein kleiner Bruder so erfolgreich im harten Rodeobusiness war. Josh hatte das, was vielen Konkurrenten fehlte: Biss und Kampfgeist.

»Vielleicht hast du recht. Trotzdem kannst du die Tatsache, dass sie in New York lebt und ich in Montana, nicht einfach wegwischen. Was soll sie als Kindergärtnerin hier?«

»Warum fragst du mich und nicht sie?« Josh stand auf und klopfte ihm kräftig auf die Schulter. »Denk mal darüber nach.« Er ging zur Tür. »Ich hole uns noch ein Bier.«

Gedankenverloren sah Scott seinem Bruder hinterher.

20. Kapitel

»Ethan mitspielen?« Der fünfjährige Ethan stand in seinen kurzen Hosen vor Page, die gerade mit zwei der Jungs im Sandkasten eine Burg baute.

»Na klar!« Sie lächelte und forderte ihn auf, zu ihnen in den Sand zu hüpfen.

Ethan war seit zwei Wochen bei ihnen. Er war mit dem Down-Syndrom geboren worden. Die Familie war vor Kurzem nach Brooklyn gezogen und verzweifelt auf der Suche nach einem passenden Kindergarten für Ethan gewesen. Als die Eltern vor Page gestanden und nach einem Platz für ihn gefragt hatten, war das Bild von Leilani vor ihren Augen aufgepoppt und sie hatte alles darangesetzt, um ihrem Wunsch nachzukommen. Maddie war zunächst nicht begeistert von der Idee gewesen, da es mehr Aufwand bedeutete. Auch einige Eltern hatten hinter vorgehaltener Hand ihre Bedenken angemeldet. Die Leitung des Kindergartens hatte trotz großer Vorbehalte, schließlich ihrem Drängen nachgegeben und es auf einen Versuch ankommen lassen.

Aber Ethan hatte sie alle eines Besseren belehrt. Mit seinem sonnigen Gemüt und seiner liebevollen Art war er schnell zum Liebling der Gruppe aufgestiegen. Es war schön, zu sehen, wie unbedarft die Kinder mit seiner Behinderung umgingen und ihn in ihre Spiele einbezogen.

Nach reiflicher Überlegung und durch ihre Erfahrung mit Ethan beeinflusst, hatten Maddie und sie sich vorgenommen, in Zukunft mehr Kinder mit Handicaps aufzunehmen. Zum Glück hatte sich die Leitung des Kindergartens ihrem Anliegen angenommen und sich einverstanden erklärt weitere Kinder aufzunehmen.

Die Sonne fiel durch die Äste der Bäume auf ihr Gesicht. Page blinzelte.

Sechs Wochen war es her, dass sie und Maddie Urlaub in Montana gemacht hatten. Seitdem war kein Tag vergangen, an dem sie nicht an Scott gedacht hatte. Die Wunde in ihrem Herzen war noch nicht verheilt. Manchmal fragte sie sich, ob sie überhaupt jemals heilen würde. Auch wenn ihr und Scott nur wenige Tage des Glücks vergönnt gewesen waren, hatte sich ihre Liebe zu ihm tief in ihr Herz gegraben. Sie hatte mehrfach überlegt ihn anzurufen, aber in letzter Sekunde das Gespräch wieder unterbrochen. Er hatte mehr als deutlich gemacht, dass er sie nicht wollte – so hart es auch klang.

Allein der Gedanke an ihn genügte, und ihr stiegen Tränen in die Augen. Seit sie zurück war, schien sie einen nicht endenden Vorrat davon zu besitzen. Bei der kleinsten Kleinigkeit brach sie in Tränen aus. Wäre Maddie nicht gewesen, hätte sie die erste Zeit wohl nicht überstanden. Nächtelang hatten sie zusammengesessen und versucht, in Gesprächen das Geschehene aufzuarbeiten. Doch die Trauer um ihren Verlust war geblieben.

Nachts, wenn sie allein war, tauchten die Bilder von Scott in ihrem Kopf auf und hinderten sie daran, den erlösenden Schlaf zu finden. Ihre gemeinsamen Ausflüge, die Begegnung mit dem Grizzly, Scotts lachendes Gesicht, als sie in den Fluss geritten war. Seine herrlich grünen Augen, die sie liebevoll ansahen. Seine weiche Stimme, die ihr leise Geschichten erzählte, während sie in seinen Armen lag. Sie sehnte sich mit jeder Faser ihres Körpers nach ihm, vermisste seine Zärtlichkeiten und die Zweisamkeit mit ihm. Sie fragte sich, wie sie es all die Jahre ohne ihn hatte aushalten können.

Für Außenstehende war sie ganz die Alte geblieben, aber sie selbst spürte eine Veränderung an sich.

New York hatte an Glanz verloren, seit sie in die Stadt zurückgekehrt war. Der Lärm und der Trubel, die sie früher nie gestört hatten, schienen sie förmlich zu erdrücken. Nach der Arbeit eilte sie ohne Umwege in ihre Wohnung, um sich dort mit einer Tasse Tee ins Bett zu legen und ihre Flucht in Büchern zu suchen.

Ben hatte sie seit der Begegnung im Flur nie wiedergesehen.

»Möchtest du auch einen Kaffee?« Maddie kam um die Ecke gebogen.

»Ein Kaffee wäre herrlich.« Sie sah hoch.

»Ich auch Kaffee?«, fragte Ethan. Er war ein aufmerksamer Zuhörer und mischte sich gern in Unterhaltungen ein.

»Nein.« Sie lachte und strich ihm über das blonde Haar. »Aber Maddie kann dir einen Kakao machen.«

»Au ja.« Ethan nickte begeistert.

»Ich auch einen Kakao.« Die kleinen dreckigen Finger der beiden anderen Jungs schnellten in die Höhe.

»Also einen Kaffee und eine Kanne Kakao.« Maddie grinste und verschwand wieder im Haus.

Pages Blick wanderte zum Himmel. Für einen Moment schloss sie die Augen und genoss die Wärme der Sonne auf ihrer Haut. Die Geräusche verschwammen im Hintergrund, und einen Herzschlag lang konnte sie das Wiehern der Pferde hören, begleitet von Buddys Bellen.

»Page.« Ethan zupfte an ihrem Arm. Page schlug die Augen auf und sah den kleinen Jungen an. »Ethan mit Cowboy spielen?« Im Gegensatz zu den gesunden Kindern war Ethan mit seiner Sprachentwicklung deutlich hinterher.

»Mit welchem Cowboy?« Im Sand lagen verschiedene Playmobil-Figuren verstreut. Einen Cowboy konnte sie jedoch nirgends entdecken.

»Da, Cowboy!« Ethan deutete hinter ihren Rücken in Richtung Eingang.

Page drehte den Kopf leicht zur Seite. Im selben Moment setzte ihr Herz einen Schlag aus. Sie schnappte nach Luft.

»Scott«, hauchte sie ungläubig.

Scott stand im Türrahmen des Kindergartens. Er sah genauso aus, wie sie ihn in Erinnerung gehabt hatte. Groß, braun gebrannt, muskulös und verdammt sexy. Er hatte einen riesigen Blumenstrauß in der Hand. Maddie tauchte hinter ihm auf.

Ein Lächeln huschte über sein Gesicht.

Page saß noch immer wie erstarrt im Sandkasten. Langsam kam Scott auf sie zugelaufen. Inmitten der spielenden Kinder wirkte er wie ein Fremdkörper.

»Page, bitte hör mich an.« Er blieb einen Meter vor ihr stehen.

Sie nickte, unfähig zu sprechen. Ihr Magen machte wilde Purzelbäume und ihr Herz schlug wie nach einem Hundertmeterlauf.

Er war gekommen. Scott war hier bei ihr.

»Wow!«, hörte sie einen der Jungs rufen. »Ein echter Cowboy.«

Scott reichte ihr die Hand. Bei der Berührung durchfuhr sie ein heißer Strahl, und ihr ganzer Körper fing an zu kribbeln. Unsicher stand sie auf. Sein Blick fiel auf Ethan, der mit offenem Mund zu ihm hochstarrte.

»Das ist Ethan«, sagte Page mit zittriger Stimme.

Scotts Augen weiteten sich.

»Hallo, Ethan«, grüßte er den kleinen Jungen und reichte ihm die Hand.

»Du Cowboy?«

»Ja, kleiner Mann.« Sie sah, wie Scotts Augen feucht schimmerten.

»Dein Pferd?« Ethan schielte hinter Scotts Rücken.

»Das habe ich zu Hause gelassen«, entgegnete er. Seine Mundwinkel zuckten belustigt.

Sie hatte vergessen, wie groß er war. Er überragte sie gut um eine Kopflänge.

»Cowboy hat Pferd.« Ethan schob trotzig die Unterlippe vor.

»Wenn du mich mal besuchen kommst, zeige ich dir mein Pferd«, versprach Scott und strich Ethan über den Kopf.

»Gut.« Ethan nickte zufrieden. Die anderen Jungs hatten Scott mittlerweile auch entdeckt und musterten ihn neugierig.

Sein Blick wanderte zu ihr. Seine Augen schimmerten tiefgrün wie Moos, und sie hatte das Gefühl, darin zu versinken.

»Page«, fing er an zu sprechen. »Seit du abgereist bist, kann ich an nichts anderes mehr denken als an dich. Du hast mich mit deinen Blicken verhext. Ich habe versucht, dich zu vergessen. Ich habe Tag und Nacht gearbeitet, nur um nicht an dich zu denken. Aber du hast dich in mein Herz geschlichen, und wenn ich dich daraus verbannen wollte, müsste ich es mir rausreißen.« Er machte eine Pause. »Obwohl wir uns nur wenige Tage kennen, habe ich mich Hals über Kopf in dich verliebt.«

Tränen des Glücks brannten in ihren Augen.

»Ich möchte mein Leben mit dir verbringen und mir gemeinsam mit dir eine Zukunft aufbauen.« Sein Blick fiel auf Ethan. »Du hattest recht, als du behauptet hast, dass ich meine Vergangenheit nicht ausgrenzen kann. Sie ist ein entscheidender Teil von mir. Sie hat mich zu dem gemacht, was ich bin. Aber ich bin mir sicher, dass ich sie mit deiner Hilfe zu etwas Positivem wandeln kann. Würdest du mir dabei helfen?«

Anstatt zu antworten, stellte sie sich auf die Zehenspitzen und küsste ihn. Seine Lippen waren noch viel weicher als in ihren Träumen. Er legte die Arme um ihre Taille und hob sie hoch. Sie hatte das Gefühl, im Himmel zu schweben.

Er ist in mich verliebt, jubelte es in ihrem Kopf. Das war alles, was zählte. Der Rest würde sich finden. Bettys Abschiedsworte hallten in ihren Ohren:

Schätzchen, wenn ich eines in meinem Leben gelernt habe, dann, dass für die wahre Liebe kein Weg zu weit und kein Berg zu hoch ist. Kriege wurden der Liebe wegen geführt. Ganze Bauwerke wurden geschaffen, um das Herz einer Frau zu gewinnen. Gib nicht auf. Wenn ihr beide euch liebt, werden eure Herzen einen Weg zueinander finden.

Als er sie absetzte, wusste sie mit Sicherheit: Sie und Scott würden einen Weg ins gemeinsame Glück finden.

Epilog

Page warf einen letzten prüfenden Blick auf den gedeckten Tisch unter dem großen Walnussbaum. Die weiße Tischdecke flatterte im Wind. Es war ein herrlicher Sommertag, und der blaue Himmel spannte sich wie ein Dach über die grüne Landschaft von Sweet Grass County. Vögel flogen zwitschernd durch die Luft, und in der Ferne kreiste ein einsamer Raubvogel über den Gipfeln der Crazy Mountains. In der Luft lag der Duft nach Blumen. Dank der Flüsse, die das Gelände der Ranch durchzogen, war alles trotz der Trockenheit, die seit Wochen herrschte, saftig grün.

Sie rückte eines der Gläser an den richtigen Platz. Aus dem Augenwinkel sah sie Betty, die mit einem Krug selbstgemachter Limonade aus dem Haus kam. Ein Lächeln huschte über Pages Gesicht.

Die Haushälterin war in den letzten Wochen so etwas wie eine Mutter für sie geworden. Sie hatte ihr in den Wochen nach dem Umzug von New York nach Montana sehr geholfen und mit Rat und Tat zur Seite gestanden. Für Page war alles neu, und jeden Tag gab es etwas zu entdecken. Scott hatte alles in seiner Macht Stehende getan, um ihr den Wechsel von der Großstadt aufs Land so leicht wie möglich zu machen. In den ersten Tagen war er nicht von ihrer Seite gewichen.

Pages Einzug hatte auch einige Veränderungen auf der Ranch mit sich gebracht. Bereits im Vorfeld hatte Scott mit den Umbauarbeiten begonnen. Der gesamte erste Stock gehörte nun ihr und Scott. Das Gästezimmer, das sie und Maddie während ihres Urlaubs auf der Ranch bewohnt hatten, war zu ihrem Schlafzimmer geworden. Scotts Vater war in den Anbau gezogen.

Page hatte auch den alten Herrn in ihr Herz geschlossen. Er hatte sie mit offenen Armen empfangen und ihr von Anfang an das Gefühl gegeben, willkommen zu sein. Nach dem Frühstück, wenn die Gäste auf ihre Ausflüge gingen, saßen sie und Blake häufig in Bettys Küche zusammen und unterhielten sich bei einem Becher Kaffee. Blake hatten einen feinen Sinn für Humor und unterhielt die beiden Frauen oft mit Geschichten aus seiner Zeit als Cowboy. Niemals würde man vermuten, dass dieser nette grauhaarige Mann einer der einflussreichsten Farmer in Montana gewesen war.

Lautes Hupen riss sie aus ihren Gedanken. Sie kniff die Augen zusammen und starrte auf die Straße, die zur *Henderson Ranch* führte. Beim Anblick der großen Staubwolke machte ihr Herz einen freudigen Hüpfer. Endlich!

Wochenlange Planung war diesem Besuch vorausgegangen, und bis zum letzten Moment hatte Page befürchtet, dass nicht alles fertig werden würde. Und doch hatten sie es geschafft!

»Sie sind da!«, rief sie Betty zu, die gerade den Krug auf den Tisch stellte.

»Sieht so aus.« Ein Lächeln huschte über das faltige Gesicht der Haushälterin. »Geh ruhig. Ich kümmere mich um den Rest.«

»Danke.« Page strich mit den Händen die Bluse glatt, dann ging sie, um ihre Gäste zu empfangen.

Mit lautem Quietschen hielt der Minibus auf dem Parkplatz vor der Veranda.

»Maddie!« Page lief zur Beifahrertür, hinter dessen Fensterscheibe das Gesicht ihrer Freundin auftauchte.

»Page!« Maddie hatte die Tür mit einem Ruck aufgestoßen und fiel Page förmlich in die Arme. Die beiden Freundinnen umarmten sich. Maddies Blick glitt bewundernd über sie hinweg. »Meine Güte, das Landleben scheint dir zu bekommen. Du siehst einfach fantastisch aus.«

»Danke«, sagte Page lachend und schob sich eine vorwitzige Haarsträhne hinter das Ohr. »Das liegt an Bettys gutem Essen – zumindest sagt das meine Waage.«

»Spinnst du? Was soll ich denn da sagen?« Maddie deutete auf das kleine Bäuchlein, das sich unter ihrem T-Shirt abzeichnete. »Du bist gertenschlank.«

»Page! Page!«, ertönte es aus dem hinteren Teil des Busses.

Scott war ebenfalls ausgestiegen und öffnete die Schiebetür. Eine Gruppe Kinder mit ihren Eltern quoll aus dem Inneren des Wagens. Einer der Jungen flitzte schnell wie ein Wiesel zu ihr.

»Da bist du ja«, begrüßte sie ihren ehemaligen Schützling lachend.

»Page vermisst.« Ethan schmiegte sich mit seinem warmen Körper an sie.

»Ich dich auch.« Sie strich dem kleinen Jungen über den Kopf. »Du bist ja ordentlich gewachsen, seit ich dich das letzte Mal gesehen habe.«

»Cowboy uns geholt.« Ethan strahlte über das ganze Gesicht.

Für den Jungen war die Reise nach Montana ein großes Abenteuer – genau wie für die anderen sieben Kinder, die zusammen mit ihren Eltern gekommen waren, um gemeinsam ein paar Tage auf der Ranch zu verbringen.

»Ich schätze, da hast du jemanden ziemlich glücklich gemacht«, flüsterte Page Scott zu.

»Nicht nur er ist glücklich, ich bin es auch«, entgegnete er und gab ihr einen Kuss.

Sofort hatte sie das Kribbeln im Bauch, das sie immer in seiner Gegenwart verspürte. Auch jetzt, nach vier Monaten, die sie zusammen waren, war sie verliebt in ihn wie am ersten Tag.

»Ich hatte schon fast vergessen, wie schön es hier ist«, sagte Maddie. »Und du lebst hier. Wahnsinn!«

»Ja, ich kann noch nicht glauben, dass ich wirklich hier wohne. Es fühlt sich immer noch so an, als wäre ich im Urlaub«, gestand Page.

Maddie drehte sich einmal um die eigene Achse. »Diese Luft ist unglaublich. Meine Stadtlungen kollabieren gleich bei dem Sauerstoffschub, den sie gerade bekommen.«

Buddy kam bellend zu Page gelaufen. Er sah sein Frauchen mit seinen feuchtbraunen Augen an.

»Na Buddy, so viele Spielkameraden auf einmal«, flüsterte Page. »Ich glaube, es gibt eine Menge für dich zu tun.«

Buddy wedelte mit dem Schwanz, als hätte er sie verstanden.

»Meine Güte.« Betty stand plötzlich hinter ihnen. »Sind das die Zuckerhasen?« Ihr Blick glitt über die Kinder hinweg, die aufgeregt bei ihren Eltern standen.

»Das sind Hellen, Lara, John, Max, Sue, Lisa, Kevin und Ethan.« Maddie deutete der Reihe nach auf besagte Kinder.

»Herzlich willkommen auf der *Henderson Ranch*«, begrüßte Betty nun die Erwachsenen. »Ich freue mich riesig, dass ihr hier seid. Ich bin Betty und zuständig für euer Wohlergehen. Solltet ihr also Fragen haben, könnt ihr euch jederzeit an mich wenden.«

Die Eltern nickten dankend.

»Bist du eine Oma?« Einer der Jungen deutete mit dem Finger auf Bettys graue Haare.

»Ja, so ähnlich. Außerdem bin ich noch die Köchin.«

»Ich habe Hunger!«, meldete sich ein zweiter Junge zu Wort.

Von Maddie wusste Page, dass er ein aufgewecktes Kind war. Hätte man den blassen Jungen mit den leuchtenden Augen und den unzähligen Sommersprossen auf der Straße getroffen, hätte man niemals vermutet, dass er körperlich stark eingeschränkt war. Jedes der Kinder, die heute angekommen waren, hatte in seinem Leben Einschränkungen erfahren müssen.

»Da müssen wir doch ganz schnell etwas gegen tun«, sagte Betty entschlossen. »Wer von euch hat Lust auf Kuchen oder eine Waffel?« Alle Arme, bis auf die von Ethan, schnellten nach oben. »Hoffentlich haben wir genug.« Betty schlug die Hände über dem Kopf zusammen. »Na, dann folgt mir mal in den Garten. Für die Erwachsenen gibt es Kaffee, Tee und natürlich auch Kuchen.«

Beifälliges Murmeln war zu hören.

»Brauchst du Hilfe?«, fragte Page. Aus dem Augenwinkel sah sie, wie Scott das Gepäck der Kinder aus dem Bus lud.

»Mach dir keine Sorgen. Ich und die Kleinen kommen gut miteinander aus. Außerdem kann mir Blake helfen.« Betty schenkte Page ein liebevolles Lächeln. »Zeig Maddie in der Zwischenzeit lieber, was du und Scott alles geschafft habt.«

Scott drehte sich zu ihnen. »Habe ich meinen Namen gehört?«

Er stellte sich hinter Page. Seine Arme umschlangen ihre Taille.

»Allerdings.« Sie schenkte ihm einen liebevollen Blick. »Ich wollte Maddie gerade *Butterfield Garden* zeigen. Kommst du mit?«

»*Butterfield Garden*!« Maddies Augenbraue schnellte nach oben. »Klingt vielversprechend.«

»Ist es auch. Du wirst sehen, warum. Scott hat ein wahres Wunder vollbracht.«

»Page übertreibt mal wieder. Ich habe nur getan, was sie gesagt hat. Das Ganze war ihre Idee.« Er küsste sie.

Maddie stöhnte. »Ich weiß nicht, ob ich dieses Liebesgesäusel den ganzen Tag aushalte. Es wäre schön, wenn ihr euch zwischendurch mal streiten oder wenigstens die Finger voneinander lassen könntet.«

»Cowboy Pferd zeigen«, meldete sich Ethan zu Wort.

»Natürlich, kleiner Mann.« Scott beugte sich zu Ethan und hob ihn auf seine Schultern. »Versprochen ist versprochen!«

Ethans Eltern waren nicht mitgekommen. Sie wollten, nach Absprache mit Maddie und Page, ein paar freie Tage ohne ihren Sohn genießen. Maddie würde mit Ethan in einer der Hütten schlafen und sich um ihn kümmern.

Ein glückliches Leuchten huschte über das Gesicht des Jungen, als Scott mit ihm auf den Schultern den Weg entlang zum hinteren Teil des Grundstücks ging. Pages Herz schlug wie verrückt vor Aufregung. Sie hatten drei Monate fast Tag und Nacht durchgearbeitet. Aber jetzt war es endlich so weit.

Sie blieben vor Leilanis Grab stehen.

Der große Steinhaufen ragte grau zwischen dem Grün der Wiese hervor. Der Stein, auf dem Leilanis Name geschrieben stand, schimmerte silbern. Dahinter breitete sich ein Teich aus, dessen Ufer mit Wildblumen gesäumt war. Unzählige Schmetterlinge in verschiedenen Farben flatterten scheinbar schwerelos von Blüte zu Blüte, um sich daran zu laben. Rückseitig standen im Halbkreis eine Reihe Blockhäuser. Jedes Haus hatte seine eigene Terrasse mit einer kleinen Sitzecke. Dahinter erhoben sich majestätisch die Berge der Crazy Mountains.

»Das ist es!« Page breitete die Arme aus. »*Butterfield Garden.*«

Scott war es gewesen, der diesen Platz ausgesucht hatte.

›*Dann kann Leilani den anderen Kindern beim Spielen zusehen*‹, hatte er gesagt.

»Oh Page, es ist wunderschön«, hauchte Maddie ehrfürchtig.

»Ja. Scott hat den kleinen Bach, der um das Haus führte, umgelenkt, sodass der Teich davon gespeist wird. Die tiefste Stelle ist gerade mal so tief, dass die Kinder dort noch stehen können. Die Hütten sind so gebaut, dass sich auch Kinder mit körperlichen Behinderungen frei und ohne Einschränkungen bewegen können. Die Mahlzeiten sind gemeinsam mit den anderen Gästen geplant. Für uns war es von Anfang an wichtig, dass sich die Eltern hier genauso erholen wie ihre Kinder. Ein behindertes Kind zu haben, ist eine große Belastung, und deshalb möchten wir ihnen alles so weit wie möglich abnehmen und etwas Normalität in das Leben dieser Familien bringen«, erklärte Page stolz.

»Da hinten«, sie deutete auf die Koppel, die sich keine hundert Meter entfernt von den Hütten befand, »sind die Ponys für die Kinder. Larry und die Cowboys kümmern sich hauptsächlich um die normalen«, Page machte mit den Zeigefingern Gänsefüßchen in der Luft, »Gäste. Für die behinderten Kinder sind Scott und ich verantwortlich. Natürlich geht Betty zur Hand, wie du selbst gesehen hast.«

Betty war Feuer und Flamme von Pages Idee gewesen und hatte geholfen, wo es ging, um das Projekt ins Leben zu rufen.

»Wir haben noch eine zusätzliche Reitlehrerin eingestellt, die eine pädagogische Ausbildung hat«, erklärte Scott weiter. »Page kann schließlich nicht alles alleine machen.« Seine Blicke streichelten Pages Gesicht liebevoll.

»Ihr habt es geschafft.« Maddie sah sie mit ehrfürchtigem Blick an. »Ihr habt ein Paradies für Kinder mit Handicaps gebaut.«

»Ja, und ich hoffe, die Kinder und ihre Eltern werden es genauso lieben wie wir.«

Page drückte sich fest an Scott, der neben ihr stand. Nachdem die Entscheidung gefallen war, dass sie nach Montana ziehen würde, hatten sie sich nächtelang den Kopf zerbrochen, wie es beruflich für Page weitergehen sollte. In Melville gab es zu wenig Kinder, um dort eine Kindertagesstätte zu eröffnen. Die Idee, in Big Timber zu arbeiten, hätte bedeutet, den ganzen Tag in der Stadt zu verbringen und erst gegen Abend wieder auf der Ranch zu sein. Doch dann war ihr die Idee mit *Butterfield Garden* gekommen.

Als sie Scott davon erzählt hatte, war er sofort begeistert gewesen, und sie waren in die nähere Planung eingestiegen. Es gab unzählige Dinge zu beachten, wenn man Kinder mit Handicaps betreuen wollte. Abgesehen von den behindertengerechten Wohngelegenheiten mussten etliche behördliche Auflagen erfüllt werden. Aber sie hatten es geschafft und ein kleines Paradies abseits der großen Städte geschaffen.

»Darüber mache ich mir keine Gedanken«, sagte Maddie. »Wenn sich erst einmal rumgesprochen hat, wie schön es hier ist, könnt ihr euch bestimmt vor Anfragen nicht mehr retten. Die rennen euch die Bude ein.«

»Pferd schauen«, bettelte Ethan und deutete auf die drei Ponys, die friedlich nebeneinander auf der Weide grasten.

Scott warf Page einen fragenden Blick zu.

»Geht ruhig. Maddie und ich kommen nach.«

»Ich liebe dich.« Scott beugte sich zu ihr und gab ihr einen Kuss.

»Ich dich auch«, flüsterte Page.

Mit einem Ruck hatte Scott Ethan wieder auf seinen Rücken gehoben und stapfte mit ihm durch das hohe Gras in Richtung

Koppel. Bei dem Anblick des großen Mannes mit dem Kind wurde ihr ganz warm ums Herz. Unwillkürlich musste sie an den Moment denken, als sie Scott das erste Mal begegnet war. Sie war so enttäuscht gewesen und hatte den Glauben an die Liebe verloren. Er hatte ihr diesen Glauben wieder zurückgebenden.

»Bist du glücklich?«, fragte Maddie leise.

»So glücklich, wie ein Mensch nur sein kann.«

Danksagung

Wenn ich ein neues Buch schreibe, ist es für mich, als würde ich auf eine Reise mit liebgewonnenen Menschen gehen. Die Reise nach Montana war auch für mich eine ganz neue Erfahrung. Allein die Vorbereitung hat mir große Freude bereitet. Die Natur von Montana ist einfach unbeschreiblich schön und lädt den Besucher zum Träumen ein.

Die Arbeit mit Pferden war etwas ganz Neues für mich. Wie Page bin ich lediglich als junges Mädchen ein paarmal geritten und musste mir vieles anlesen.

Pferdekenner mögen mir bitte verzeihen, dass ich die Pferde samt Sattel im Fluss habe schwimmen lassen, aber für die Geschichte war es so zuträglicher. Absatteln und putzen hätte der Romantik einen leichten Abbruch getan.

Mein tiefer Dank geht an Andrea Salzberger, Ulla Leuwer, Claudia Perc, Christa Fisch, Gudrun Media, Nicoll Heuß, Werner Schmitt, Christiane Schäfer, Anja Lang, Bea Surbeck und Petra Kastenberger. Ihr seid die Größten!

Danke, dass ihr euch die Mühe macht, noch einmal durch mein Manuskript kämmt und Ideen mit mir austauscht. Ich bin euch unendlich dankbar und schätze mich sehr glücklich, euch an meiner Seite zu haben. Eure ehrliche Meinung ist mir wichtig und hilft mir, meine Bücher noch besser zu machen. Fühlt euch ganz doll umarmt.

Vielen Dank auch an meine Testleserinnen! Julia, Anja, Roswitha, Michelle, Brigitte, Barbara, Nicol, Petra, Anja, Karin, Carmen, Gabriele, Lisbeth, Marlen, Simone und Carolin

Sandra, du bist meine liebste, beste, tollste Lektorin. Was würde ich nur ohne dich tun?!

Martina König, mein Adlerauge!!! Vielen Dank für deine Geduld, Zeit und professionelle Arbeit.

Claudia, fühl dich gedrückt. Du bist die weltbeste Fanpage-Betreuerin und noch so vieles mehr für mich. Alleine würde ich das gar nicht schaffen :-)

Andrea und Claudia, danke für eure Hilfe in der Testlesegruppe.

Mein besonderer Dank geht an Christiane Schäfer, die mir geholfen hat, damit die Pferde der Hendersons nicht zu kurz kommen und alles seine Richtigkeit hat.

Ich bin ein absoluter Familienmensch und dankbar, dass ich meinen Traummann gefunden habe. Kay, ich liebe dich.

Lisa und Maximilian, meine wundervollen Kinder. Wenn ich in eure Gesichter schaue, dann ist mein Leben perfekt. Ich liebe euch.

Und ihr, meine Leser – ihr seid diejenigen, die meinen Geschichten Leben einhauchen. Ich danke euch von ganzem Herzen für eure begeisterten Rückmeldungen und die Unterstützung, die ich durch euch erfahre. Auf die nächsten gemeinsamen Bücher!

Weitere Bücher der Autorin

Ein Hotel zum Verlieben
Fleetwood Kisses Bd1

In Jools‘ Leben läuft alles perfekt. Sie arbeitet als PR-Managerin in New York und ist mit dem erfolgreichen Geschäftsmann Dean zusammen. Eine unerwartete Erbschaft bringt ihr Leben auf einen Schlag ganz schön durcheinander. Die uneheliche Halbschwester ihres Vaters hat ihr ein Hotel in einem winzigen Ferienort in England vermacht. Jools will verkaufen, doch das Erbe ist an eine Bedingung geknüpft: Sie muss nach England fliegen.

Dort angekommen hält Jools an ihren Plänen fest, obwohl das Hotel ein Traum und seine Managerin Emily ihr von Anfang an sympathisch ist. Doch dann lernt sie den Koch Luca kennen, der nicht nur den besten Kaffee kocht, sondern sie auch durch seine einfühlsame Art in seinen Bann zieht. Eine Begegnung mit dem attraktiven Fischer Aidan bringt Jools Gefühlswelt völlig ins Wanken.

Plötzlich stellt sich die Frage: Was im Leben wirklich wichtig ist?

Zwei sind einer zu viel
Fleetwood Kisses Band 2

Nach der Trennung von ihrem Freund will die waschechte New Yorkerin Jools Miller in Fleetwood Cove, einem kleinen Fischerdorf an der rauen Küste von Wales, ein neues Leben beginnen. Von Männern hat die Karrierefrau erst einmal die Nase voll.

Zunächst läuft alles perfekt. Jools stürzt sich mit Begeisterung auf ihre neue Aufgabe als Hoteleigentümerin des Fleetwood on Sea. Ihr zur Seite stehen die Managerin Emily und die Hausdame Rose. Auch der charmante Koch Luca kümmert sich um Jools und verzaubert sie nicht nur mit seinem italienischen Kaffee.

Bei einem Ausflug ins Nachbardorf trifft sie auf den Fischer Aidan. Zwischen dem attraktiven Macho und Jools funkt es gewaltig.

Plötzlich hat sie ein Problem und ihr wird klar: Zwei sind einer zu viel.

Liebe kommt im Schottenrock
Portobello Girls Band 1

Die Klatschreporterin Cassie Devinmoore hat ihr Leben im Griff. Zusammen mit ihren Freundinnen Emily, Taylor und Olive lebt sie in einer schicken WG im angesagten Londoner Viertel Portobello. Als sie jedoch den Shootingstar der Serie "Highlander Kisses" interviewen soll, ist sie nicht sonderlich erfreut, denn der gutaussehende Sam MacLeod verkörpert alles, was Cassie nicht mag: Schottland und Schauspieler.

Missmutig bricht sie nach Applecross, einem kleinen Dorf im Norden Schottlands, auf. Dummerweise ist Sam MacLeod ebenfalls nicht begeistert darüber, dass ausgerechnet die Reporterin ein Interview mit ihm führen soll, die ihn in ihrer Kolumne vor knapp einem Jahr bereits bloßgestellt hat.

Doch dann läuft Cassie ein Schaf über den Weg und plötzlich kommt alles anders als geplant ...

"Liebe im Schottenrock" ist der Auftakt der "Portobello Girls-Reihe". Alle Bücher können unabhängig voneinander gelesen werden und sind in sich abgeschlossen.

Liebe stand nicht im Vertrag
Portobello Girls Band 2

Die chaotische Taylor Young ist eine angesehene Nanny des berühmten Norland College und betreut die Kinder reicher Londoner Familien. Zusammen mit ihren Freundinnen Holly, Emily und Olive wohnt sie im angesagten Portobello in einer schicken kleinen WG. Die neue Anstellung in der Familie von Professor Johnson stellt eine echte Herausforderung für die toughe Nanny dar. Die Mutter der Kinder ist vor einem Jahr gestorben und hat einen ziemlichen Scherbenhaufen hinterlassen. Die zickige Tante macht die Sache nicht leichter, und dann taucht auch noch der attraktive Vater der Kinder auf. Er wirbelt Taylors Gefühlswelt ganz schön durcheinander! Aber Taylor hält an der goldenen Regel des Norland College fest: Verliebe dich nie in deinen Boss!

Als die Familie in den Weihnachtsferien nach Haworth abreist, ist Taylor erleichtert. Endlich hat sie Zeit, ihre Gefühlswelt wieder in Ordnung zu bringen.

Doch dann wird die Tante der Kinder überraschend krank, und Professor Johnson bittet Taylor, ihm zu helfen – ausgerechnet an Weihnachten!

Und plötzlich ist alles anders …

„Liebe stand nicht im Vertrag“ ist der zweite Band der Portobello Girls Reihe. Alle Bücher können unabhängig voneinander gelesen werden und sind in sich abgeschlossen.

Jetlag oder Liebe
Portobello Girls Band 3

Die Flugbegleiterin Emily Walters ist attraktiv, selbstbewusst und Single. Zusammen mit ihren Freundinnen Olive, Abby und Holly lebt sie in einem Apartment im Herzen von Portobello-London.

Als sie dem smarten Unternehmer Ethan Morris das erste Mal begegnet, fliegen die Fetzen. Trotzdem ist Ethan ziemlich schnell klar, dass er Emily näher kennenlernen möchte. Doch Emily weist ihn ab und beginnt stattdessen eine heiße Affäre mit seinem Bruder Jacob.

Der Zufall bringt eine Wahrheit zu Tage, welche Emilys ganzes Leben verändert und plötzlich erscheinen Jacob und Ethan in einem ganz anderen Licht.

Hat Emily sich in den beiden Männern getäuscht?

Liebe auf den ersten Blitz
Portobello Girls Band 4

Die lebenslustige Holly Summers wohnt zusammen mit ihren Freundinnen in einer kleinen WG im angesagten Portobello.

Die bekennende Fashionista liebt ihren Job als Moderedakteurin bei einem Lifestyle-Magazin. Für die Produktion einer Sonderausgabe auf der schottischen Isle of Skye bekommt sie den Fotografen Jay Alexander an die Seite gestellt, wovon Holly alles andere als begeistert ist. Der gutaussehende Macho ist es gewohnt, seinen Willen durchzusetzen, doch Holly bietet ihm die Stirn und zwingt ihn zur Zusammenarbeit. Einmal auf der malerischen Isle of Skye angekommen, knistert es gewaltig zwischen den beiden. Doch Jay scheint etwas zu verbergen und Holly ist entschlossen, hinter sein Geheimnis zu kommen …

Ein Roman über die Liebe, Freundschaft und gegenseitiges Vertrauen.

Auf Sendung mit Mr Right
Portobello Girls Band 5

Olive Belford hat einen Traumjob als Radiomoderatorin und die besten Freundinnen der Welt. Nur mit dem richtigen Mann will es nicht klappen. Während sie in ihrer Radiosendung anderen Beziehungstipps gibt, ist ihr eigenes Liebesleben eine Katastrophe.

Zum Glück haben ihre Freundinnen einen Plan und entführen sie an ihrem fünfunddreißigsten Geburtstag kurzerhand in einen Stripclub!

Als Olive von dem sexy Stripper Liam auf die Bühne geholt wird, knistert es gewaltig.

Für die gradlinige Olive steht fest: Ein Stripper als Mann – unmöglich! Sie lässt ihn kalt abblitzen.

Doch Liam lässt nicht locker, und als er in Olives Live-Sendung anruft, ist das Chaos perfekt.

Liebe auf Reisen

Was, wenn das Leben nicht mehr nach Plan läuft und alles aus den Fugen gerät?

Die Karrierefrau Kate Miller hat ihr Leben fest im Griff. Dazu gehören ein schickes Apartment im Herzen von New York, ihr Job als Maklerin und Kollege Greg, mit dem sie ein Verhältnis hat. Als sie dann auch noch befördert wird, schwebt Kate endgültig im 7. Maklerhimmel.

Doch als ihr Chef alle Mitarbeiter zu einer exklusiven Feier einlädt und dort gleichzeitig die Verlobung seiner Tochter Laura bekannt gibt, stürzt Kates bisher so wohlgeordnetes Leben wie ein Kartenhaus zusammen: Der zukünftige Bräutigam ist kein Geringerer als Greg.

Gerade als Kate denkt, dass es nicht mehr schlimmer kommen kann, sorgt Greg mit einer infamen Lüge dafür, dass ihr Leben endgültig aus den Fugen gerät. Vollkommen überstürzt nimmt sie ein Jobangebot in England an.

Ausgerechnet ein einfaches Bed&Breakfast bringt eine unerwartete Wendung in das Leben der erfolgsverwöhnten Kate …

Eine Liebeserklärung an das Leben und die Überraschungen des Lebens, die auf jeden von uns warten.

Liebeswind – Sehnsucht nach dir

Was, wenn das Leben dir übel mitspielt und du gezwungen bist, neue Wege zu gehen?

Das Leben der erfolgreichen Londoner Galeristin Lily Rose Bloom ist nahezu perfekt, bis zu dem Tag, an dem ihr Verlobter Andrew ihren Glauben an die Liebe in einer Nacht zerstört. Lily flüchtet von London in den verschlafenen Küstenort Little Haven, um dort in Rose Garden Cottage, dem Haus ihrer verstorbenen Großmutter, einen Neuanfang zu starten.

Drei Jahre später. Lily hat sich mittlerweile in dem kleinen Küstenort eingelebt und den Schrecken von damals überwunden. Als der attraktive Amerikaner Ian in Little Haven mit seinem Segelboot vor Anker geht, kommt es zu einer schicksalhaften Begegnung zwischen den beiden, die Lilys Leben erneut durcheinanderwirbelt ...

Eine zufällige Liebe

Was, wenn das Schicksal dir eine zweite Chance gibt?

Die junge Tess Parker lebt zusammen mit ihrer Tochter Hazel in Brooklyn, wo sie in einer kleinen Bäckerei arbeitet.

Das Leben der alleinerziehenden Mutter ist nicht leicht und Geldsorgen bestimmen ihren Alltag. Doch mit der Unterstützung ihrer besten Freundinnen, ihrer Mutter und ihrer heimlichen Leidenschaft für Macarons macht sie das Beste aus ihrem Leben.

Als sie völlig überraschend in einem Kreuzworträtsel eine Reise nach Paris gewinnt, kann sie ihr Glück kaum fassen.

Voller Hoffnung und mit sieben Briefen von ihren Freundinnen im Gepäck begibt sich Tess auf die Reise. Ihr Plan: eine Woche lang ihre Sorgen hinter sich lassen und das Leben in vollen Zügen genießen!

Als sie den charmanten Franzosen Léon kennenlernt, scheint ihr Glück zunächst perfekt. Doch dann passiert etwas, das ihr Leben erneut von Grund auf verändert.

Dein Herz in mir

Worauf kommt es im Leben wirklich an und wie viel ist ein Mensch bereit zu geben?

Die Zwillinge Piper und Daisy Moore verbringen einen letzten gemeinsamen Sommer auf Martha‘s Vineyard, bevor Piper als Ärztin am Boston General Hospital anfangen und Daisy als Köchin nach Paris gehen wird.

Begleitet werden die beiden von Pipers Freund, dem Footballstar Brandon Rogers, und Daisys Chef Ben, mit dem sie eine heiße Affäre hat.

Daisy und Piper verbringen unbeschwerte Tage im Cottage ihrer Großeltern, bis ein furchtbarer Unfall das Schicksal der Zwillinge auf untrennbare Weise mit dem des erfolgsverwöhnten Investmentbankers Luke Redmond aus New York verknüpft.

Ein Liebesroman, der das Unmögliche zeigt und Ihr Herz berühren wird.

Seesterne küssen nicht
Sieben Sommersünden 2

Im Leben von Mia läuft alles perfekt. Mit ihrer Hochzeit in Neapel geht ein langgehegter Traum in Erfüllung. Als sie jedoch ihren Verlobten einen Tag vor der Hochzeit im Bett mit ihrer besten Freundin erwischt, läuft Mia davon.

Im Hafen trifft sie auf einen Offizier, dessen Kreuzfahrtschiff gerade in Neapel vor Anker liegt, und betrinkt sich mit ihm in einer Bar.

Der Abend nimmt eine unerwartete Wendung. Als Mia am nächsten Morgen aufwacht, befindet sie sich auf hoher See auf dem Kreuzfahrtschiff Sonnenglück – als blinder Passagier, und kein Hafen ist in Sicht ...

"Wenn ich schon sündige, dann aber richtig und ohne schlechtes Gewissen.

Eine heitere Liebeskomödie über eine unfreiwillige Kreuzfahrt und die Suche nach der großen Liebe vor der malerischen Kulisse des Mittelmeers.

"Seesterne küssen nicht" ist Band 2 der Buchreihe "Sieben Sommersünden". Jedes Buch ist jedoch in sich abgeschlossen und kann unabhängig voneinander gelesen werden.

Holunderküsschen

Die neunundzwanzigjährige Julia steckt mitten in den Hochzeitsvorbereitungen, als sie ihren Verlobten Johann im Bett mit einer Kollegin erwischt. Völlig am Boden zerstört, betrinkt sich Julia und beschließt Hals über Kopf zu ihrer Freundin Katja nach Hamburg zu flüchten. Im Nachtzug nach Hamburg lernt sie Benni kennen, dem sie sturzbetrunken all ihre kleinen und großen Geheimnisse anvertraut, während sie sich ein Abteil im Schlafwagen teilen. Am nächsten Morgen in Hamburg sind nicht nur ihre Erinnerungen weg, sondern auch Benni! Ein Neuanfang muss her! Ein neuer Job, eine neue Wohnung und keine Männer. Zu dumm nur, dass ausgerechnet Benni erneut in ihr Leben platzt und Julias Gefühlswelt durcheinanderwirbelt. Ein Katz-und-Maus-Spiel beginnt. Als dann noch Johann auftaucht, scheint die Katastrophe unausweichlich …

Ein Buch über die Suche nach der großen Liebe und dem Glück …

Champagnerküsschen

Die unabhängige Fortsetzung des Bestsellers "Holunderküsschen".

Eigentlich müsste Julia glücklich sein. Seit knapp einem Jahr sind sie und Traummann Benni nun ein Paar. Wäre da nicht Bennis Job und seine Mutter. Julia fühlt sich vernachlässigt. Ist Benni doch nicht der Traummann, für den sie ihn gehalten hat?

Parallel wirbelt ein Jobangebot innerhalb des Verlages Julias Zukunftspläne durcheinander und beschert ihr einen Fernsehauftritt. Dort lernt sie Andreas Neumann, den attraktiven Fernsehmoderator kennen. Julias Zweifel an Bennis Liebe zu ihr werden größer. Besonders als ihr Benni bei ihrem romantischen Essen verkündet, dass er beruflich nach München ziehen muss. Es kommt zu einem Streit mit Folgen. Zwischen Benni und Julia herrscht Funkstille. Und dann taucht plötzlich eine neue Frau an Bennis Seite auf. Julias beste Freundin Katja, ist auch keine Hilfe, denn die verhält sich in letzter Zeit so komisch. Und Harald, Julias schwuler Freund tummelt sich auf Internetplattformen um einen neuen Freund zu finden, anstatt sich um Julia zu kümmern. Also muss Julia alleine eine Entscheidung treffen. Ein Spiel mit dem Feuer beginnt. Hat die Liebe zwischen Benni und Julia noch eine Chance?

Ein Roman über die Liebe und die Wege, die sie manchmal geht ...

Alles nur (k)ein Mann

Alles nur kein Mann – das ist der feste Vorsatz, mit dem Greta und Marie eine Nachmieterin für das freigewordene WG Zimmer suchen.

Diesen Vorsatz werfen sie allerdings schnell wieder über Bord, als plötzlich Tim vor der Tür steht.

Tim ist gutaussehend, witzig, ein begnadeter Koch und … schwul. Der ideale Mitbewohner also. Er darf einziehen und bringt schnell frischen Wind in die WG. Bald sind die drei ein eingespieltes Team.

Aber dann passiert etwas, das die Wohngemeinschaft völlig durcheinanderwirbelt und die Frauenfreundschaft auf eine harte Probe stellt. Plötzlich ist nichts mehr so, wie es scheint …

Dünenglück

Mia ist frustriert! Anstatt die Bestsellerlisten zu stürmen, verdient sie ihr Geld mit Groschenromanen. Auch auf der Suche nach Mister Right erlebt sie einen Reinfall nach dem anderen. Als ihr dann bei einem Familientreffen eine unbedachte Äußerung rausrutscht, die für Tränen sorgt, packt sie kurzentschlossen ihren Koffer. Auf Sylt in einer Pension mit dem malerischen Namen *Dünenglück* will sie ihr Leben ordnen und endlich ihren Erfolgsroman schreiben.

Als Lena erfährt, dass ihr Mann sie wegen einer anderen verlässt, bricht für die Hausfrau und zweifache Mutter eine Welt zusammen. Wie soll es mit ihrem Leben nun weitergehen? Lenas Freundinnen schenken ihr kurzerhand einen Traumurlaub auf Sylt. Lena findet sich in der kleinen Pension *Dünenglück* wieder.

Die Pensionswirtin Henriette hat alle Hände voll zu tun, ihren Alltag mit Baby Jonathan und die Leitung der Pension *Dünenglück* zu meistern. Was als Lebenstraum gedacht war, entwickelt sich seit dem Tod ihres Mannes zu einem anstrengenden Vollzeitjob.

Als die drei unterschiedlichen Frauen im *Dünenglück* aufeinandertreffen, sieht es zunächst nicht so aus, als ob sich zwischen ihnen eine Freundschaft entwickeln würde. Aber dann überschlagen sich die Ereignisse und plötzlich ist nichts mehr, wie es war …

Dünenglück ist ein Roman über einen Neuanfang und den Beginn einer großen Freundschaft. – Zwei Autorinnen, eine Geschichte ...

Küss mich, Kaktus

Der attraktive Tim Benkelberg ist ein notorischer Frauenheld, der seine Unabhängigkeit liebt. An seinem fünfunddreißigsten Geburtstag beschließt Tim, sein Leben zu ändern und endlich sesshaft zu werden. Aber vorher will er es auf seiner Geburtstagsparty noch einmal richtig krachen lassen.

Greta Marquardt ist intelligent, hübsch und sehr sexy. Ihr Leben ist nahezu perfekt, wäre da nicht der klitzekleine Fehler, dass sie noch immer Single ist. Ihr zur Seite stehen ihre besten Freunde Nick und Jeanette. Als Nicks alter Freund Tim Benkelberg eine Geburtstagsparty gibt, nehmen die beiden Freunde Greta einfach mit.

Greta und der attraktive Frauenheld treffen aufeinander. Es funkt gewaltig zwischen beiden, wäre da nicht die hübsche Brünette, die sich Tim an den Hals wirft und vor Gretas Augen leidenschaftlich küsst ...

Ein Roman um das erste Date und die Liebe ...

„Küss mich, Kaktus" ist der erste gemeinsame Roman des Autorenduos Martina Gercke und Simon Winters.